W0366199

# UN AMOUR PARFAIT

## DU MÊME AUTEUR

L'INCONNU DU PARIS-ROME, Le Passage, 2003

MÉDÉES, Le Passage, 2006, collection Écho, 2018

***Les Saisons meurtrières***

ROUGE ABATTOIR, Le Passage, 2003

VERT PALATINO, Le Passage, 2005

*Prix Polar dans la ville 2005*

BLEU CATACOMBES, Le Passage, 2007

*Prix du Polar méditerranéen 2007*
*Prix SNCF du Polar européen 2008*

JAUNE CARAVAGE, Le Passage, 2008

VENGEANCES ROMAINES, Le Passage, 2009

ROMA ENIGMA, Le Passage, 2010

WONDERLAND, Le Passage, 2012

LE SAUT DE TIBÈRE, Le Passage, 2013

LES LIENS DU SILENCE, Le Passage, 2015

ILLUSION TRAGIQUE, Le Passage, 2017

*Prix des lecteurs Quais du Polar/20 Minutes 2018*
*Prix Méditerranée Polar 2018*

www.lepassage-editions.fr
© Le Passage Paris-New York Editions, 2019

GILDA PIERSANTI

# UN AMOUR PARFAIT

*roman*

LEPASSAGE

*À toi qui sais encore…*

*Tel le personnage d'un rêve, je vivais à la fois à la première et à la troisième personne. J'agissais et je me voyais agir. J'avais des pensées et je les voyais défiler sur un écran. Et comme dans un rêve, mes réactions affectives étaient inexistantes ou inappropriées.*

Ian McEwan, *Enduring Love*, 1997

## PAR UNE NUIT DE PRINTEMPS, UN HOMME...

Il n'est pas difficile de tuer un homme lorsque l'amour s'en mêle. Nous ne savons pas qui nous sommes tant que la vie ne nous a pas mis devant le choix duquel notre vie dépend.

Il avançait dans les rues désertes de ce quartier romain si loin du sien sans se poser de question. Il n'était pas le même homme avant de la rencontrer. Ou plutôt avant de la reconnaître, parce qu'il l'avait déjà rencontrée trente ans auparavant et il s'était juré de ne plus jamais la revoir. Mais le temps qui referme les cicatrices réserve parfois des surprises. Ainsi ressurgissent les fantômes.

Il ne se disait rien d'aussi précis en approchant de la Via San Crescenziano, mais il ressentait la présence de cette femme comme un parfum qui vous accompagne. Il se concentrait sur ce qu'il avait à faire, rien d'autre n'occupait ses pensées. Il faisait noir dans le quartier résidentiel où il marchait d'un pas assuré, il ne risquait pas de croiser grand monde à cette heure avancée de la nuit. Il portait un chapeau enfoncé sur sa tête, il abhorrait ce genre d'accessoire. En remontant l'avenue, il revit sa femme dormir ; elle le croyait encore à ses côtés. Si jamais elle se réveillait avant son retour, ce qui était peu probable, il avait prévu une explication pour justifier son absence.

C'était une nuit comme tant d'autres, une nuit qui s'ennuyait du jour. Pas pour lui. Pour lui, c'était la nuit qu'il attendait depuis longtemps. Il s'était assuré à l'avance qu'aucune caméra de surveillance n'était placée dans cette rue paisible du quartier Salario ni dans les allées privées qu'il s'apprêtait à emprunter après avoir ouvert la grille protégeant l'accès de l'élégant ensemble d'immeubles. Ses yeux balayaient l'espace, il avait appris à regarder sans bouger la tête. Il était aux aguets, tel un flic sur la piste d'un criminel ou un assassin flairant sa proie. Il avait étudié l'immeuble dans tous les détails, en photo et sur plan, c'était comme s'il y habitait. Mais ce n'était pas lui qui habitait dans cette luxueuse résidence des années cinquante, signée Monaco et Lucchichenti, deux noms prestigieux dans l'histoire des *palazzine* romaines, aurait précisé sa femme, qui s'y connaissait. Le vaste hall était décoré de plaques de travertin burinées par Consagra, l'un des plus fameux sculpteurs de l'époque. Afin de ne pas prendre le risque de se trouver face à un résident dans l'ascenseur, il monta par le curieux escalier en losange dont la main courante en laiton luisait dans le noir.

Chaque étage desservait un seul et unique appartement, ainsi les paliers étaient-ils devenus privatifs sans formellement l'être, comme le prouvait l'usage que les résidents en faisaient. Ils étaient meublés comme des intérieurs : tables basses, fauteuils, porte-parapluies, miroirs, photos encadrées, et même tableaux sur les murs. Tout évoquait les années cinquante. On sentait le souci de respecter le style de l'architecture et l'assurance des riches vivant entre eux. Au dernier étage, quelques précautions supplémentaires avaient été prises, les tableaux étaient aussi d'une plus grande valeur. Une porte au vitrage miroir sans tain protégeait une partie du palier, celle qui n'intégrait pas l'ascenseur ; elle semblait être un pronaos qui introduisait dans l'appartement proprement dit.

Il ôta sa veste et son chapeau en feutre, qu'il plia et rangea dans son sac à dos, puis il enfila des gants de latex pour ne pas laisser de trace. Il sortit enfin les clés et ouvrit la porte vitrée ; il connaissait l'intérieur par cœur, même s'il n'y avait jamais pénétré.

Le silence qui régnait dans l'immeuble aiguisait sa concentration. Comme il arrive dans les situations anticipées plusieurs fois par l'imagination, il eut l'impression de répéter des gestes déjà accomplis. Il comptait sur ce sentiment de familiarité pour mener à bien sa mission. Aussi fut-il perturbé quand il entendit le moteur de l'ascenseur : il descendait, quelqu'un venait de l'appeler. Et si c'était *lui* qui rentrait au beau milieu de la nuit ? Ce n'était pourtant pas dans ses habitudes. Et s'il leur avait caché une maîtresse ?

*Dans ce cas, serait-il obligé de les tuer tous les deux ?*

La porte de l'ascenseur se referma deux étages en dessous. Il y eut des rires, puis le bruit d'une clé qui peinait à trouver le trou de la serrure et qui tomba sur le paillasson. Les rires se firent plus forts. Ensuite la porte s'ouvrit, elle claqua et le silence revint. Un couple éméché dont il ne saurait jamais rien de plus. Il attendit pour s'assurer que l'interlude imprévu ne changeait rien au programme. Il ouvrit ensuite la porte blindée et la referma en l'accompagnant ; il se retrouva aussitôt dans le noir le plus total.

Aucun repère, aucun ancrage visuel, il chavira. L'obscurité lui provoquait des vertiges. Il ne lui fallait pourtant pas grand-chose pour s'accrocher, un point lumineux, même minuscule, une poussière d'étoile morte. Mais il n'y avait rien, ni boîtier Internet ni diodes d'horloge, pas même le faisceau d'un réverbère remontant depuis la rue. Il s'enfonçait dans une encre épaisse mais réussit à allumer son téléphone. Des ombres commencèrent à se détacher lentement, des silhouettes de meubles comme des bêtes accroupies, des taches sur les murs, et partout, absolument partout, une cohue de formes difficiles à identifier. Il distingua la cheminée moderne et reconnut la petite pyramide de cristal.

Se guidant grâce à la torche du téléphone, il fit le tour du salon et repéra immédiatement le meuble de métier du début du siècle dernier avec ses cinquante tiroirs qui contenaient la collection de montres du propriétaire de l'appartement. Il y en avait une centaine, il avait appris par cœur la liste des six qu'il devait dérober :

« Montre *Complications* de Patek Philippe, achetée pour 102 546 euros.

Montre *World Time* de Patek Philippe, achetée pour 159 545 euros.

Montre *Nautilus* de Patek Philippe, achetée pour 49 875 euros.

Montre *Calibre* de Patek Philippe, achetée pour 43 200 euros.

Montre *Golden Bridge* de Corum, achetée pour 31 400 euros.

Montre *Grand Bal* de Dior, achetée pour 45 000 euros. »

Il s'approcha enfin du tableau d'Antonello Trombadori, il lui faudrait le décrocher pour composer le code du coffre qu'il dissimulait. Les instructions étaient précises, il les avait mémorisées en se les répétant chaque matin dans la salle de bains. Une fois, sa femme, qui l'avait entendu marmonner, lui avait demandé s'il était en train de prier. « Quelque chose dans ce genre… » lui avait-il répondu.

Ses yeux s'étaient habitués à l'obscurité, mais il garda son téléphone allumé. Il resta dans le salon assez longtemps pour apprivoiser l'espace avant d'entrer dans la chambre. Une fois dedans, il approcherait du lit et lui écraserait le crâne avec cette pyramide qui restait pour l'instant à sa place, sur la cheminée.

Il s'arrêta un instant devant le tableau de Trombadori, il aimait ce temps qui précède le moment final. C'était pareil avec le sexe, il lui plaisait de ralentir la course avant la chute. Il se dirigea finalement vers la cheminée et attrapa la pyramide. Au moment où il la serrait dans sa main, il perçut un bruit.

Il s'immobilisa. Tous ses muscles se tendirent, il eut le réflexe d'éteindre le téléphone. La porte de la chambre s'ouvrit, du noir se déversa dans le noir. Il entendit le martèlement de la première béquille, suivi de celui de la seconde : l'homme s'était réveillé et venait maintenant vers lui. S'appuyant sur les béquilles, agile malgré ses entraves, il se dirigea vers le tableau de Trombadori et resta planté devant comme s'il pouvait le voir dans l'obscurité. Puis, à l'aide d'une béquille, il alluma une lampe qui l'éclaira violemment comme un acteur au milieu de la scène. La calotte de métal au bout de l'arc en profilé d'acier survolait le canapé et la table basse pour aller se positionner au-dessus de sa tête. Il ne pouvait pas voir qu'il y avait quelqu'un dans le salon, caché dans l'angle près du secrétaire en palissandre et bois de rose. Mais dès qu'il se retournerait, il en apercevrait la silhouette dans le grand miroir derrière son dos. Sauf qu'il ne se retourna pas. Il leva une béquille pour suivre le contour des seins de la jeune fille représentée dans le tableau, puis remonta jusqu'au bras et redescendit vers la main qui tenait le livre.

*Jeune fille nue qui lit*. Il aimait lui aussi ce portrait, il lui rappelait Laura dans ses jeunes années, quand il lui arrivait d'attraper un livre après l'amour. Elle restait concentrée sur la page tandis que lui contemplait son corps encore chaud de ses baisers. L'autre laissa tomber sa béquille et, avec une dextérité surprenante, il décrocha le tableau de la main droite, la gauche restant appuyée sur la seconde béquille. Il coucha le tableau sur la table basse, récupéra la première béquille et la posa sur le fauteuil. Puis il composa le code et ouvrit le coffre. Il glissa sa main à l'intérieur, attrapa quelque chose, tourna sur lui-même et se retrouva face au miroir. Mais il ne leva pas les yeux tout de suite. Il s'assit dans le canapé, s'y cala et envoya valser la béquille sur laquelle il s'était appuyé. L'homme serrait dans sa main droite un petit cadre dont le verre protégeait un dessin, celui que lui-même était venu chercher.

Bloqué dans son angle mort, il retint son souffle, tandis que l'autre, assis dans le canapé, s'absorbait dans la contemplation de la merveilleuse tête de femme dessinée par le maître.

# LE PARADIS

*un an et demi plus tôt*

## 1.
## IT IS HAPPENING AGAIN

Je ne l'avais même pas remarquée quand elle était passée près de notre table. Je discutais avec le directeur de Camposevero, l'une des trois usines italiennes des chocolats Criolloro, la marque d'excellence pour laquelle je travaillais.

– Elle s'est tournée de ton côté, me chuchota Federico en me touchant le bras. Je parie qu'elle va s'installer au bar. Si tu n'y vas pas, moi j'y vais.

Il avait assez bu pour faire ce qu'il annonçait. Je me voyais déjà en train de l'excuser auprès de l'inconnue ou, pire, auprès du directeur de l'hôtel.

Nous avions l'habitude de descendre au Vis à Vis lors de nos réunions à Sestri Levante. C'était chic et original, avec son accès par un tunnel aux lumières bleues, creusé dans le rocher, et les filles poussaient de petits cris d'excitation lorsqu'elles découvraient la vue époustouflante sur la Baie du Silence, depuis le bar du *rooftop*. Ce n'était pas la première fois que Federico me mettait dans l'embarras. Il ne concevait aucun de nos déplacements professionnels sans son lot d'aventures et ramassait généralement ce qu'il estimait être son dû ; mais les rares fois où il était repoussé, il réagissait de manière si brusque que j'étais obligé d'intervenir. Federico était mon collègue et mon meilleur ami, j'étais attaché à lui ; grâce à Federico je me sentais quelqu'un de bien. Je me suis souvent demandé pourquoi j'ai toujours eu besoin de me sentir quelqu'un de bien.

Je me levai donc pour éviter qu'il ne commette un impair. En tout cas, il avait raison : l'inconnue était assise au bar, jambes croisées et robe noire relevée haut sur les cuisses. Elle semblait en attente. Je croisai ses yeux dans le miroir, les bouteilles alignées sur les étagères scintillaient de mille feux, je reconnus immédiatement son regard. Trente ans plus tôt, j'avais failli mourir pour ce regard-là. C'était Laura, l'amour de ma vie.

Quand Laura m'avait quitté pour Rafael, j'avais cru ne pas y survivre. Un jour, elle m'annonça que tout était fini entre nous et je fus anéanti. Je n'ai plus jamais autant souffert pour une fille, je n'ai pas non plus aimé une fille comme j'ai aimé Laura. Elle m'avait tout appris. Elle m'avait enflammé, brûlé, puis réduit en cendres. J'avais eu néanmoins le temps, entre les flammes et les cendres, de connaître le bonheur. Pour cette raison, je n'ai pas pu la détester autant que j'aurais dû. Mais pour survivre, je l'avais rayée de mon existence. Laura était morte pour moi. Jusqu'à ce soir où nos destins se sont de nouveau croisés.

Du bonheur que Laura m'avait fait découvrir, j'ai retrouvé des fragments au fil du temps, mais je ne l'ai jamais retrouvé tout entier. Ce qui teignait de mélancolie tout attachement amoureux fut mon meilleur atout avec les filles ; j'en ai assez profité, tout de même. J'ai triché, mais dans les règles, comme au poker ; je ne volais pas et ne laissais pas le jeu envahir ma vie. Après mon mariage, je me suis rarement écarté de ma femme. J'ai commis quelques adultères sans conséquence, je savais choisir mes cartes. Pas une seule fois ces brèves excursions de quelques nuits, le plus souvent une seule, toujours lors de mes déplacements professionnels, n'ont mis en danger mon couple. Je sais, tous les maris infidèles tiennent ce discours hypocrite comme ils tiennent la corde avec laquelle ils finissent par se pendre. Ce n'était cependant pas mon cas. C'était ce que je croyais avant de revoir Laura.

Elle m'avait quitté sur le bord du trottoir, trente ans plus tôt. C'était un après-midi de décembre, à Rome, quelques jours avant Noël.

– C'est fini, m'avait-elle dit, en m'immobilisant devant la vitrine d'un magasin de jouets.

Un homme d'un certain âge était sorti à ce moment-là, un paquet de cigarettes à la main ; il m'avait fixé, puis il m'avait tendu le paquet pour m'en offrir une. J'avais secoué la tête. Laura et moi, nous étions restés arrêtés au milieu du trottoir, les passants évitaient de nous regarder.

– J'aime Rafael, avait-elle dit. Ne cherche pas d'explication, c'est comme ça.

J'étais sidéré, je ne pouvais sortir un seul mot de ma bouche. Alors elle avait attrapé ma main.

– Essaie de comprendre, Renzo.

Elle m'appelait « Renzo ». Personne ne m'a plus jamais appelé « Renzo » après Laura.

Elle avait serré ma main dans la sienne, j'étais comme un moineau qu'on étouffe.

Cette année-là, mes résultats scolaires avaient brusquement empiré et mon père avait cessé de me donner de l'argent. Laura ne recevait de ses parents que de toutes petites sommes. Quelques mois plus tôt, j'avais pourtant réussi à économiser ce que mes grands-parents me filaient en douce pour nous payer un week-end dans un hôtel d'Ostie, un établissement lugubre sur un bord de mer désert, mais l'enfer m'aurait paru merveilleux avec Laura. Nous avions passé deux jours sans quasiment quitter le lit, exception faite pour une course dans le supermarché du coin, le samedi soir. Le magasin allait fermer ses portes, un mec faisait le tour des rayons pour faire sortir les derniers clients ; il me fila deux paquets de chips en hurlant à la caissière que c'était pour lui, je ne payai que les canettes de bière. Je ne tenais pas debout, j'avais trop baisé et trop bu, il avait dû penser que j'étais trop jeune pour mourir. Nous vidâmes les canettes avant d'avaler les chips, nous étions assoiffés, l'eau du robinet avait un goût de Javel. C'était ma première fois avec Laura, et c'était ma première fois tout court. J'avais envie de sauter du petit balcon de notre chambre, j'explosais de joie. C'était l'amour parfait.

– Laura…

Elle se tourna de mon côté, l'air étonné.

– Renzo ! Ça alors ! C'est toi ?!…

Elle me sourit. Je crois que tout ce qui est arrivé par la suite a pris naissance dans ce sourire-là : il était le même que trente ans plus tôt et il m'éclatait à la figure en pulvérisant toutes les années de notre séparation. Celles pendant lesquelles j'avais bâti ma vie sans elle.

– Tu n'as pas changé ! fit-elle, excitée comme la jeune fille qu'elle n'était plus.

Puis, se ravisant :

– Si… bien sûr… Je ne t'ai pas reconnu tout de suite, quand tu m'as regardée dans la glace. Je me suis dit : « Encore un qui se permet de m'approcher parce que je bois un verre toute seule au bar. » Mais j'ai reconnu ta voix ! C'est fou à quel point ta voix est restée la même, Renzo. Est-ce que je t'ai jamais dit que c'était ce que j'aimais le plus chez toi ?

*Et qu'est-ce que tu aimais d'autre chez moi, Laura ?*

J'aurais voulu qu'elle me déroule toute une liste de ce qu'elle avait aimé pour éterniser le moment et renverser le temps. Je voulais follement revenir dans ce misérable hôtel de bord de mer où nous avions été les seuls clients pendant tout un week-end.

– Non, tu ne me l'as jamais dit, répondis-je, sagement.

Ses cuisses gainées de bas noirs se repliaient voluptueusement, mon cœur luttait pour ne pas dégringoler du haut de l'échelle où il était monté.

*Te souviens-tu, Laura ?*

Le garçon m'adressa un sourire interrogatif. Laura avait une bière brune devant elle, je commandai la même chose.

– Assieds-toi un moment avec moi, dit-elle. Mais tu es peut-être pressé…

– J'ai tout mon temps.

En grimpant sur le tabouret, j'effleurai sa jambe.

La brune arriva, nous fîmes tinter nos verres comme deux potes qui se retrouvent. À cet instant, j'aperçus Federico dans la glace, qui me lançait un regard complice. En passant près du bar, il fit mine de ne pas me connaître.

– Ton collègue est aussi discret qu'un marchand de tapis à Tanger, fit Laura en éclatant de rire.

Puis elle ajouta :

– Tu connais Tanger ? J'en reviens.

– Non, je ne connais pas Tanger.

– Ton collègue doit penser que tu as trouvé de la compagnie pour la soirée. J'espère que ça ne te gêne pas.

– Mon collègue aimerait bien être à ma place.

Et avant qu'elle ne s'attarde sur le sens de ma phrase, je demandai :

– Qu'est-ce que tu faisais à Tanger ?

Elle avala une gorgée de bière, je vis mon reflet dans la glace danser au milieu des bouteilles.

– C'est toute une histoire, répondit-elle.

Mes yeux luttaient pour ne pas rester accrochés à ses cuisses.

– Ça te dirait de descendre faire un tour sur la plage ? J'ai du mal à aller me coucher, le soir, me proposa-t-elle.

Je ne dis ni oui ni non, j'avalai ma bière d'un trait, signai la note et la suivis. Autrefois, je lui obéissais au doigt et à l'œil, aucun besoin de lui annoncer mon accord : elle posait les questions, je les entendais comme des ordres. Je n'avais d'autre volonté que la sienne.

La plage en croissant de lune de la Baie du Silence était à deux pas. L'air frais me dégrisa. Laura ne marchait pas vite, j'entendais le claquement de ses talons, c'étaient des gouttes froides sur mon cœur embrasé. L'odeur de la mer remontait vers nous par brassées violentes. On n'y voyait rien. Le mois était doux pour la saison, mais à cette heure de la nuit il faisait assez frais. Je portais une veste de cachemire léger, que je boutonnai en relevant le col ; Laura n'avait qu'un châle sur ses épaules nues.

– Déjà à l'époque tu avais cette démarche rapide qui me faisait penser à celle d'un homme en fuite, dit-elle.

Puis je n'entendis plus ses pas à côté de moi. Je me retournai. Elle s'était arrêtée quelques mètres plus loin, près d'une voiture garée sous un réverbère.

– C'est quoi, la marque de cette voiture ? me demanda-t-elle. Je me rappelle que tu t'y connaissais en bagnoles…

– Je m'y connais toujours, fis-je en revenant sur mes pas.

Je tournai autour du véhicule et posai ma main sur ses petites rondeurs délicieuses. Puis je me penchai pour épier l'intérieur, le toit en toile escamotable était rabattu, je me servis de la lampe de mon téléphone pour y voir mieux.

– C'est une *four four slash four.* Une *four seater…* Elle a un volant Moto-Lita… et le tonneau *cover* fermé côté passager… Je parie que c'est un moteur Ford… c'est mieux que les Rover…

Je me parlais à moi-même, Laura insista :

– Oui… mais quelle marque ?

Je levai les yeux et répondis, condescendant :

– Morgan… Morgan *four four…*

Et puisqu'elle me regardait amusée, je continuai :

– *Four* pour quatre roues, *four* pour quatre cylindres, et dans cette version rare, *four seater*: quatre places. Couleur Connaught green avec *tan upholstery…*

– *…tan up…*

– Intérieur beige.

– Morgan, c'est donc la marque.

– Morgan, c'est plus qu'une marque, c'est une légende! C'est la seule marque de voitures au monde qui appartient toujours à la même famille depuis des générations. C'est un bijou artisanal. Depuis plus d'un siècle, tout y est encore assemblé à la main dans la même usine, à Malvern. Ceux qui ne s'y connaissent pas disent qu'elle a un châssis en bois, en réalité le châssis est en acier, mais la structure sur laquelle sont vissés tous les éléments de la carrosserie est effectivement en bois. C'est la seule voiture au monde qui oblige à faire un tour chez l'ébéniste, si on a un pépin.

Je ris sobrement. Le temps de cette tirade, j'avais oublié que trente ans s'étaient écoulés et que nous étions désormais des inconnus l'un pour l'autre. Laura n'avait rien compris à mes explications, mais les fanatiques ne se soucient pas de la compréhension de leur auditoire, il leur suffit d'en avoir un.

– Elle te plaît beaucoup, cette bagnole… dit-elle.

– Elle ne me plaît pas, je l'adore!

Il y eut un silence, puis j'ajoutai:

– J'ai une Morgan chez moi, dans mon garage. Un rêve que j'ai réalisé… La petite sœur de celle-ci, une Plus 4 *primerose yellow*; je me la suis offerte pour mes 40 ans. Personne n'a le droit de l'approcher… Je suis le seul à la conduire.

Je gloussai, gêné. Je ne sais pas pourquoi je sortis ce mensonge, je n'avais rien d'un frimeur. C'était probablement pour recréer un lien entre nous, je me rappelais lui avoir dit un jour que tôt ou tard je m'achèterais une Morgan. Comme elle ne faisait pas de commentaire, je brodai sur mon mensonge:

– Je suis allé la chercher personnellement à l'usine de Malvern. J'ai même une photo avec monsieur Morgan qui me remet personnellement les clés, un book avec tout le dossier concernant sa fabrication et…

Je fus interrompu par un éclat de rire qui me donna la mesure de ce que j'avais perdu. Je la regardai, la voix de Joe Cocker vint me souffler à l'oreille :

*You're everything I hope for / You're everything I need / You are so beautiful to me…* (Tu es tout ce que j'espérais, tu es tout ce dont j'ai besoin, tu es si belle pour moi…)

– Je n'ai rien oublié, Renzo, fit-elle à voix basse en s'approchant de moi.

Je m'aperçus alors qu'elle tremblait. Il faisait froid, le châle qui lui couvrait les épaules était trop léger.

– Prends ma veste, fis-je, honteux de ne pas la lui avoir proposée plus tôt.

En la posant sur ses épaules, je tremblais moi aussi.

## 2.
## LE JOUR D'APRÈS

La sonnerie du téléphone me réveilla. En ouvrant les yeux, je ne savais pas où j'étais. J'attrapai mon portable sur la table de nuit, quand j'entendis frapper à la porte et le lâchai sur les draps. Je me levai et me vis à poil dans la glace.

– J'arrive ! dis-je en enfilant le peignoir de bain jeté sur le lit.

La sonnerie et les coups cessèrent en même temps.

Je ne me rappelais pas avoir pris de douche avant de me coucher : que faisait-il sur le lit, ce peignoir ?

– Qu'est-ce que tu fous, putain ? me lança Federico au moment où j'ouvris la porte.

Il jeta un coup d'œil suspicieux au-dessus de mon épaule, je pris conscience que je n'avais pas dormi seul.

– Voilà une demi-heure qu'on t'attend… Je les ai fait tous patienter en leur racontant que tu étais souffrant, mais enfin… Allez, magne-toi !

Et il ajouta à voix basse en balayant l'espace des yeux :

– Elle est où ?

Je fis un vague signe de la tête qui lui fit déduire qu'elle était partie.

Il me décocha l'un de ces regards entendus dont il était coutumier, puis il baissa encore plus la voix.

– Elle était canon, hein ? Tu me raconteras…

Il me tapa sur la nuque et, avant de disparaître dans le couloir, il dit :

– Maintenant, file sous la douche !

Je refermai la porte, ma sensation du réveil s'était évanouie. Je me douchai rapidement, m'habillai en vitesse et allai rejoindre mes collègues dans la salle de réunion.

Quand j'entrai, je les vis tous assis devant leur tasse de café, l'air ennuyé. Je saluai tout le monde et fixai mon regard sur John Carewood, notre interlocuteur américain, qui nous avait quittés tôt, la veille, parce que sa femme voulait faire un tour à Gênes pour aller voir la « Piazza dello Amor Perfetto », une petite place qui évoquait les amours tragiques de Louis XII et Tommasina Spinola. C'est moi qui leur avais raconté la légende.

*À l'aube du XVI^e siècle, Louis XII se rendit à Gênes avec son armée. Pour lui rendre hommage, la noblesse de la ville s'employa à organiser de grandes fêtes dans ses palais. Lors d'un bal, le roi de France croisa le regard de Tommasina, épouse de Luca Battista Spinola, rejeton de l'une des familles les plus puissantes de Gênes. Grâce au droit octroyé alors aux dames nobles de se choisir un amour platonique, la passion éclata entre Louis XII et la belle Tommasina, et quand le roi quitta la ville, la jeune femme s'enferma chez elle dans l'attente de son retour. Puis un jour la nouvelle lui parvint que Louis XII avait péri dans la bataille de Cerignola ; Tommasina en conçut une telle douleur qu'elle n'y survécut pas. Mais la nouvelle se révéla fausse, et quand Louis XII fut de retour à Gênes, il apprit avec tristesse la mort de sa bien-aimée. Désespéré, il se rendit alors sous ses fenêtres et soupira qu'il avait perdu « l'amour parfait ».*

J'avais prévu de rencontrer John Carewood en tête à tête, au petit déjeuner, pour aborder la question la plus épineuse au programme de notre dernière journée de travail. Mais je les avais complètement oubliés, lui et la question.

John me regarda froidement, il ne tolérait pas les retards, surtout de la part du directeur général des trois usines italiennes de Criolloro. Je le saluai d'un signe de la tête avant de m'asseoir et ouvris le dossier que j'avais à la main. Je sentais mon corps se détacher de moi, je me voyais agir comme si je suivais mon reflet dans un miroir. Je fis mon compte-rendu en ayant l'impression de me réveiller peu à peu d'un long sommeil, tout le monde pensa que j'avais la gueule de bois. Heureusement, j'avais bien préparé mon intervention et je réussis ainsi à persuader « l'Ami américain », comme nous appelions Carewood entre nous, Federico et moi, que l'affaire Dominici ne devait pas se solder par un licenciement qui porterait atteinte au moral du personnel.

Ciro Dominici, un ouvrier affecté à la confection de nos tablettes *Nigra*, venait de perdre le petit doigt de la main gauche parce qu'il n'avait pas respecté le protocole d'utilisation de la nouvelle machine que j'avais fait installer dans l'usine de Camposevero. Salvatore Quattrocchi, le jeune manager qui dirigeait l'usine, avait bien géré l'accident, grâce à mes instructions. Je sus rassurer John : toutes les procédures obligatoires de sécurité avaient été mises en place, Ciro avait désobéi aux consignes et il méritait d'être sanctionné pour son comportement indiscipliné ; mais il ne fallait pas oublier qu'il avait subi un accident grave sur son lieu de travail. La mère de Ciro, conseillée par un responsable syndical, avait consulté un avocat qui lui avait suggéré de porter plainte contre l'entreprise. Nous avions longuement discuté avec la mère et le fils, Salvatore et moi, et nous leur avions fait comprendre que la faute était toute du côté du travailleur et qu'une action judiciaire ne les mènerait nulle part. S'acharner toutefois sur le jeune homme risquait d'envenimer les esprits à l'intérieur de l'usine de Camposevero, alors que, si on le gardait en l'affectant à une tâche plus adéquate, nous éviterions un conflit social dont nous ne connaissions pas l'issue. J'insistai sur la nécessité de favoriser la bonne entente entre les ouvriers, avant de conclure : « Si nous arrivons à leur communiquer tout ce que la marque Criolloro représente sur le marché international du chocolat de luxe, ils seront fiers de participer à ce prestige. »

J'avais une sympathie instinctive pour Salvatore Quattrocchi, et aussi beaucoup de respect. J'avais donc appuyé sa requête de garder Ciro Dominici dans son usine, à la condition toutefois qu'il retire sa plainte et respecte dorénavant les règles à la lettre. Salvatore m'avait suggéré de le changer de poste et de lui confier la responsabilité de la vérification de la qualité, ce qui de fait équivalait à une promotion. « N'oublions pas qu'il a perdu un doigt, ce petit con ! » m'avait-il dit. Quand John Carewood accepta notre proposition, Salvatore me lança un regard plein de gratitude.

La question épineuse fut enfin abordée. J'avais fait installer de nouvelles machines à Castelferrato, notre meilleure usine, notre fleuron, le lieu où, vingt ans plus tôt, l'aventure Criolloro avait commencé. Depuis quelque temps, par la volonté de Valerio Zampiello lui-même, le créateur de Criolloro, l'usine historique de la marque était dirigée par Michelino Lojacono, un petit manager dévoré par l'ambition, qui m'avait immédiatement posé problème. Depuis que Valerio Zampiello avait été obligé de céder une partie de son royaume à la multinationale américaine McSullivan Co., dont John Carewood était le responsable pour l'Europe, les tensions et les luttes internes n'avaient cessé de croître. J'avais essayé de maintenir une certaine distance vis-à-vis de Lojacono, je ne voulais pas me laisser influencer par mes premières impressions qui me poussaient à me méfier de lui. J'avais investi des centaines de milliers d'euros dans l'achat de machines qui devaient nous libérer d'un travail ingrat ;

les Américains, toujours disposés à appuyer les innovations techniques, étaient ravis. Sauf que leur enthousiasme était retombé dès qu'ils s'étaient rendu compte que l'usine de Castelferrato ne parvenait pas à exploiter les nouvelles machines au rythme annoncé. L'affaire n'était pas claire puisque je savais que ces machines fonctionnaient sans problème dans d'autres usines de chocolat, en Suisse et en Allemagne. Je devinais, sans pouvoir le prouver, que le problème venait du directeur de l'usine piémontaise, qui les utilisait volontairement en dessous de leur capacité.

Trois ans plus tôt, Criolloro avait subi quelques revers. Valerio Zampiello, le créateur de la marque, bouleversé par la mort de sa fille dans un accident de la route, avait lâché prise pendant un temps. Ginevra Zampiello, directrice de la communication, était devenue au fil des années, grâce à son charme et à son élégance, une ambassadrice essentielle pour la société. Après sa mort, ses deux frères, jaloux et incompétents, avaient pris sa place avec des résultats catastrophiques. L'arrivée des Américains, qui avaient racheté 58 % du capital de la société, avait imposé des changements de personnel, et en premier lieu l'éviction des frères Zampiello, ce qui avait permis à l'entreprise de repartir. L'introduction de « mes » machines dans l'usine de Castelferrato allait dans le sens du changement, mais elle minait le pouvoir de Lojacono, qui, à cause de cette innovation, perdait certains de ses fournisseurs avec lesquels il avait instauré un rapport privilégié. Je m'étais aperçu que le choix de ces fournisseurs n'était pas dicté par des exigences de qualité ou de prix, mais par un clientélisme véreux. Ainsi, Lojacono avait décidé de ne pas renouveler un contrat que nous signions depuis des années avec la meilleure marque de feuilles d'aluminium pour l'emballage des tablettes, sous prétexte qu'il avait trouvé moins cher ailleurs. Mon but, à terme, était d'obtenir le départ de Lojacono en m'appuyant plutôt sur Carewood que sur

Zampiello, actionnaire désormais minoritaire. Lors de cette réunion à Sestri Levante, j'expliquai donc que ces machines exigeaient une attention particulière de la part du directeur de l'usine et je précisai aussi que les difficultés rencontrées dans leur utilisation n'avaient pas été correctement signalées au responsable national de la fabrication, c'est-à-dire à moi. Carewood décida que Lojacono continuerait pour le moment de diriger l'unité de Castelferrato, mais que je contrôlerais personnellement le fonctionnement des nouvelles machines.

La journée s'écoula pour moi dans une sorte de dédoublement : j'étais présent parmi mes collègues sans vraiment l'être. Je n'adhérais pas complètement à la réalité, je restais dans une espèce d'attente, sans savoir ce que j'attendais. Federico ne me quitta pas des yeux pendant toute la réunion et il intervint pour appuyer mes arguments chaque fois que Lojacono m'attaquait. Vers la fin de l'après-midi, nous nous retrouvâmes seuls au bar de l'hôtel ; je commandai une bière brune, Federico commanda une blonde. Je le laissai parler. Pour la première fois depuis que nous nous connaissions, c'était lui qui me prenait en charge ; je lui en sus gré. Les bières arrivèrent, nous bûmes en silence.

– C'est cette fille qui t'a mis dans cet état ? me demanda-t-il.

Puisque je ne répondais pas, il insista :

– Mais qu'est-ce qu'elle t'a fait ?... Tu ne pourrais pas partager un peu avec moi ? Je suis ton meilleur ami, oui ou non ?... Tu as l'air malade, Lorenzo.

Constatant que rien ne me secouait, Federico s'exclama :

– On dirait que tu as couché avec un fantôme !

– Mais non... me hâtai-je de répondre. Cette fille n'y est pour rien. Je ne connais même pas son nom. C'est pas ça.

– C'est quoi, alors ?

Je retombai dans mon mutisme. Si Federico n'avait pas été celui qu'il était, peu porté sur l'analyse des sentiments et réfractaire à se questionner sur les gens, il aurait deviné que je lui cachais quelque chose en rapport précisément avec cette fille.

– Rien de grave, j'espère, renchérit-il.

Je ne pouvais m'arracher à mon mutisme.

– Et Maria Elena… ça va ? fit-il.

– Oui, ma femme va bien. Et les enfants aussi. C'est pas ça.

– Tu m'emmerdes, à la fin ! « C'est pas ça »… C'est quoi, alors ?

Mon cerveau galopait, je me voyais me précipiter d'une falaise et me fracasser. Au lieu de répondre, je me répétais en silence le refrain :

*And sympathy is what we need my friend…* (Et la compassion est ce dont nous avons besoin, mon ami…)

Son regard m'agrippait, je fis un effort pour m'en libérer en lui offrant des mots qui pouvaient donner le change :

– Est-ce que je peux te confier un secret ? Mais tu dois d'abord me promettre de ne le révéler à personne. À personne, c'est clair ? Même pas à Maria Elena.

Je marquai une hésitation comme s'il me coûtait de trop en dire.

– J'ai reçu un message de mon médecin, hier soir. Il a essayé de me joindre au téléphone, mais je n'ai pas répondu. J'étais avec cette fille… J'ai lu le message plus tard.

Federico resta muet. Lui qui trouvait toujours un mot à dire dans toute circonstance, quitte à commettre des gaffes, semblait avoir perdu ses moyens. Il avait compris que j'allais lui faire partager un secret concernant ma santé et il en était à l'avance effondré. J'en fus touché et me sentis misérable. Mais le mensonge m'attirait, car il disait quelque chose de ma condition que je ne pouvais pas signifier autrement.

– On m'a diagnostiqué une maladie… assez grave.

Je le vis pâlir, c'était lui maintenant qui avait l'air malade.

– Eh, je ne suis pas mort ! fis-je d'un ton enjoué. En tout cas, pas encore...

Je souris tristement.

– Il y a quand même des chances que je m'en sorte, ajoutai-je. Et je ne veux pas que ça se sache. Ni chez moi ni dans la boîte. Je n'ai pas la force d'affronter ma famille ni les autres... J'ai besoin de toute mon énergie pour lutter contre cette saloperie.

Et tandis que je lui débitais l'invention d'une maladie dont j'ignorais encore le nom, je cherchais désespérément dans mon besogneux langage médical quelque pathologie grave ne comportant ni intervention chirurgicale ni thérapie contraignante. L'idée d'une maladie qui serait venue me frapper s'accordait bien avec mon état d'esprit, après la nuit passée avec Laura, mais je m'en voulais de ne pas m'être mieux préparé avant de mentir.

– On ne s'attend jamais à ces choses-là, dit Federico, accablé.

Puis, il se pencha de mon côté et me serra dans ses bras. Nullement gêné, je trouvai du réconfort dans ce geste et abandonnai ma réserve. J'avais envie de pleurer, je me sentais vraiment condamné. J'avais tellement besoin de laisser couler mes larmes depuis que j'avais compris que j'étais de nouveau seul ! Au cours de la réunion, pendant l'intervention de l'un ou de l'autre de mes collègues, des moments de ma nuit avec Laura m'étaient revenus de manière aléatoire. Elle était partie pendant que je dormais sans laisser un mot. Lors de la pause déjeuner, j'étais allé me renseigner discrètement auprès de la réception. Aucune chambre n'avait été réservée à son nom. J'avais failli me lancer dans une description précise de la femme que je recherchais, mais je m'étais arrêté à temps. Je risquais de soulever la curiosité de la réceptionniste, qui me connaissait puisque j'étais un client habituel de l'établissement. Si Federico n'avait pas fait allusion à ma nuit avec elle, j'aurais presque pu croire que j'avais rêvé. Nous nous étions promenés sur la plage, puis nous étions rentrés à l'hôtel en sachant que la nuit nous appartiendrait. Nous avions parlé, ri, puis nous étions restés en silence. Être ensemble nous comblait tout en annonçant la suite. Mais quand je m'étais réveillé, elle n'était plus là. Je ne pouvais repenser à nous deux sans me dire que je ne la reverrais plus jamais. Alors, je fuyais cette pensée et me sentais perdu.

Mon bobard sur ma santé m'ouvrait grand la voie d'une double vie dont je ne me figurais pas encore tous les dangers. Je n'avais pas conscience, à ce moment-là, que j'allais mettre en péril tout ce que j'avais construit, ma famille et ma carrière. Mais à quoi m'aurait-il servi de le savoir ? J'aspirais à ma perte comme si c'était mon salut. C'était toute mon histoire avec Laura.

J'avais besoin de la revoir. Déjà, le reste ne comptait plus.

– Tu as lu le message de ton médecin avant ou après avoir couché avec la fille ? me demanda Federico.

Heureux d'avoir enfin trouvé le nom de la maladie qui pouvait convenir, je répondis :

– Je ne sais plus… Après, je crois.

Il me scruta, méfiant. Alors j'ajoutai :

– Je t'ai menti, Federico. Je n'ai pas couché avec cette fille.

On aurait dit, à son expression, qu'il lui était plus facile d'accepter mon arrêt de mort que ma renonciation à une nuit avec la fille du bar.

– Qu'est-ce que tu me racontes là ? Le concierge vous a vus rentrer ensemble…

– Je vois que tu as mené ta petite enquête.

Il fut peiné par mon ton pincé. S'il avait été plus fin, il se serait aperçu que quelque chose clochait dans ma réaction. Je me ressaisis, l'affabulation m'obligeait à la prudence.

– Pardon, je suis à cran. Oui, d'accord, j'avais l'intention de coucher avec cette fille. Mais je ne l'ai pas fait. Nous nous sommes baladés sur la plage, puis nous sommes rentrés à l'hôtel ensemble... C'est vrai. Mais au moment où nous sortions de l'ascenseur, j'ai reçu le message de mon médecin. Je ne voulais pas le lire devant elle, mais je l'ai fait. Je ne me rappelle plus ce que j'ai inventé, mais je t'assure que, après avoir lu le message, je n'avais plus envie de coucher avec elle. J'avais juste envie d'être seul. Alors je me suis excusé et, comme un con, je suis allé m'enfermer dans ma chambre.

– J'étais tellement content pour toi. C'était une fille superbe. Je ne savais pas que tu avais des soucis de santé. Tu ne m'en as jamais parlé.

Il était secoué, je me sentis coupable.

– Qu'est-ce que je peux faire... pour t'aider ? me demanda-t-il.

Je m'en voulus tout de suite d'avoir inventé cette histoire de maladie. Sans compter que la superstition me soufflait à l'oreille : « On ne plaisante pas avec ça ! »

Laura m'avait déjà attiré dans sa toile : je mentais pour elle, pour la tenir à l'écart de mon monde. J'avais lutté toute la journée contre l'envie de m'abandonner à la reconstruction de ma nuit avec elle, pendant toute la durée de la réunion j'avais été deux personnes à la fois : celui qui gère les problèmes de sa boîte et celui qui vient de retrouver son premier amour.

– Excuse-moi, je suis crevé, finis-je par dire à Federico. J'ai besoin de dormir, d'oublier un peu tout ça. C'est trop violent, je n'y étais pas préparé. Toute ma vie va être désormais bouleversée... À partir de maintenant, rien ne sera plus pareil. Je ne suis déjà plus le même.

J'étais sincère, absolument sincère, mais Federico ignorait ce dont je parlais.

– Tu seras le seul à savoir, m'exaltai-je, je n'ai pas l'intention de me confier à quelqu'un d'autre. Même pas à ma femme.

– Ton médecin le sait, lui…

– Les médecins gardent les secrets des patients mieux que les confesseurs les péchés.

Il y eut un assez long silence, puis Federico fit signe au garçon d'approcher.

– Tu ne veux pas continuer plutôt avec une blonde ? me demanda-t-il en fixant mon verre vide.

Je ne pus réprimer un sourire. Il sourit lui aussi en passant la commande. Nous restâmes en silence dans l'attente de nos verres ; je suivais la danse des mains du garçon qui baissait le levier et laissait couler la bière en gardant le verre penché.

– C'est quoi, le nom de cette maladie ? me demanda Federico, après la première gorgée de bière.

– Parkinson.

Il ne sut comment réagir. Il posa une main sur mon épaule et ne put que s'empêtrer dans des banalités :

– Je ne peux pas y croire… Tu es encore si jeune, Lorenzo.

Je me fis un devoir de le rassurer.

– Il ne faut pas s'inquiéter plus que nécessaire. Je suis entre de bonnes mains. Le docteur Perna est un ami, il m'a déjà fixé un rendez-vous avec un grand spécialiste de la maladie de Parkinson, le plus réputé en Italie.

– Comment s'appelle-t-il ?

– Je ne sais plus… bafouillai-je, en me gardant bien d'inventer un nom dont Federico aurait pu vouloir vérifier l'existence.

– Mais enfin… comment est-ce arrivé ? Je veux dire : comment tu t'en es rendu compte ? C'est quoi, les symptômes ? Tu as toujours l'air tellement en forme…

– Il n'y a pas vraiment de symptômes pour le moment, me hâtai-je de répondre. C'est juste que… Écoute, Federico, je n'ai pas envie d'en parler maintenant. Je n'ai pas fermé l'œil de la nuit, je me sens complètement vidé. Cette réunion a été pour moi un supplice. Je monte me coucher, on en reparlera demain dans le train du retour.

– Si nous arrivons à nous libérer de John et de sa femme…

– Ah, oui, au fait… Qu'est-ce qu'il a dit ? Ils rentrent avec nous, finalement ?

– Oui. Sa femme voulait rester quelques jours de plus, mais lui veut repartir. Il prendra le Frecciarossa pour Rome avec nous demain.

– Je sais que la réunion d'aujourd'hui ne lui a pas laissé une très bonne impression, Lojacono est un vrai fils de pute… Il faut qu'on s'en débarrasse, Federico. D'une manière ou d'une autre.

– C'est sûr, mais nous devons y aller mollo, je ne le sens pas, celui-là. Il est capable de tout. Je l'ai vu discuter avec la femme de John, c'est à peine si elle m'adresse la parole, mais avec lui… Elle était sous le charme. Il a dû lui offrir un beau cadeau.

– Ça ne m'étonnerait pas, répondis-je, un instant gagné de nouveau par l'enjeu de la bataille que nous menions ensemble, Federico et moi, contre Lojacono.

– Et la fille… elle est encore à l'hôtel ? me demanda brusquement Federico.

– Non, fis-je en me levant pour regagner ma chambre. Elle est partie.

– Et comment tu le sais ?

Je ne répondis pas et m'éloignai en lui faisant un vague signe de la main.

## 3.
## RETOUR À LAURA'S END

Allais-je un jour retrouver Laura ? Je la revis dans l'ascenseur appuyer sur le bouton de son étage. Elle me tournait le dos. Nous étions seuls dans la cabine, en pleine nuit, proches par ce qui s'annonçait et lointains par le temps qui s'était écoulé entre nos vies. Son châle tomba en découvrant son dos, mais elle ne bougea pas. Je fixais ses épaules. Le mot le plus proche de mon état, à ce moment-là, serait « anesthésié » : je me laissais porter par ce qui devait se produire. Je ne me souciais plus de rien, j'étais à ma place sans savoir quelle était cette place. Quand je me penchai pour ramasser le châle, elle se pencha en même temps que moi. Puis elle se retourna et nous nous retrouvâmes accroupis, l'un en face de l'autre. Je respirais sa peau, je retrouvais l'air qui nous balayait le visage, quand nous filions ensemble sur ma Vespa, sur le *lungotevere* ondoyant. Nos mains serraient le châle entre nous, le poids de sa poitrine m'était doux, la Vespa traversait la ville et l'odeur du Tibre montait à mes narines. Je l'embrassai fougueusement, lui caressai les seins, le ventre, les jambes : sa peau sous mes doigts se déployait sans fin. Je revivais ce que j'avais vécu, et c'était plus que ce que j'avais vécu.

Il me semblait que nous avions tout le temps devant nous, en tout cas toute la nuit, et c'était l'éternité. Par instants, j'étais intimidé comme s'il me fallait tout réapprendre avec elle. Quand la porte de l'ascenseur s'ouvrit et que Laura sortit dans le corridor désert, je la suivis comme un danseur qui répète le même pas de danse.

J'avais menti à Federico pour garder ma nuit intacte. Je ne voulais la raconter à personne, parce qu'elle était à moi et que j'avais envie de me la répéter à l'infini pour y ajouter de nouveaux détails, destinés à la recomposer tout entière.

Il nous était arrivé une seule fois de faire l'amour dans un hôtel, et c'était trente ans plus tôt. Comment savais-je qu'elle irait tout de suite ouvrir la fenêtre ? Ce fut exactement ce qu'elle fit en entrant dans sa chambre. La vue sur la Baie du Silence et la côte ligure était splendide, et la lune si blanche que la nuit en paraissait plus noire. Nous sortîmes sur le balcon. La lune, la nuit, nous deux sur le balcon, c'était une piètre romance. « Prends garde à toi ! » me disait ma voix intérieure. Mais je n'avais pas envie de l'écouter ni de prendre garde. Elle s'appuya contre moi, j'entendais son cœur battre contre le mien. Je voulais que les choses se passent comme elles étaient en train de se passer, obéissant à la mémoire qui ressurgissait et qui dépassait d'un bond les années écoulées. Elle prit ma main et la glissa sous son chemisier. Laura tout entière qui me revenait. Tout aurait pu s'arrêter sur ce balcon d'où nous aurions pu nous envoler en mettant le mot « fin » sur notre histoire. Quel meilleur moment pour en finir ensemble ?

– Pas ici, dit-elle.

Elle ne me laissa pas le temps de réagir. Elle serra ma main et m'entraîna hors de la chambre.

– Non, pas l'ascenseur, par là !

Elle emprunta l'escalier pour descendre, je la suivis. J'étais à elle.

– Donne-moi ta clé, dit-elle, quand nous fûmes arrivés sur le palier de mon étage.

Je lui donnai ma clé, elle épia le couloir, elle semblait se préoccuper de ne croiser personne. Peut-être n'était-elle pas seule dans cet hôtel ? Elle me tira vers la porte de ma chambre, qu'elle ouvrit avec l'adresse d'un cambrioleur. Puis elle me poussa à l'intérieur et referma la porte. J'étais en cage, de nouveau prisonnier.

J'entrai dans ma chambre avec l'intention de me coucher tout de suite. J'avais prévenu Federico que je ne dînerais pas avec les autres, il se chargerait de leur expliquer que j'étais encore souffrant, comme ils avaient pu d'ailleurs le constater pendant la réunion. Heureusement, « l'Ami américain » avait prévu de passer la soirée avec sa femme, laquelle détestait les repas d'affaires. J'allais me glisser sous les draps, quand mon téléphone sonna.

– Alors, on s'amuse ?

C'était ma femme. Je toussai, gêné, mon corps réagissait plus vite que mon cerveau.

– Ça va ? demanda-t-elle. Je t'avais dit de prendre un pull, les bords de mer sont traîtres…

Mon portable aurait pu être tombé dans des mains inconnues, Maria Elena ne s'en serait pas aperçue, car elle continuait à parler sans se préoccuper de mon silence.

– Je suis sûre que tu es allé te balader sur la plage.

Finalement, puisque je ne répondais toujours pas, elle dit :

– Lorenzo… tu es là ?

Ma femme avait une très belle voix, je me demande si je ne suis pas tombé amoureux de sa voix avant tout autre chose. Elle savait en tout cas à quel point j'y étais sensible, car elle jouait de cet atout chaque fois que nous nous disputions. Elle pouvait tout obtenir de moi en modulant sa voix sur des timbres qui me prenaient en otage. Je ne lui ai jamais dit l'effet érotique qu'elle produisait sur moi quand nous faisions l'amour.

– Demain, je viendrai te chercher à la gare, dit-elle.

– Je peux prendre un taxi.

Ce qui signifiait entre nous : « Viens me chercher... »

– Et les enfants, ça va ? demandai-je par habitude.

– Frida a eu vingt sur vingt en maths.

– Mon petit génie...

J'étais fier de ma fille qui avait cette intelligence des mathématiques que je n'avais jamais eue.

– Et Gio est impatient de te montrer son Lego. Il l'a construit tout seul. Il s'attend à en avoir un autre, tu y as pensé ?

Non, je n'y avais pas pensé.

– Il faudra me trouver une bonne excuse, ma chérie, répondis-je.

– Une excuse pour quoi ?

– Pour le Lego. Tu peux t'en occuper ?

À partir de ce jour-là, « Tu peux t'en occuper ? » serait le leitmotiv de toutes mes absences, de tous mes manques et de ma lâcheté grandissante. Ma nouvelle vie débutait en colonisant l'ancienne. J'avais fait mon choix sans m'en rendre compte.

– Bien sûr, ne t'en fais pas, répondit-elle. Et Federico, ça va ?

Maria Elena aimait bien Federico, qui ne venait jamais chez nous sans lui apporter un bouquet de fleurs blanches, quelle que fût la saison. Ma femme prisait le blanc, qu'elle jugeait être l'âme de l'élégance. Notre appartement était sous l'enseigne du blanc : il dominait dans toutes les pièces, c'était sa signature. Ou plutôt, son œuvre. Une œuvre *in progress*, car son métier d'architecte d'intérieur la poussait à faire sans cesse des expérimentations à la maison ; ainsi, chez nous, les objets et les meubles changeaient d'emplacement suivant les recherches esthétiques de ma femme. Ce qui n'était pas très confortable pour moi, de nature plutôt routinière ; j'y perdais mes repères, mais je me taisais.

Ma femme était une parfaite maîtresse de maison, les plus grands succès de ma carrière, je les avais remportés en invitant chez nous les personnes qu'il fallait. John Carewood et son épouse, par exemple, furent littéralement séduits par notre appartement, lors d'un dîner que Maria Elena soigna dans le moindre détail. Ce dîner avec mon boss américain me valut, à l'époque, le poste de directeur général des usines italiennes. J'avais procédé à la réorganisation du travail dans les trois usines sans augmenter pour autant les effectifs. Je m'étais fait quelques ennemis, notamment Lojacono, qui voulait embaucher du personnel dans l'établissement qu'il dirigeait.

– Tu crois que tu pourrais organiser un dîner avant la fin de la semaine ? demandai-je.

– Un dîner avec qui ?

– Pamela et John. Ils vont repartir dimanche pour les États-Unis, je ne suis même pas sûr qu'ils pourront venir, mais j'ai besoin de ce dîner. Je n'étais pas très en forme ce matin. Tu sais, la réunion sur l'usine de Lojacono...

Ma femme savait tout de mon travail, je suivais souvent ses conseils, elle avait plus que moi l'intelligence des personnes et le flair des situations.

– Nous pourrions les inviter avec Federico et Angiolina, dit-elle.

– Finalement, je ne sais pas si c'est une bonne idée, fis-je, ennuyé à l'avance par ce dîner de travail qu'au fond de moi je ne souhaitais pas.

– Qu'est-ce qu'il se passe, Lorenzo ? Tu as l'air bizarre...

Je me dis qu'il me faudrait redoubler de prudence avec elle, après ma nuit avec Laura. Je ressentis brutalement toute la cruauté de ce que j'avais inventé pour couvrir ma nouvelle condition, et pourtant l'idée me tenta de répéter à ma femme ce que j'avais raconté à Federico : je voulais être plaint, cajolé, choyé. Malade, d'ailleurs, je l'étais.

J'avais emprunté une pathologie qui n'était pas la mienne, mais j'étais quand même victime d'une maladie. En fin de compte, je ne mentais pas : il venait de m'arriver quelque chose qui s'en prenait à moi, corps et âme, et je n'étais pas en mesure de me défendre. Si Laura avait frappé à la porte à cet instant pour m'inviter à la suivre, je l'aurais suivie comme l'esclave que j'étais déjà.

Je n'avais jamais prononcé le nom de Laura devant ma femme. Au fil des années, je lui avais parlé de toutes mes relations amoureuses avant elle, sauf de celle que j'avais vécue avec Laura.

– Lorenzo… tu me manques, susurra Maria Elena.

J'eus brusquement envie d'être dans ses bras. Ne pouvais-je jeter ma nuit avec Laura dans la fosse où j'avais enterré notre histoire ? D'ailleurs, ne m'avait-elle pas de nouveau quitté ?

– Toi aussi, tu me manques, répondis-je.

Et en prononçant ces mots, je savais que je m'apprêtais à devenir le menteur sincère que j'avais au fond toujours été.

Après avoir raccroché, j'essayai de me convaincre que je n'avais aucune raison de redouter que ma nuit avec Laura change quelque chose à ma vie de famille. L'ancienne Laura n'existait plus et la nouvelle n'était pas un danger. Elle ne serait que l'aventure d'une nuit, je ne la reverrais jamais plus. Mais le besoin de la retrouver me démangeait déjà. Je voulais lui appartenir encore plus que je ne voulais qu'elle m'appartienne. J'étais envahi par mon histoire avec elle, que j'avais si longtemps crue morte.

Au lieu de m'endormir, je commençai à me rejouer une nouvelle fois cette nuit qui ne sortait pas de ma tête, je retrouvais chaque émotion, chaque mot prononcé dans le noir, chaque silence et chaque sensation déclenchés par nos retrouvailles. Ma mémoire était tellement pleine qu'elle s'interrompait par de courtes plongées de demi-sommeil pour ressurgir plus vive que jamais.

Mon téléphone sonna de nouveau. Je faillis ne pas répondre, je craignais que ce ne fût Federico ou de nouveau ma femme. Puisque la sonnerie insistait, je jetai un œil sur l'écran et je lus : « Numéro inconnu ». Je décrochai.

– Je n'ai pas disparu, dit Laura, comme si elle répondait à la question qui me tourmentait depuis des heures.

Je succombai à une secousse de joie.

– Je ne suis pas revenue pour t'abandonner de nouveau, Renzo. Cette nuit… a signifié beaucoup pour moi.

Et comme je n'arrivais pas à parler, elle continua :

– Je ne veux rien t'imposer, mais je sais que tu ressens la même chose.

– Comment tu sais ce que je ressens, Laura ?

– Je le sais… Je le sais à cause de cette nuit.

Oui, cette nuit nous avait marqués tous les deux, je le ressentais au plus profond de moi.

– Tu as ta vie à défendre, reprit-elle. Même si tu ne m'en as rien dit, comme je ne t'ai rien dit de la mienne. Sauf qu'en nous taisant sur ce que nous sommes devenus l'un sans l'autre, nous avons ressuscité ceux que nous étions. La soif de revivre en plus.

J'étais tellement heureux, elle aurait pu me réciter l'annuaire du téléphone, l'écoute de sa voix m'aurait comblé. Puis le sens des mots arriva peu à peu à mon entendement et ce fut douloureux. Car Laura n'était plus cette voix au téléphone mais de nouveau le corps nu que je serrais dans mes bras. Les lampes du jardin éclairaient le lit, à travers la fenêtre grande ouverte, des faisceaux colorés balafraient son visage ; j'aimais éperdument ses petits seins, ses hanches et son ventre blanc dans le noir.

– Si tu ne veux pas de moi, si tu sens que cette nuit risque de mettre en danger ton couple, ta famille, dis-le-moi et je disparaîtrai de ta vie. Ça me coûtera de renoncer à toi, mais je le ferai. Je te dois ça… trente ans après.

Elle eut un rire triste.

– Ce ne serait qu'un juste retournement des choses, continua-t-elle. Une symétrie équitable.

Je voyais les larmes briller sur son visage, éclairé par les réflecteurs, là-bas, dans la nuit de la ville.

– Sauf que cette fois, continua-t-elle, je disparaîtrai pour de bon. À jamais, Renzo.

– Non !

Ce fut tout ce que je pus dire. D'ailleurs, je n'étais même pas sûr d'avoir prononcé ce « Non ! ». Je voulus le répéter pour qu'elle l'entende, mais la voix me fit défaut. Alors je bondis et me précipitai vers la fenêtre, où elle se tenait immobile. Je la serrai très fort contre ma poitrine, mes bras s'engourdissaient tandis qu'elle disparaissait, en moi ou ailleurs, je ne sais pas. De ne plus la voir, j'en perdais connaissance. Les lumières extérieures me traversaient comme une lame, une pensée me foudroya : « Je mourrai sans elle. »

Quand je recouvrai mes esprits, je tremblais et la gorge me brûlait. Je me souvins de mon hallucination. Laura ne pouvait pas être dans la chambre, je ne savais même pas où elle se trouvait en ce moment, probablement je ne la reverrais plus. Elle ne m'avait pas appelée, ce n'était qu'un rêve. Je me sentais aussi lucide qu'avant notre rencontre, je venais de retrouver l'homme que j'étais, celui qui avait une femme, des enfants, une famille, quelques aventures sans conséquence et un travail gratifiant. Celui qui protégeait les siens et qui se voulait fort pour eux. J'étais couché par terre, près de la fenêtre. Je me levai un peu trop brusquement, la tête me tourna, je dus m'appuyer contre le mur. J'attendis quelques minutes, je n'avais plus peur. J'allais quitter ma nuit, j'avais retrouvé la raison.

*Life is bigger / It's bigger than you / And you are not me…* (La vie est plus grande, plus grande que toi, et tu n'es pas moi…)

Quand je fus sûr de pouvoir bouger sans risque, je cherchai mon portable et ne le trouvai pas. J'avais parlé à ma femme, je n'avais pu l'oublier ni sur le comptoir du bar ni dans la salle de réunion. Je sentis monter en moi cette anxiété qui serait plus tard la compagne fidèle de ma culpabilité, chaque fois que mon téléphone disparaissait de ma vue. Pour l'instant, ma préoccupation était sans fondement, mon téléphone ne cachait rien, aucun message douteux, aucun appel requérant une justification. Rien. Pas encore. Je m'approchai du lit et je l'aperçus enfin, en partie caché sous l'oreiller ; je l'attrapai et consultai les appels reçus. Tout de suite après le numéro de ma femme, je vis apparaître : « Numéro inconnu ». Je n'avais donc pas rêvé.

Je fixai l'écran, le téléphone sonna. De nouveau : « Numéro inconnu ».

– Renzo… Pourquoi tu m'as raccroché au nez ?

Je n'avais aucun souvenir d'avoir interrompu ma conversation avec Laura.

– J'ai essayé de te rappeler, tu ne répondais pas… continua-t-elle.

Je me revis alors tomber dans un vertige qui m'aspirait vers le bas. J'entendais le téléphone sonner, mais je ne pouvais pas décrocher ; j'étais allongé quelque part, incapable de me lever. J'imaginais Laura composer le numéro de la réception de l'hôtel et supplier qu'on aille frapper à la porte de la chambre 486. Je voyais le réceptionniste rappeler Laura : « Madame… Vous êtes madame Fontana, n'est-ce pas ? Nous sommes désolés, Madame… Votre mari… a eu un accident cardiaque… »

Je voyais Laura raccrocher et me fixer en silence.

– Je te demande pardon, Renzo, dit-elle. Tu étais l'amour de ma vie. Maintenant, je peux te le dire. On ne peut pas être aimée d'un amour si puissant, si absolu, comme tu m'as aimée, sans aimer en retour. Non, on ne le peut pas.

– Si Laura, on le peut. C'est exactement ce que tu as fait il y a trente ans. On peut aussi mourir d'amour parce qu'on n'est pas aimé. Ne ris pas, c'est vrai… Je t'ai aimée jusqu'à en mourir, mais tu n'en avais rien à faire. Tu m'as quitté. On peut quitter cet amour-là, tu l'as fait.

– Je l'ai fait, mais j'en ai payé le prix. Je pourrais te faire la liste de tous les moments de ma vie où j'ai regretté de t'avoir quitté.

Je ne dis rien, elle me demanda :

– Et maintenant… Est-ce que tu veux me revoir, Renzo ?

J'aurais voulu répondre : « Quand tu veux, Laura, où tu veux, même tout de suite. Je viens avec toi où que tu décides d'aller. Garde-moi une place dans ta vie, même la plus petite. Ça me suffira. » Mais je restai muet.

– Pourquoi tu ne réponds pas ? Tu ne veux pas me revoir ? insista-t-elle.

– Si je veux te revoir ? Tu as vraiment besoin d'une réponse ?

Je ris pour désamorcer le pathos.

– Après cette nuit que je n'ai ni cherchée ni imaginée, ajoutai-je en redevenant sérieux, je ne suis plus le même, Laura.

– Si, tu es le même ! Tu es celui que j'ai connu.

– Donc je ne suis plus le même. Si je suis celui que tu as connu, je ne suis plus celui que je suis devenu. Je ne veux pas savoir par quel hasard je t'ai retrouvée sur mon chemin, je veux juste te garder un peu avec moi. Alors, quel que soit le prix à payer, quelles que soient les conditions, oui, je veux te revoir. Je veux te revoir encore, encore et encore. Mais je veux bien aussi te revoir une dernière fois, si c'est ce que tu veux. J'accepte tout, je signe tous les contrats du monde, tu n'as pas besoin de me faire la liste de tes exigences. Je veux te revoir parce que je ne suis pas sûr que cette nuit soit réelle, je ne cesse de me demander si tu étais vraiment là… avec moi. Je suis peut-être devenu fou…

J'entendis son rire que j'aimais tant.

– Tu as toujours été doué pour parler d'amour, Renzo. J'ai souvent repensé à ce que tu me disais à l'époque… Tu ne me croiras pas, mais il y a certaines de tes phrases que j'ai reportées dans un cahier.

Elle rigolait comme si elle ne voulait pas se prendre au sérieux, comme si elle riait à ma place de la bêtise qu'elle venait de m'avouer.

Nous n'avions convenu ni d'une date ni d'un lieu, mais nous savions que nous allions nous retrouver. Elle habitait à Milan, moi à Rome, elle voyageait beaucoup pour son travail, moi aussi. C'est ainsi que tout a commencé. Nous nous envoyions des mails, des messages, nous nous fixions des rendez-vous téléphoniques. Nous n'avions décidé ni des délais ni de la nature de nos échanges, mais ils furent de plus en plus fréquents et de plus en plus érotiques.

– J'ai acheté un téléphone rien que pour nous, me dit Laura, le lendemain de son premier appel. Tu peux m'écrire quand tu veux, autant que tu veux, en utilisant ce numéro. Il n'y a aucun risque. Tu peux aussi m'appeler, il faut juste s'organiser. Il suffit que tu me préviennes avec un message.

À partir de ce moment-là, j'ai vécu comme un enfant éternellement excité. J'avais le sentiment de passer chaque matin la grille du pays des merveilles, je me moquais de ce que je laissais derrière moi, tout à l'aventure d'un voyage inespéré dans le monde nouveau. J'avais franchi la limite de l'autre côté de la Terre, ce que nous appelions entre nous : « *the other side* ».

Laura prenait garde à maintenir scrupuleusement cachée notre liaison, elle pensait à tout, elle était obsédée par le secret. Son mari était maladivement jaloux, je compris qu'elle le craignait. Elle classait tous nos messages dans une clé hautement sécurisée, la *IronKey*, dont elle me détailla par mail les caractéristiques afin de me convaincre de m'en procurer une : « Elle a la meilleure certification pour le stockage sécurisé. Elle ne nécessite aucun logiciel. Elle chiffre toutes les données qu'on lui confie. Si on essaie de saisir son mot de passe, elle enclenche une procédure d'autodestruction interne de tout ce qu'on y a enregistré. Il faut que tu t'en achètes une, Renzo, ça coûte 400 euros mais ça en vaut la peine. Elle est étanche et résiste même au lave-linge ! »

« Je vais essayer le lave-linge », lui répondis-je, heureux comme je l'étais à chacun de ses messages.

Je lui obéis. J'achetai la clé et lui envoyai une photo de mon achat pour lui prouver ma diligence. Mais, après le zèle du début, j'oubliai souvent d'y stocker nos messages, que je classais la plupart du temps dans l'un de mes dossiers professionnels. Laura ne le sut jamais. Elle avait sûrement de bonnes raisons d'être prudente, mais elle avait aussi un goût pathologique pour la clandestinité. Il est vrai que, de mon côté, j'avais la certitude que ma femme ne s'abaisserait jamais à fouiner dans mes affaires. Maria Elena méprisait les mesquineries et l'avilissement de la jalousie, elle plaignait les couples qui en arrivaient là. « Dans ce cas, il vaut mieux finir en beauté, disait-elle. On trahit l'amour à force de le traîner dans la boue de la suspicion. On ne peut pas transformer la vie de couple en une filature permanente. Si la confiance meurt, l'amour est déjà mort. »

J'étais fier de ma femme, je la jugeais tellement supérieure à moi, dans ce domaine comme dans tant d'autres. Malgré les entorses que je faisais de temps à autre à notre serment de fidélité, pas une seule fois, *avant Laura*, je n'avais eu le sentiment de la tromper. *Après Laura*, par contre, je sus d'emblée que je l'avais trahie. Je n'ai jamais essayé d'amoindrir ma responsabilité, je ne me suis pas trouvé d'excuses, je me savais coupable et j'étais parfaitement conscient de ma faute.

J'étais coupable, mais je n'en souffrais pas. Je vivais une sorte de culpabilité joyeuse. Chaque forfait que je menais à bien, chaque échange consommé avec Laura, parfois même pendant que j'étais aux côtés de ma femme, renforçait en moi la conviction de mon impunité. Les pics d'émotion que j'atteignais dans ma vie secrète avec Laura m'aveuglaient. J'étais heureux, je me croyais invincible.

## 4.
## DOUBLE VIE

Le retour à la maison fut un moment de retrouvailles parfaites. J'étais si heureux de les revoir tous les trois, ma petite famille. J'avais même réussi à acheter un Lego pour Gio, qui en eut ainsi deux, ma femme en ayant déjà acheté un de son côté. L'appel de Laura, le lendemain de notre nuit, avait démultiplié mon énergie : une joie et une excitation immenses ne demandaient qu'à se déverser autour de moi. Ma fille boudait, car elle n'avait pas reçu deux cadeaux comme son frère, sans compter que Maria Elena avait choisi pour elle un objet utile, ce qui minait le principe même du cadeau. Déjà qu'elle était convaincue que sa mère lui préférait Gio... Mû par une générosité nouvelle, prenant sa source dans l'événement qui venait de bouleverser ma vie, je me gardai de faire remarquer à ma femme son erreur et me limitai à lancer un clin d'œil à ma fille, que cette marque de complicité calma aussitôt. Depuis la naissance de son frère, elle éprouvait un manque d'affection de la part de sa mère ; je comprenais son sentiment, car Maria Elena avait été littéralement happée par ce bébé blond qui ressemblait tellement aux autres membres de sa famille à elle. C'était comme si elle assistait à un miracle, après la naissance de la fillette brune aux cheveux bouclés qui, elle, avait pris tous les gènes de mes ancêtres. La grossesse n'avait jamais beaucoup intéressé Maria Elena, ni la première ni la seconde; et son premier accouchement ne s'était pas très bien passé, elle avait souffert avant que l'on ne se décide à recourir à la péridurale. Je me souviens de mon désarroi, puis de la joie qui m'avait envahi, quand Frida était sortie d'entre ses cuisses en hurlant de toutes ses forces. L'émotion que j'avais ressentie pour l'étrange créature atterrie dans mes bras m'avait fait négliger ma femme, je crois qu'elle ne me l'a jamais pardonné. Je me rappelle m'être éloigné d'elle sans un mot, pire, sans un regard, et avoir suivi l'infirmière avec ce poids irréel entre mes mains pour aller donner le bain au nouveau-né.

Depuis mon retour de Sestri Levante, toute mon attitude envers ma famille était empreinte d'une bienveillance qui suscitait parfois la perplexité de Maria Elena. J'aurais dû prendre garde à ne pas trop exhiber le changement, car cette bienveillance, mièvre par instants, n'allait pas sans une certaine distance, difficile à dissimuler. Les espions consommés soignent les détails et surtout ils ne changent rien à leurs habitudes. Il n'y a pas de sentiment qu'ils ne puissent plier à leur volonté, il y a chez eux un côté froid qui leur facilite la tâche. Moi, j'étais heureux, or le bonheur fait baisser la garde. Mon instinct de défense s'en trouva diminué, je regardais le monde d'un œil étonné, comme si je n'en avais jamais remarqué la perfection; parfois j'avais simplement envie de m'asseoir et d'attendre. Attendre qu'un message de Laura arrive, attendre d'en envoyer un moi-même, imaginer les éléments du rendez-vous que nous convoitions tous les deux, le mettre en scène dans ma tête, le vivre jusqu'au bout de mes fantasmes.

La présence de Laura dans ma vie m'était devenue indispensable, j'ouvrais les yeux pour lui dire bonjour, je les refermais pour lui souhaiter bonne nuit. Entre les deux, c'était une pluie de messages. Laura ne me quittait pas, où que j'aille, quoi que je fasse. J'étais en connexion permanente avec elle et cette vie secrète qui alimentait mon quotidien était devenue pour moi un surplus d'existence. Quant à mon travail, ma nouvelle condition non seulement ne lui nuisait pas, mais elle lui profitait. Fort de mon énergie redoublée, je remportais dans mon job des succès rapides, suscitant l'admiration des uns et l'aversion des autres. Bref, je me sentais constamment vainqueur. Les victoires grisent, j'étais grisé et ne voyais pas les dangers qui me guettaient.

En raison de ce que je lui avais confié, Federico me regardait comme le condamné qui a choisi de mourir avec panache. Il ne comprenait plus rien à l'ami d'autrefois, il me savait malade, alors qu'il ne m'avait jamais vu dans une forme aussi éblouissante. Je ne savais pas trop comment me conduire avec lui, mais j'essayais de donner le change ; je sentais toutefois qu'il se méfiait de mon optimisme. Alors je le fuyais et évitais de m'en expliquer.

John Carewood, qui m'avait manifesté son inquiétude lors de ce dîner que ma femme avait finalement réussi à organiser avant le retour du couple aux États-Unis, m'envoyait des messages de félicitations pour mes dernières performances. Ma rémunération fit un bond, je ne pensais qu'à la manière de fêter ces changements lors de ma prochaine rencontre avec Laura. Je la voulais somptueuse.

Ce fut à ce moment-là que ma femme me demanda d'investir dans son agence une somme assez conséquente. Elle avait toujours suivi de près ma carrière, nous avions ouvert un compte commun dès le début de notre vie de couple, preuve de notre confiance réciproque. Je me sentis mesquin lorsque je commençai à retirer du liquide, que je cachais dans des livres que Maria Elena détestait ; *Belle du Seigneur*, par exemple. J'accumulais ainsi, peu à peu, un petit magot destiné à être flambé en compagnie de Laura. En aidant ma femme dans le développement de son agence, en lui permettant de profiter de mon argent, je m'absolvais de ma vie secrète.

Nous avions convenu avec Laura d'une prudence à toute épreuve, je l'ai déjà dit, elle était à cet égard d'une rigueur extrême. Passionnée par son métier de galeriste, sans enfant, les œuvres d'art étaient toute sa vie. Elle avait contribué à la réputation de la fameuse galerie milanaise Rosati & Jasser, propriété de son époux, héritier d'une famille de marchands d'art. Contrairement au couple que je formais avec ma femme, le sien ne possédait pas de compte joint, elle disposait de son propre compte sans que personne n'ait un droit de regard sur la manière dont elle dépensait son argent, alors que celui-ci lui venait de son beau mariage. La galerie ne lui appartenant pas, elle m'avait fait comprendre qu'en cas de divorce, elle n'aurait même plus le droit d'y travailler. Dario, son mari, avait protégé le reste de sa fortune en la mettant à l'abri au Luxembourg et en la convertissant dans des biens difficilement repérables, si bien qu'elle serait pénalisée par une éventuelle séparation. Mais la vraie raison pour laquelle elle restait avec lui, c'était l'amour de cette galerie où elle avait investi les meilleures années de sa vie. Et puis, il y avait la peur. Au début, elle ne s'attardait pas trop sur cette peur, mais elle me la laissait deviner aussi concrètement que si elle s'en était longuement expliquée. Plus tard, ce fut un sujet récurrent dans tous nos échanges, et j'en fus contaminé jusqu'à ne plus pouvoir penser à Laura sans craindre de la perdre à cause du danger que représentait son époux.

Nous échangions surtout des messages et des mails, nous nous racontions chaque moment de notre vie, présente ou passée. Laura avait ouvert un compte mail rien que pour nous, chaque fois que j'en voyais apparaître l'adresse dans ma boîte, je sursautais : unamourparfait@gmail.com.

Malgré ses recommandations, j'étais beaucoup moins prudent qu'elle et ne classais pas toujours ce qu'elle m'envoyait ; je créais des cachettes dans mon téléphone pour y enfermer nos mots d'amour, que j'aimais relire. Laura avait un numéro de téléphone destiné à ses échanges avec moi, moi j'avais caché le sien sous un nom fictif ; j'ignore pourquoi j'avais choisi celui de Rafael, l'ami qui me l'avait autrefois enlevée. J'aurais dû savoir, et probablement je le savais, que ce genre de revanche symbolique, ces petits plaisirs de l'ego, ces choix stupides qui nous poussent à donner un sens à tout ne sont qu'une manifestation de faiblesse. Jamais un professionnel du secret n'agirait ainsi. Laura ne le faisait pas, par exemple ; moi, j'étais un dilettante. Nous nous envoyions un grand nombre de photos : images des lieux que nous avions visités pendant les trois décennies de notre séparation ou de ceux que nous aurions aimé visiter ensemble ; images aussi de notre jeunesse, que j'avais retrouvées chez mes grands-parents, dans cet appartement de Monteverde Vecchio que je n'avais jamais voulu vendre ni mettre en location, à cause de ce sous-sol où j'avais passé tant d'heures de mon enfance, seul avec moi-même et avec ma collection de petites voitures.

Peu à peu, Laura et moi avions reconstruit notre passé avant notre rencontre à l'hôtel Vis à Vis de Sestri Levante. Ce temps existait toujours, mais il n'entrait pas en collision avec notre « *more than life* », comme nous avions appelé dès le début le recommencement de notre histoire. Quoique cela puisse paraître difficile à croire, je me conduisais beaucoup plus qu'avant en bon mari et en bon père. Je faisais de temps en temps l'amour à ma femme en la prenant avec moi dans mon nouveau monde, sans qu'elle ne se doute jamais de cette migration que je lui imposais à son insu. Avec les enfants, c'était encore plus facile : j'étais devenu un père accompli. Bref, non seulement j'allais bien, pour m'exprimer vulgairement, mais j'étais plus séduisant, plus convaincant, plus brillant que je ne l'avais jamais été. Les enfants étaient aux anges. Je ne leur avais jamais consacré autant de temps, ce qui me valut la gratitude de ma femme, de plus en plus occupée par son travail. Maria Elena avait toujours dirigé notre maison comme elle dirigeait son agence : d'une main ferme et d'un œil expert. Comme beaucoup d'hommes qui se pensent modernes dans leur relation avec les femmes, et avec la leur en particulier, je n'avais jamais relevé de contradiction dans le fait que Maria Elena se charge de la conduite de notre famille, en sus de son travail. Que je lui aie toujours reconnu le droit sacré de bâtir sa vie professionnelle comme elle l'entendait me semblait tout à mon honneur ; je m'en réjouissais parce que cela prouvait mon ouverture d'esprit et ma grandeur d'âme. L'idée ne m'avait jamais effleuré que ce sentiment lui-même fût offensant pour elle.

## 5.
## L'AMI SANS OMBRE

Comme une mouche qui n'est pas réellement gênante, puisqu'elle s'éloigne chaque fois qu'on lui prête attention, Federico tournait autour de moi en me fuyant en même temps. Je n'avais plus l'intention de l'éviter, ce que je faisais pourtant depuis des mois ; après tout, il était le seul à connaître le secret de ma double vie, bien qu'il ne s'agît pas de celui qu'il croyait.

Au début, j'entends pendant les jours et les semaines qui avaient suivi la révélation de ma prétendue maladie, il ne cessait de me poser des questions sur ma santé.

– Tu sais que je suis là, répétait-il régulièrement.

Ainsi qu'il arrive souvent dans ce genre de cas, le malade, s'il n'est pas encore vaincu par la maladie, se retrouve dans la situation paradoxale d'être celui qui console les siens, ou du moins celui qui les protège. Ces crises majeures révèlent souvent de quelle pâte nous sommes faits. Federico, de nature indéniablement optimiste, penchant généralement pour la dédramatisation, se refusant aux soucis et aux visions sombres, se conduisait pourtant avec moi comme si j'étais mourant. Puisque le regain d'énergie que la passion pour Laura m'insufflait démultipliait mes forces, Federico croyait que, sachant ma fin proche, je me donnais tout entier dans le travail comme dans la vie. Un chant du cygne, en somme. Il était persuadé que je frimais et que, résigné à mon destin, je tirais mes dernières cartouches. Or, il voulait que je me batte, et que je me batte pour la bonne cause : pour ma santé et pour ma famille, non pour l'entreprise.

J'appris tout cela le jour où la mouche, au lieu de s'éloigner promptement de moi comme à son habitude, pour ne pas trahir ses sentiments, décida de me déballer ce qu'elle avait sur le cœur. Federico me proposa ainsi un déjeuner dans son restaurant préféré, ce que je ne pus refuser.

– Je sais bien que tu n'as pas besoin de mon aide pour trouver les meilleurs traitements, me dit-il d'une voix maîtrisée, dès que nous fûmes assis en tête à tête.

Cette introduction me crispa. Federico interpréta ma réaction comme un signe de ma fragilité : le masque qui tombe quand l'ami vous ouvre les bras. Il posa affectueusement sa main sur la mienne, je réprimai un mouvement d'irritation. Une colère étrange montait en moi, je n'avais pas connu un sentiment aussi négatif depuis des mois. J'avais envie de balancer Federico en dehors de ma sphère, il risquait de contaminer mon nouveau monde, d'y apporter le danger de la fable que j'avais moi-même inventée sous l'emprise de la panique. Maintenant, cette fable m'encombrait, je n'en avais plus besoin et je ne savais comment m'en libérer.

Laura s'était enracinée dans ma vie, j'étais devenu un autre, et cet autre détestait avoir commis l'erreur d'un mensonge inutile. Était-il encore temps de corriger l'erreur ? Et si finalement je confiais à Federico que le médecin s'était trompé ? Qu'en fait, je n'étais pas malade ? Mais pourquoi aurais-je attendu tout ce temps avant de lui donner la bonne nouvelle ? C'était trop tard pour faire machine arrière.

Comment sortir de l'impasse ? J'aurais mieux fait de lui avouer une demi-vérité en évoquant une affaire extraconjugale. Il s'en serait sans doute réjoui, il aurait d'abord fait mine de m'en vouloir pour le souci que je lui avais causé, puis il m'aurait pardonné, heureux d'apprendre que j'étais en bonne santé et ravi d'être mon complice dans une simple affaire de cul. Nous avions déjà eu des discussions là-dessus, il s'était plusieurs fois attendu à ce que je lui avoue avoir trompé ma femme pour confirmer son postulat qu'un couple marié ne peut tenir longtemps dans la fidélité. J'avais toujours réussi à garder le secret sur mes petites aventures sans lendemain, ponctuelles et somme toute assez rares. Je m'étais bien gardé, par ailleurs, de lui reprocher ses coucheries à répétition, qu'il jugeait tout à fait banales. Nos couples se fréquentaient depuis des années, je connaissais sa femme, Angiolina, une jolie blonde, mère de trois garçons qu'elle élevait seule, Federico se conduisant en famille comme le quatrième enfant. Angiolina et Maria Elena représentaient deux types de femmes aussi opposés que possible l'un de l'autre : dès la naissance de son premier enfant, Angiolina avait renoncé à s'investir dans son travail de prof de gym, alors que Maria Elena, à la même occasion, avait redoublé d'énergie, soucieuse de ne pas négliger son métier, auquel elle tenait comme à sa propre identité. Il est vrai aussi que Federico avait fortement appuyé le choix de sa femme, qui lui permettait d'éviter toute restriction de liberté pour cause de paternité. Pour ma part, je n'aurais pas supporté une femme qui renonce à être celle qui m'avait conquis aussi grâce à sa passion pour le métier qu'elle exerçait. Mais je n'avais pas été confronté une seule fois à ce genre de dilemme, car l'idée que la maternité pût entrer en conflit avec son travail n'avait jamais effleuré Maria Elena.

Je n'ai pas cessé d'admirer ma femme. J'étais fier d'être à ses côtés, de la présenter à mes amis, à mes collègues, à mes patrons. J'étais conscient que la leur faire connaître me profiterait. J'avais de la chance, pensaient les gens autour de moi, Federico le premier : j'avais une femme belle, intelligente et qui avait de la conversation. Une femme ambitieuse aussi, qui dirigeait une petite entreprise et savait recevoir comme une reine. On me l'enviait, je me pavanais.

Mais revenons aux mois qui suivirent mes retrouvailles avec Laura, à l'hôtel Vis à Vis de Sestri Levante. Je ne l'avais pas revue, depuis cette nuit-là, mais ma passion était redevenue aussi impérieuse qu'autrefois. Le jour où j'allai déjeuner avec Federico, j'étais dans un état euphorique. Content de moi comme seuls peuvent l'être les irresponsables et les imbéciles ; je n'avais peur de rien ni de personne. Je savais que j'allais bientôt retrouver Laura, rien au monde ne comptait plus pour moi que le rendez-vous qu'elle m'avait fixé. La date et le lieu de notre rencontre étaient devenus l'axe mental autour duquel je tournais chaque jour, comme une stripteaseuse autour de sa barre de pole dance ; je multipliais les messages chiffrés, les rêves éveillés, et toutes les fantaisies du désir auquel j'étais asservi. J'aurais refait l'amour avec elle cent fois avant de le refaire pour de vrai. Les scénarios que je cousais étaient d'une banalité navrante et presque toujours les mêmes à quelques variantes près ; d'un rêve à l'autre, c'était à peine si je me préoccupais d'y ajouter ou d'y enlever un détail. La jouissance est identique à elle-même. Je tournais ma série en de nombreux épisodes avec un art du suspense très personnel. Mon désir était constamment sollicité, il montait, s'enroulait et s'écroulait sur des images répétées à l'infini. Je n'hésitais pas à emprunter aux souvenirs, au cinéma, même au porno. Je n'avais aucune rigueur esthétique, aucun sens de la construction du récit, je ne servais que mes envies. Pour que ma fiction demeure crédible et pour tenir l'absence, il m'arrivait de puiser dans mon passé, quel qu'il fût, pas seulement mon passé avec Laura.

– Je me suis renseigné, dit Federico, après m'avoir accablé d'un ennuyeux préambule pour m'expliquer qu'il souhaitait déjeuner avec moi depuis longtemps, mais qu'il n'avait jamais osé me le demander. Cette bouteille d'Amarone, je l'ai commandée pour toi, ajouta-t-il quand le sommelier versa un peu de vin dans son verre.

Federico goûta, puis il hocha la tête en signe de satisfaction. Le sommelier remplit nos verres, puis il s'éloigna. Je souris et bus avec cette sensualité que je mettais désormais dans toute chose.

– Une merveille ! approuvai-je, quelle bouche ! Il a un goût de chocolat, tu l'as choisi exprès ?

Nous avions commandé les plats, Federico posa son verre et il me regarda droit dans les yeux.

– Tu n'es plus le même, Lorenzo… Est-ce que tu en es seulement conscient ? Tu crois donner le change ? Tu as réussi à tromper ta femme, mais à moi tu ne la fais pas !

Il me fixa, j'attendis la suite.

– Moi, je vois derrière le rideau, et ce que je vois ne me rassure pas. Tu m'as fait confiance, tu m'as montré ce que personne ne devait regarder, et depuis je t'observe. Tu te conduis comme un agent double, tu n'arrêtes pas de mentir, tu es insaisissable. Tu as toujours su maîtriser les situations critiques, mais là, tu te surpasses !

Dans ma tête, je ne pus que le féliciter pour ces mots si exacts, dont il ignorait toutefois l'exactitude. Il me scruta, essayant de deviner mes sentiments qu'il jugeait à juste titre cachés. Je m'interrogeai sur la conduite à suivre, mais j'étais conscient que mon visage revêtait déjà les traits de celui qui se sent compris au-delà de ses espérances.

– Je t'ai percé à jour comme si tu étais mon double, renchérit Federico.

Il me fallait jouer le jeu, et ce jeu impliquait pour l'instant que je ne fasse rien, que je reste tout simplement à l'écoute. Federico avait besoin de s'épancher, il avait préparé son plaidoyer et je devais le suivre jusqu'au bout.

– Tu n'as absolument rien à craindre de moi. Je ne te trahirai ni auprès de ta femme ni auprès de la direction américaine.

Que venait faire la direction de Criolloro dans mon affaire ? Je n'avais jamais considéré que mon travail pût être concerné par mes affabulations. C'était pourtant l'une des premières conséquences de l'aveu de ma maladie fictive : Federico y avait pensé, j'aurais dû y penser moi aussi.

– Or, si je peux comprendre ton besoin de garder le secret avec John Carewood, reprit-il, je n'approuve pas ta décision de le garder aussi avec ta femme. Elle ne le mérite pas. Ça va nuire à votre couple, crois-moi, Lorenzo. Maria Elena ne pourra jamais oublier que tu lui as menti sur une chose aussi importante : importante pour toi, pour vous, pour votre famille. Aujourd'hui, tu ne lui fais pas confiance, le moment venu…

– Quel moment venu ?

Il ne m'entendit pas, trop absorbé par son discours.

– Qu'est-ce qu'un couple, s'il ne fait pas cause commune dans les moments difficiles ? Si ta femme ignore ce qui vient de bouleverser ta vie, comment se sentira-t-elle le jour où elle découvrira la vérité ? Car elle la découvrira… tôt ou tard elle la découvrira, et tu le sais ! Je suis étonné que quelqu'un d'aussi intelligent que toi, d'aussi perspicace, ne comprenne pas une chose aussi simple : un jour, Maria Elena t'en voudra de lui avoir menti sur ce fait capital. Elle pensera que tu ne l'aimes pas assez pour la considérer comme digne de partager ce qui te ravage. Tu la gardes à l'écart aujourd'hui, tu l'obligeras demain à réécrire toute l'histoire de votre couple. Elle ne mérite pas ça. Tu ne crois pas que tu lui dois la vérité ? Tes succès professionnels, ta carrière de ces dernières années, tu les dois aussi à elle…

– Je ne dis pas le contraire, fis-je, surpris par la ferveur de son allocution.

Les plats arrivèrent et je le vis changer d'expression et retrouver cet air bon vivant que je lui connaissais. Notre sujet de conversation fut brusquement abandonné, nous attaquâmes simultanément des gambas sautées à l'ail. Les fruits de mer étaient la passion de Federico, il ne concevait aucun repas tant soit peu symbolique sans leur présence au menu. Et tandis que nous nous délections de la chair savoureuse et croquante des gambas, j'imaginais, béat, le repas que j'allais prochainement partager avec Laura, après l'amour.

– Maintenant, il faut que tu m'écoutes, me dit Federico, l'air apaisé par la bonne cuisine du chef Patella.

– Je ne fais que ça, répondis-je.

– Tu dois prendre rendez-vous le plus tôt possible avec le professeur Giorgio Zappone, c'est *le* spécialiste de la maladie de Parkinson en Italie. Il consulte à Florence, promets-moi que tu vas l'appeler.

Je pris le petit papier qu'il venait de me glisser, jetai un œil au numéro de téléphone et fis un signe de la tête pour lui manifester mon assentiment. Federico sembla soulagé et il commanda une seconde bouteille d'Amarone. J'étais prêt à tout lui promettre, même que j'irais voir son spécialiste florentin. Je trouverais bien une excuse, le moment venu, pour ne pas me faire accompagner par lui et je l'enfumerais plus tard en lui rapportant une visite qui n'aurait pas eu lieu. Rassuré par mon air innocent et par ma docilité, le vin et le repas aidant, Federico parut se détendre. L'envie me gagna alors de lui déballer toute mon histoire avec Laura, de lui faire part de mon bonheur et de mon désarroi, de lui raconter la vérité sur ce matin où il était entré dans ma chambre et m'avait trouvé en état de choc, incapable de reprendre ma vie en main. Je suis à peu près sûr aujourd'hui que si à ce moment-là je lui avais parlé de Laura, la suite des événements aurait pu être différente : cet aveu tardif m'aurait sauvé et il aurait sauvé ma famille. Il n'y a de fatalité qu'à la fin de l'histoire, ou après la mort. Le pire, c'est que j'étais convaincu que Federico m'aurait compris sans me juger et qu'il m'aurait même aidé grâce à son bon sens et à son cynisme vis-à-vis des relations extraconjugales. C'était un homme allergique à la passion, avec un penchant pour le sentimentalisme, qui réduisait l'amour à quelques gentillesses et le sexe à la jouissance. Il ne comprenait pas les drames, encore moins la tragédie des amours contrariés. Pour lui, ce n'était que du théâtre. Il n'avait jamais songé à se séparer de sa femme, même quand il s'était fortement épris d'une collègue de Turin, avec laquelle il avait noué une relation suivie. J'étais le seul à le savoir. Quand la collègue lui avait posé un ultimatum, il avait préféré renoncer à elle. Après leur rupture, sa maîtresse avait décidé de quitter la boîte pour ne plus avoir l'occasion de le croiser. Federico ne fit pas le moindre geste pour la revoir, même s'il se remit difficilement de la fin de cette liaison. Finalement, si je lui avais relaté mon histoire avec Laura, son point de vue désenchanté m'aurait certes déplu, mais au moins aurais-je eu une chance de briser l'ensorcellement dont j'étais la victime consentante. Ce fut d'ailleurs la raison qui me poussa à me taire : je ne voulais surtout pas rompre l'état proprement hypnotique dans lequel je me trouvais.

Je cherchai donc les mots pour rassurer Federico sur ma santé, je lui jurai que dans mon cas le diagnostic avait été établi assez tôt pour me soigner aussi bien que possible, je réagissais aux médicaments de la manière souhaitée et me portais de fait à merveille. Non, je n'avais aucun des symptômes de la maladie, oui, j'étais très bien suivi. Il voulut connaître le nom du spécialiste qui m'avait pris en charge, je réussis à éviter de lui répondre en lui jurant que j'irais voir sous peu le professeur de Florence qu'il m'avait recommandé. Après des mois de silence, pendant lesquels il avait eu l'impression que j'évitais d'aborder le sujet, je me montrai loquace sur mon état général ; il est vrai que je m'étais préparé. Je fus d'autant plus disposé à me montrer optimiste, à ce moment-là du déjeuner, que je venais d'apercevoir sur l'écran de mon téléphone un message de Laura.

– C'est une bonne nouvelle ? me demanda Federico.

L'expression sur mon visage avait dû changer, j'étais un piètre dissimulateur, mais je continuais à me croire malin. Ce qui généralement me sauvait, ainsi qu'il arrive tout le temps à tout le monde, c'est le peu d'attention que nous portons aux autres. Mais, avec moi, Federico était aux aguets.

– Oui, répondis-je.

J'avais eu le bon sens de ne pas mentir, et puisque ma réponse exigeait une suite, j'ajoutai en souriant :

– Maria Elena. Elle m'envoie des mots doux…

– Parce que ta femme t'aime… imbécile ! fit Federico.

## 6.
## FENÊTRE AVEC VUE

Après avoir quitté le restaurant, je décidai de rentrer chez moi. L'imposture de ma maladie me serrait comme une cuirasse, destinée certes à me protéger, mais m'empêtrant à chaque pas. Dans son message, Laura m'annonçait qu'elle avait réservé l'hôtel et s'était occupée de chaque détail de notre séjour. Le compte à rebours avait commencé : dans trois semaines très exactement, nous serions de nouveau ensemble. Ce mot « ensemble » suffisait à lui seul à me donner le vertige.

En remontant à pied jusqu'à la maison, je me réjouissais que la date du rendez-vous ne fût pas plus proche ; j'avais peur. Peur du moment que je poursuivais depuis des mois, peur que je ne déçoive les attentes de Laura et peur de payer cher le prix du bonheur. Toutefois, dans l'effroi de la note qui me serait présentée un jour, jamais n'entrait en compte le tort que je causais à ma femme et à mes enfants. J'étais noyé dans l'égocentrisme aveugle de la passion amoureuse. Je vivais à l'aise dans deux mondes parallèles que je traversais sans entraves ; j'avais le don de l'ubiquité et m'étais persuadé que je ne mentais à personne puisque j'avais deux vérités qui se tournaient le dos et que j'étais le seul à pouvoir relier. J'étais au-dessus des lois et du jugement d'autrui.

J'appelai Monica, ma secrétaire, qui m'était profondément dévouée depuis que je l'avais promue à ce poste. Je l'informai qu'un imprévu m'empêchait de retourner au bureau et la priai de régler l'emploi du temps de mon après-midi.

– Rien de grave, j'espère... fit-elle.

– Rien de grave, répondis-je.

J'avais quelques rendez-vous et une réunion de routine en fin de journée. Je n'avais pas besoin de suggérer à Monica des excuses pour me débarrasser de mes engagements, je me limitai à lui demander de prévenir Federico afin qu'il me remplace pour la réunion. Je savais qu'il s'étonnerait que je ne lui aie rien dit à ce sujet pendant le déjeuner, mais je pourrais toujours lui répondre, s'il m'en parlait, qu'il était parti tellement vite, après avoir réglé l'addition, qu'il ne m'en avait pas laissé le temps.

Il faisait beau, en cet après-midi de début de printemps. Je traversai le jardin public qui se trouvait en bas de chez moi, au lieu de le contourner comme j'en avais l'habitude pour ne pas salir mes chaussures. De jeunes enfants jouaient sous le regard de leurs grands-mères, qui bavardaient entre elles en se racontant leur quotidien. Nos enfants n'avaient pas la chance d'avoir des grands-parents refuge comme j'en avais eu moi-même. Maria Elena ne semblait pas regretter cette absence, elle disait que la famille n'est pas toujours le foyer de chaleur que l'on chante et que la flamme y brûle souvent comme en enfer. Et elle ajoutait : « Il y a des liens qui ne sont que des chaînes. On ne donne rien sans en demander le prix. On paie l'amour des grands-parents comme on paie tout amour. Alors je préfère payer Liz. » Liz était la nounou de nos enfants.

J'ignore pourquoi Maria Elena avait une vision aussi désenchantée des liens familiaux ; je ne la partageais pas, mes grands-parents m'avaient aimé sans réserve, j'en étais absolument convaincu. Elle avait dû vivre quelque chose d'amer dans son enfance, elle ne m'en avait jamais parlé.

Je pris place sur un banc et observai les enfants en chantonnant bêtement dans ma tête :

*It is the evening of the day / I sit and watch the children play / Doin' things I used to do / They think are new / I sit and watch / As tears go by...* (C'est le soir de la journée, je suis assis et regarde les enfants jouer, faisant des choses que je faisais aussi, ils croient qu'elles sont nouvelles, je suis assis et regarde, pendant que les larmes coulent...)

J'étais posté juste en face de mes fenêtres, situées au deuxième étage d'un immeuble en brique des années soixante-dix, tout en triangles et en losanges ; l'architecte qui avait tracé le plan du quartier avait décliné le thème dans tous les immeubles. C'était un quartier édifié par des spéculateurs le long du Viale Trastevere, devant lequel, en comparaison du charme du vieux Trastevere, tout le monde passait avec indifférence, mais nous avions tout de suite aimé les vibrations de la brique au soleil couchant, le porche d'entrée fermé par une immense grille d'anneaux soudés, le vaste hall communiquant avec un jardin central et d'abord notre appartement, dont les grandes baies étaient prolongées par un large balcon.

Je relus encore une fois le message de Laura et m'apprêtais à lui répondre. Le soleil de l'après-midi semblait annoncer les premières chaleurs de l'été. Je levais les yeux tantôt vers les enfants, absorbés dans leur monde atemporel, tantôt vers les baies vitrées de mon appartement. Vu de là où je me trouvais, celui-ci m'apparaissait comme un havre de solidité et de sérénité. J'éprouvai une satisfaction idiote pour ma vie telle qu'elle était à cet instant-là. Mon amour s'épanouissait en entraînant avec lui non seulement ceux qui m'étaient chers, « les miens », mes enfants et ma femme, ma famille et mes amis, mais aussi certains collègues, quelques connaissances et même des inconnus que je venais de croiser et que je croiserais encore ainsi que tous ces petits êtres en face de moi, qui ignoraient tout de la vie et qui étaient pourtant si vivants, et ces vieilles dames qui veillaient sur eux. J'étais béat comme un chat au soleil. Je n'ai pas mentionné Laura dans ma liste car elle était hors concours : elle était partout, la source même de mes émotions. Elle était en moi, dans la pulsation de mes artères, dans l'élasticité de mes muscles, dans chaque neurone de mon cerveau qui réagissait instinctivement aux cinq lettres de son nom :

*L-a-u-r-a.*

À cette période de ma vie, j'étais constamment dans un état second, ce qui ne m'empêchait pas de me concentrer sur mon travail, je l'ai dit. Je ne m'étais jamais senti aussi performant. Mais comme celui que le pouvoir grise, je m'éloignais peu à peu de la réalité jusqu'à ne plus la voir qu'à travers le filtre de ce que je ressentais.

J'ai toujours eu une préférence pour les femmes douées d'une certaine sensibilité esthétique ; la beauté m'émeut, non seulement la beauté physique mais toutes les formes de beauté, même celle d'une fourmi qui se déplace avec sa charge. Je ne saurais pas comment mieux le dire, mais ce qui me bouleverse au plus profond de moi-même, c'est la violence maîtrisée par la forme. À l'âge d'or de ma première rencontre avec Laura, j'étais un lycéen brillant, passionné de littérature, qui se tenait en dehors du monde. Après la rupture, j'ai dû m'endurcir. Je suis sorti de la faculté d'ingénierie de La Sapienza avec l'envie de gagner les parties que j'allais jouer dans la vie ; j'ai construit ma carrière jusqu'à obtenir le poste de directeur général des usines italiennes d'une multinationale. Que venait faire Laura dans ce parcours sans faute ? Elle venait comme la petite fourmi, chargée du poids de notre histoire, mais ce poids ne lui posait pas problème. Elle avançait, agile et svelte, telle que je l'avais connue trente ans plus tôt, pour me rappeler que tout avait existé et que tout existait encore. J'ai succombé parce qu'elle m'a ramené le jeune homme qui rêvait les yeux ouverts en bordure du réel. Celui-là, je l'avais fait disparaître pour apprendre à vivre, mais il n'était pas mort, car cet autre ne meurt jamais. Laura l'avait réveillé en moi et depuis il m'émouvait. Ainsi, dans la passion retrouvée pour cette femme, je ne savais pas distinguer ce qui était du désir et ce qui était du besoin de la retrouver pour retrouver en elle mon moi perdu. Ma jeunesse, ma vie invisible.

Très vite, le projet d'une nouvelle rencontre avait été le leitmotiv de chacun de nos messages : nous délirions sur les lieux les plus improbables et sur les circonstances les plus mystérieuses. Cela nous avait occupés un long moment. Une fois que nous nous fûmes enfin accordés sur la date et le lieu, ou plutôt une fois que Laura eut décidé de l'un comme de l'autre, nous convînmes de ne plus nous appeler avant le rendez-vous. D'après Laura, la matérialité de notre voix risquait de pervertir l'attente et d'affaiblir la force de nos corps qui allaient se retrouver. J'acceptai cette condition, comme j'acceptai toutes les autres qu'elle m'imposait. Je ne lui prêtais pas d'arrière-pensées, et encore aujourd'hui, malgré la fin qui approche, je reste convaincu qu'elle était sincère avec moi dans ce qu'elle ressentait. Je me suis souvent interrogé par la suite, et de manière obsessionnelle, sur les vrais sentiments de Laura à mon égard, et chaque fois, pour toute réponse, j'ai revu son visage s'approcher du mien, ses mains chercher les miennes avant de se poser sur mon corps sans défense, et surtout j'ai réentendu sa voix qui agissait sur moi comme une loi intérieure.

Notre liaison évoluait complètement à l'abri de la vie réelle : la vie, pour moi, avec ma femme et mes enfants ; la vie, pour elle, avec son mari tyrannique et sadique. Cet homme, qu'elle me fit peu à peu connaître intimement, je ne l'ai jamais rencontré. Et pourtant, j'appris à le détester comme je n'avais jamais détesté personne. Ou plutôt si : je le détestais comme j'avais autrefois détesté Rafael, celui qui m'avait enlevé Laura.

Soudain, au-delà des rideaux épais de mon soliloque intérieur, je vis surgir la silhouette de Maria Elena derrière la baie de notre séjour. J'en fus surpris, car à cette heure-là ma femme était censée être à son agence et nos enfants à l'école française huppée où nous les avions inscrits. Je ne suis pas d'une nature anxieuse, j'ai un don pour trouver des explications banales aux situations complexes. Toutefois, dans le brouillard émotionnel dans lequel j'évoluais, brouillard qui était à mes yeux un ciel limpide, j'eus un instant d'incertitude qui me fit envisager le pire. Était-il arrivé quelque chose de grave que j'ignorais encore ? J'allais appeler ma femme pour en avoir le cœur net quand je revis sur l'écran le message de Laura. Alors un sentiment ignoble traversa mon esprit : si un malheur venait de frapper ma famille, je ne pourrais pas aller la retrouver comme prévu.

Pour m'absoudre de cette pensée abjecte, je décidai d'aller aussitôt parler avec Maria Elena. Je m'apprêtais à quitter le jardin, lorsque je la vis sortir de notre immeuble. Son air souriant me soulagea : rien de grave n'était venu frapper notre famille, si elle souriait ainsi. Mon rendez-vous avec Laura n'était pas compromis. Ce furent mes premières pensées, soudées en une seule, tandis que mon regard découvrait un homme qui traversait le trottoir à la rencontre de ma femme. C'était Federico.

Ils se dirigèrent vers sa voiture, garée devant chez nous ; il ouvrit la portière côté passager et attendit que Maria Elena prenne place. Ensuite, il fit le tour, monta dans la voiture et démarra. Je suivais chacun de ses mouvements comme si j'étais en train de les photographier.

*Où allaient-ils ensemble ?*

En quittant le restaurant, Federico m'avait glissé qu'il ne rentrerait pas au bureau tout de suite parce qu'il avait une course à faire. Trop content de me libérer de lui, je ne lui avais pas posé de question. En quoi ma femme était-elle concernée par cette « course » ? Soudain je devinai : ce serait bientôt mon anniversaire, ma femme et mon ami complotaient dans mon dos pour me faire une surprise. J'en fus ému, ils m'aimaient et prenaient le temps de m'organiser une fête. Dès que la voiture s'éloigna, je quittai le square et montai chez moi. J'allai m'allonger sur le canapé et plongeai aussitôt dans ma vie rêvée avec Laura. Je me laissai bercer un long moment par les frondaisons des arbres du square, qui remplissaient toute la baie vitrée, puis fermai les yeux. L'après-midi se mourait tout doucement, les enfants allaient bientôt rentrer, les rouages de ma vie de famille étaient parfaitement huilés. J'étais un homme heureux.

## 7.
## LE DÎNER DES COUPLES

La date fatidique approchait et l'attente engloutissait toutes mes pensées. Je me mis à craindre que ma femme ne se doute de quelque chose, qu'elle ne réussisse à pénétrer dans ma boîte mail ou à lire mes messages sur mon téléphone (des centaines de messages, que je n'avais jamais transférés sur la clé, malgré la promesse faite à Laura) ou, pire, qu'un accident de dernière minute ne m'oblige à annuler le voyage. Afin de mieux protéger mon mensonge, je n'avais pas prétexté un déplacement dans l'une des villes où j'avais l'habitude de me rendre plusieurs fois par an; l'idée de devoir faire appel à la complicité de Federico suffisait à me dissuader de recourir à ce stratagème. Ce fut ainsi que je m'inventai une rencontre avec d'anciens camarades de lycée. Ni Federico ni ma femme ne connaissaient ceux qui avaient fait partie de ma vie avant mes 20 ans, il m'était donc aisé de mentir… en sachant que mon mensonge serait racheté par un élément vrai, puisque Laura était bel et bien une ancienne camarade de lycée.

Contrairement à ses habitudes, Maria Elena me posa de nombreuses questions sur mon projet de week-end, manifestant sa surprise envers le lieu de nos retrouvailles lycéennes. Je dus monter tout un récit pour le justifier. Une histoire peu crédible mais qui fut néanmoins crue : celle d'un camarade de classe qui avait fait fortune à Rotterdam dans l'importation et le commerce de l'orange sanguine. Le mot « sanguine » m'enflammait : chaque fois que je le prononçais, je sentais mon sang refluer et je revoyais Laura dans le long baiser que nous avions échangé à Sestri Levante. Pour fêter ces retrouvailles, avais-je raconté à Maria Elena, Adalberto Barberini, le camarade entrepreneur de Rotterdam, avait loué un grand bateau sur la Meuse afin d'y réunir toute notre classe de terminale. Je brodais avec le plaisir pervers de mélanger le vrai et le faux, et ce fut ainsi que j'en vins tout naturellement à raconter à ma femme mon premier amour.

Je fis un portrait de Laura destiné à tourner en dérision mon ancienne relation avec elle, et plus je mentais sur mon histoire d'amour (ma tragique histoire d'amour, aurais-je dû préciser, mais je ne le fis pas), plus je me sentais libéré de tout le poison qui avait failli me détruire, trente ans plus tôt. Je poussai le jeu si loin que je pus même rapporter à Maria Elena ma toute première fois avec une fille, c'est-à-dire avec Laura. Je fis l'expérience de rire de ce qui avait été pour moi terriblement sérieux, je voulais me mettre à l'épreuve. Je n'allai pas toutefois jusqu'à révéler à ma femme son vrai nom, « Laura » restait imprononçable pour moi hors contexte. Je décrivis à Maria Elena l'ignorance de mes premiers gestes amoureux, mes hésitations et la peur d'être rejeté. Je me réjouissais de pouvoir parler de Laura sans la nommer : en la déguisant, en la cachant, en la caricaturant. Je réécrivais à ma manière l'histoire et me vengeais de cette façon d'une ancienne Laura négative pour mieux me livrer, corps et âme, à la nouvelle Laura. Sans en être pleinement conscient, j'entendais purifier définitivement mon cœur des résidus de mon ressentiment d'autrefois. Si je ne mentis pas en décrivant à ma femme le jeune homme timide que j'avais été, incapable de baiser une fille, je ne lui révélai pas non plus la transformation que la première fois avec Laura avait provoquée en moi. Ça, je ne le pouvais pas.

Après la rupture, j'avais effacé de ma mémoire le bonheur physique que j'avais découvert grâce à Laura. C'était le prix à payer pour y survivre. En la revoyant pour la première fois, la nuit de Sestri Levante, ce fut justement ce bonheur-là qui me revint. Et grâce à cette nuit que nous avions obsessionnellement répétée dans nos échanges virtuels, je débordais de générosité sensuelle envers elle ; j'inventais des baisers nouveaux que je brûlais de lui donner pour de vrai, de ces baisers que je n'avais jamais eus pour aucune femme.

Je l'aimais. Je l'aimais plus que je ne l'avais jamais aimée. Pourtant, pas une seule fois je ne pensai à quitter Maria Elena. Laura n'était pas l'amour chez soi, celui que l'on veut à ses côtés chaque jour de sa vie. Laura ne pouvait exister que dans ce surplus de vie que nous nous étions inventé. J'aimais ma femme, j'aimais mes enfants, j'aimais ma vie à Rome, j'aimais mon travail. Mais ce qui désormais reliait tous les hommes que j'étais, c'était mon amour pour Laura. J'allais enfin la revoir où elle avait décidé que nous devions nous revoir. Pourquoi Rotterdam ? Je ne le savais pas et je ne cherchais pas à le savoir. J'aurais pu tout aussi bien la rejoindre au pôle Nord, je voulais simplement être avec elle, le lieu m'était indifférent puisqu'elle habitait toute la Terre.

Je chantais tout le temps dans ma tête :

*I have climbed the highest mountains / I have run through the fields / Only to be with you…* (J'ai gravi les plus hautes montagnes, j'ai couru à travers les champs, seulement pour être avec toi…)

Laura avait donc choisi la ville et l'hôtel, ce qu'elle ferait ensuite chaque fois que nous nous rencontrerions, pendant toute l'année que dura notre liaison secrète. Quand j'y repense aujourd'hui, au fond de cet abîme qui est devenu le mien, privé de ceux qui me sont chers et ayant perdu l'espoir de retrouver ne fût-ce que des miettes de ma vie d'avant, il est sûr que j'aurais dû me méfier. Et chaque fois que je me le dis, j'y ajoute cette question qui en est fatalement le corollaire : aurais-je agi différemment si j'avais connu à l'avance la fin de l'histoire ? Non, parce que je n'aurais pas renoncé à Laura. La passion existe, j'en suis la preuve.

Arriva enfin le jour qui précédait notre rencontre. Ce fut pour moi une journée particulièrement difficile, j'étais dans un état d'agitation confuse. J'avais beau avoir tout envisagé, tout prévu, j'étais terrorisé. Je n'arrêtais pas de me demander si je serais à la hauteur d'un désir sollicité jusqu'à l'exaspération par nos échanges compulsifs de mots et d'images. Ma femme, qui avait un sixième sens pour détecter mon anxiété, avait organisé un petit dîner entre amis. Elle ne m'avait pas sollicité, c'était une surprise qu'elle m'annonça le matin même : mon anniversaire tombant pendant mon absence, nous le fêterions à l'avance. J'avais beau détester les surprises, je ne pouvais me soustraire à celle-ci ; même les enfants furent entraînés dans le complot maternel. En cette veille de départ pour Rotterdam, personne ne pouvait imaginer que mon seul et unique souhait était de rester seul, comme le soldat avant de livrer bataille.

En rentrant du bureau, ce soir-là, je fus ainsi accueilli par Gio et Frida qui bondirent sur moi comme si je m'apprêtais à les abandonner pour toujours. Pour la première fois, après des mois de délire éveillé, je fus ramené de force à cette réalité que je m'étais évertué à enserrer entre parenthèses pour laisser gonfler mon rêve. Après les cris de joie, les câlins et la promesse que je leur lirais quelque chose à tous les deux, l'un après l'autre, ils m'offrirent chacun un petit origami que je garde encore avec moi. Le premier, plus habile, celui de Frida, était un ange aux ailes déployées, réalisé avec un beau papier rouge qui me rappela les anges de Pietro Cavallini dans le monastère de Sainte-Cécile.

Le second, un petit cheval bleu, me toucha par une erreur du pli que Gio avait plusieurs fois essayé de corriger. Ma femme leur avait suggéré ces cadeaux d'anniversaire, qui devaient m'accompagner dans mon retour vers le passé. C'était exactement ainsi que j'avais présenté à Maria Elena notre dîner entre anciens camarades, en lui décrivant mes craintes dans ce face-à-face avec celui que j'avais été.

Je me suis demandé par la suite pourquoi une femme de raison telle que Maria Elena, peu portée sur le sentimentalisme, jamais complaisante envers les souvenirs, avait pris mon voyage tellement au sérieux. Probablement le jeune homme qu'elle n'avait pas connu et que j'avais tardivement fait ressurgir avait-il suscité chez elle une attention nouvelle. Ou, plus simplement, devinant l'importance que j'accordais à un événement *a priori* banal, elle essayait de renforcer ma confiance en étalant sous mes yeux la vie que j'avais bâtie avec elle. Mais je n'y fus pas sensible, du moins pas de la manière dont elle l'envisageait. Cette présentation concrète de ce que j'étais devenu ne pouvait que m'irriter, car j'étais aspiré par un passé qui revenait avec la force du présent. Mais Maria Elena ne le savait pas.

Les enfants enfin couchés, arrivèrent Federico et Angiolina : c'étaient eux, les amis élus pour fêter mon anniversaire à l'avance. Dans les derniers temps, nous recevions rarement, ma femme étant de plus en plus occupée. Son agence s'était agrandie, grâce aussi à mon investissement substantiel ; elle employait une dizaine de personnes, c'était une florissante petite entreprise. Maria Elena commençait enfin à se faire un nom, *Domus* lui avait consacré un article, une journaliste de *Casabella* était venue l'interviewer, elle avait eu son portrait dans *Ideat*. Je n'étais pas en mesure de la remplacer pour les dîners à la maison, en ce domaine j'étais un étranger en la demeure. Autant j'étais doué pour créer des liens dans mon travail, allant jusqu'à donner naissance à des fidélités qui se révélaient ensuite utiles, autant j'étais paresseux en matière de relations strictement amicales. Au début de notre vie de couple, et jusqu'aux trois dernières années, Maria Elena avait su concilier, et la plupart du temps entrecroiser, relations familiales et relations professionnelles. Tous les samedis quasiment, nous organisions des dîners, qu'elle concevait aussi comme une présentation de son agence. J'étais à l'époque l'époux comblé d'une femme de goût talentueuse et je m'enorgueillissais devant mes collègues du succès de nos dîners à la maison. Pendant tout un temps de notre vie commune, l'effort qu'elle déployait pour cultiver nos relations s'était révélé profitable pour moi comme pour elle. Nombre de ses clients, Maria Elena les avait trouvés en effet dans ma boîte.

Pour revenir à ce dîner organisé par mon épouse en mon honneur, la veille de mon départ pour Rotterdam, je peux affirmer aujourd'hui qu'il fut l'annonce de la catastrophe. J'ai plusieurs fois tenté de revivre cette soirée en en analysant des détails qui, sur le moment, m'avaient été aussi indifférents que si un autre les avait relevés à ma place. Ils s'incrustèrent en moi malgré moi et ils me revinrent plus tard aussi vivants que si je les avais fixés volontairement dans ma mémoire. Petits flocons de neige sans poids et sans vigueur, durcis par le temps et par les événements, comme des clous de glace redoutables au toucher, la veille de mon départ ils étaient tombés sur moi silencieusement. Federico épiait mes gestes et il contrôlait son langage, je sentais sur moi son regard anxieux. Angiolina, très maquillée comme d'habitude, suivait les mouvements de Maria Elena entre la cuisine et la salle à manger comme si elle devait juger de l'opportunité de chacun de ses déplacements. Elle ne lui fit aucun compliment sur la qualité des mets, qui était pourtant excellente, bien que leur préparation n'eût demandé à Maria Elena que le temps d'en apprendre à Liz la recette.

Mon épouse parvenait à installer des liens affectifs dans toutes les relations de travail, à l'agence comme à la maison. Elle savait se faire aimer, et quand on l'aimait, elle pouvait tout exiger. On se faisait un plaisir de lui faire plaisir car elle n'oubliait jamais une gentillesse et savait la rendre. Elle n'oubliait pas non plus de porter une attention particulière au travail bien fait ni d'en féliciter l'auteur ; ce qui, d'un autre côté, lui donnait le droit de pointer les erreurs, mais d'une manière bien à elle, qui suscitait le respect plutôt que l'antipathie. Je me répète, mais j'avais une femme merveilleuse. J'en avais assez profité jusque-là, dans ma vie familiale comme dans ma vie professionnelle. Je n'ai jamais douté de son amour et même en cette veille d'adultère programmé, je croyais dans notre couple plus encore qu'en moi-même. Je voyais ma vie avec elle se poursuivre jusqu'à ces tombes que nous avions acquises ensemble, l'une à côté de l'autre, dans le beau cimetière de Torno, le village sur le lac de Côme où ma femme était née.

Ce dîner de la veille du départ glissa sur moi comme l'eau sur un pavé mouillé. J'avais appris à me dédoubler. Ce qui me frappe encore aujourd'hui, c'est que je croyais me conduire avec mes proches tel que je m'étais toujours conduit. Je ne voyais pas que je me comportais désormais avec eux comme je me comportais avec tous les autres : apparemment attentionné et sensible, de fait distrait, opaque et indifférent. J'insiste sur cet aspect de moi-même, car c'est la première cause de mes erreurs.

À un moment donné, ce soir-là, Federico se leva pour aller aider ma femme à la cuisine.

– Il est temps de sortir le gigot du four, je vais donner un coup de main à la maîtresse de maison, nous dit-il avec un large sourire.

La moue apparue sur les lèvres d'Angiolina me rappela combien elle était jalouse. À vrai dire, son mari lui offrait souvent des raisons de l'être, mais sa jalousie récurrente ne se justifiait pas toujours ; Federico courtisait toutes les femmes, sans distinction, c'était sa manière d'être avec elles. Cet esprit de séduction permanente tantôt m'amusait tantôt m'agaçait, dans tous les cas je le jugeais sans danger.

– Tu ne veux pas aller les aider, toi aussi ? fit un moment plus tard Angiolina sur un ton moqueur. On dirait que sortir un gigot du four prend plus de temps que de le préparer.

Je fixai son décolleté. Angiolina était une jolie femme, assurément plus sexy que la mienne, à laquelle on pouvait reprocher une certaine froideur. Je la comparais avec Maria Elena, comme si l'une et l'autre faisaient partie d'un ensemble féminin qui m'était devenu physiquement indifférent, après le retour de Laura. Interprétant mon regard sur son décolleté comme un compliment, Angiolina me gratifia de son premier sourire de la soirée.

– Le couple, c'est l'ennui programmé, dit-elle d'un ton complice. Je me demande comment on peut s'y soumettre avec autant d'irresponsabilité. Il m'arrive parfois de remercier Federico de me rendre jalouse. Sans quoi, je serais probablement vidée de toute envie de plaire.

Elle me regarda fixement. Je n'étais même pas gêné, je n'entendais dans ses propos que le dépit d'une femme qui se croit constamment trompée.

– Le problème avec vous, me lança-t-elle, maris compréhensifs et civilisés, c'est que vous croyez être les seuls à fantasmer sur des aventures. Vous n'avez pas assez d'imagination pour deviner combien de fois nous, vos femmes, nous vous trompons nous aussi, dans le meilleur des cas dans nos rêves. Vous oubliez que nous savons feindre mieux que vous, nous y avons été dressées par notre histoire. Et la nature nous en a donné les moyens jusque dans nos organes les plus intimes.

Elle déplaça légèrement sa chaise, se tourna vers moi et croisa ostensiblement ses jambes.

– Je n'ai jamais trompé Maria Elena, fis-je avec un aplomb qui était censé servir la sincérité de ma réponse.

Angiolina hocha la tête d'un air entendu.

En disant cela, je ne pensais pas à Laura mais aux trois ou quatre filles avec lesquelles j'avais couché depuis mon mariage. Qu'en était-il de ma fidélité, depuis que Laura avait fait irruption dans ma vie ? J'étais toujours persuadé que mes sentiments envers ma femme n'avaient pas changé. Laura était une réalité au-dessus du réel, le monde où je vivais avec elle n'avait que deux habitants : nous étions une monade à deux faces qui planait sur nos vies sans les toucher. Je suis conscient d'utiliser une rhétorique pitoyable dans le seul but de trouver quelque qualité exceptionnelle à ce qui n'était, en fin de compte, qu'un vulgaire adultère ; mais l'homme qui écrivait à Laura tous les jours depuis des mois, et même plusieurs fois par jour, celui qui avait été frappé par la foudre en la revoyant alors qu'il croyait l'avoir effacée de sa mémoire, cet homme-là était et n'était pas moi. Et celui qui était assis à table chez lui, lors de ce dîner entre amis se déroulant la veille d'un rendez-vous tant convoité, cet homme-là était possédé. On peut en rire, mais c'est la vérité. Possédé et ensorcelé. J'aurais pu commettre des actes que l'autre moi-même, celui que je connaissais depuis longtemps, aurait réprouvé, condamné et puni. Je ne m'appartenais plus.

Quand ma femme revint et apparut sur le seuil de la salle à manger, son regard se posa tout de suite sur Angiolina, tournée encore de mon côté. J'en fus amusé et me fis la réflexion que les soupçons d'un conjoint se portent souvent sur la mauvaise cible. Derrière Maria Elena, je vis arriver Federico qui tenait gaiement à bout de bras le plat fumant d'un gigot de sept heures. Je fus aussitôt dévoré par l'envie de déchiqueter avec mes dents la chair succulente et tendre et me demandai si Maria Elena avait mis suffisamment d'ail pour que les sucs pénètrent les fibres de manière qu'on puisse couper la viande avec une simple fourchette.

– Le paradis vous ouvre ses portes, mes fidèles ! entonna Federico.

Maria Elena sourit, suivant des yeux le mouvement de la chaise d'Angiolina, qui reprit sa place face à la table. Je rougis en croisant le regard de ma femme. Aurions-nous échangé un baiser furtif pendant que nous étions seuls, Angiolina et moi ne nous serions pas conduits de manière plus coupable. Ravie à l'idée de susciter la jalousie de Federico, ce qui était aussi loin de se produire que si l'on avait voulu le passionner pour la vie sexuelle des escargots, Angiolina rajusta sa jupe et réussit même à baisser les yeux. Enfin, comble d'équivoque, je m'entendis dire sans l'avoir décidé :

– Nous aussi nous aurons enfin notre part !

Cette phrase sonna à mes oreilles de manière aussi étrange que tout ce qui était en train de se jouer autour de moi. Maria Elena me fixa comme si je venais de lui avouer à voix haute que je couchais avec Angiolina. Federico, tout à lui-même comme d'habitude, s'exclama :

– Que croyais-tu, homme sans foi ? À toi l'honneur de découper la bête ! Tu n'as pas de rival pour repérer les points faibles de la chair !

Tout cela n'était qu'une comédie, bien sûr, mais à cet instant je me sentais plus proche de Federico que des deux autres, car je partageais avec lui un secret, bien que ce fût un faux secret. Je ne doutais pas qu'il l'avait gardé pour lui, car s'il en avait parlé à ma femme, cette soirée n'aurait tout simplement pas eu lieu. Maria Elena aurait été bouleversée en apprenant ma maladie. J'étais le pilier de son existence, elle l'avait dit à notre mariage, et il en était toujours ainsi, j'en aurais mis ma main au feu. Alors je me réjouis à l'avance de mâcher l'agneau et de boire le magnifique Barolo que Federico nous avait apporté et qu'il se faisait un plaisir de verser dans nos verres. Finalement, je me levai, attrapai le long couteau et entrepris de trancher le gigot en déclamant :

– Mangez, ceci est mon corps. Buvez, ceci est mon sang.

Angiolina et Federico habitaient à Monteverde Nuovo ; ce n'était pas trop loin de chez nous, ce qui avait facilité le resserrement de nos liens. La tension était palpable dans leur couple, elle n'était pas nouvelle, mais je l'avais davantage ressentie ce soir-là.

Le matin de ce dîner entre amis, une chute de neige inattendue et insolite avait provoqué une excitation enfantine chez les Romains, qui étaient sortis de chez eux en masse pour prendre des photos, se lancer des boules de neige et glisser sur les pentes des parcs et des jardins comme dans les tableaux de Brueghel. À la fin du repas, Federico proposa de descendre dans les rues couvertes de blanc pour admirer le spectacle de la nuit romaine sous la neige. Ma femme accepta aussitôt, alors qu'Angiolina répondit sèchement :

– Moi, je rentre. La baby-sitter attend qu'on la raccompagne chez elle, je n'ai pas envie de passer la nuit dehors à me geler les pieds.

Et sans même questionner son mari, sachant qu'il n'en ferait qu'à sa tête, elle ajouta :

– De toute façon, nous sommes venus chacun avec notre voiture. Nous sommes le couple le plus indépendant du monde, n'est-ce pas, mon chéri ?

Et cet imbécile de Federico lui répondit :

– Vas-y, rentre ! De toute façon, toi, pour gâcher la fête, t'es toujours la première !

J'attendis qu'Angiolina fût partie avant d'annoncer à Maria Elena et à Federico que je préférais aller me coucher, car j'avais un avion à prendre le lendemain matin. Ni l'un ni l'autre n'insistèrent pour que je les accompagne dans leur virée nocturne, j'en fus soulagé. Je m'endormis assez facilement, le vin m'avait assommé, mais je me réveillai moins d'une heure plus tard. Maria Elena n'était pas encore rentrée, je me rendormis. Quand le réveil sonna, elle grogna, puis se retourna sans ouvrir les yeux. J'ignorais à quelle heure elle était rentrée et ne m'en souciais pas. Au moment de quitter l'appartement, je vis Liz surgir dans le couloir et me souhaiter bon voyage.

– Couvrez-vous bien, Monsieur, j'ai regardé la météo, il neige aussi à Rotterdam.

J'eus un élan de gratitude envers cette femme qui prenait soin de mes enfants depuis des années et manifestait des sentiments tendres envers nous tous. Je refoulai aussitôt ma mauvaise conscience, car elle avait elle-même trois enfants aux Philippines qu'elle n'avait pas revus depuis cinq ans. Je me fis la promesse que, si tout se passait bien aux Pays-Bas, j'offrirais à Liz le voyage qui lui permettrait de revoir sa famille. Puis je me sentis minable de soumettre ma générosité à la fortune de mon rendez-vous avec Laura.

– Merci, Liz, j'ai tout ce qu'il faut, ne vous en faites pas pour moi.

Elle jeta un œil sur le sac que j'avais à la main et ajouta :

– Pour les enfants, Monsieur... Soyez tranquille. Ils vous adorent.

Liz ressentait souvent le besoin de me rassurer sur mon rôle de père, elle devinait probablement mes doutes.

## 8.
## RENDEZ-VOUS

Au lieu de réserver un taxi pour l'aéroport, ce que je faisais toujours, j'avais préféré marcher jusqu'à la gare de Trastevere pour prendre le train de Fiumicino. J'étais déjà sur le quai quand j'entendis l'annonce que le train serait en retard à cause de la neige. Je ne m'inquiétai pas, comme d'habitude j'étais parti tôt de la maison, j'avais de la marge. J'aimais arriver à l'aéroport bien à l'avance, vieux réflexe qui me permettait de maîtriser mon angoisse face à tout départ, sans rapport au demeurant avec la destination : le simple fait de quitter Rome suffisait à me plonger dans le désarroi. Je voyageais pourtant souvent pour le travail, et la plupart du temps je connaissais les villes où se déroulaient nos réunions, rencontres, inspections d'usines ou visites de nos principaux revendeurs. Que je fusse seul ou accompagné, je devais chaque fois affronter un sentiment d'insécurité, qui me quittait heureusement dès que j'avais pris place dans le moyen de transport choisi. Cette fois, l'angoisse se prolongerait bien au-delà du temps habituel, parce que je n'avais aucun garde-fou avec moi, aucun dossier à relire, aucune stratégie à réviser pendant le trajet. Je n'avais que mon désir comme compagnon de voyage.

Je n'ai pas le souvenir du trajet, ou plutôt je n'ai plus eu envie par la suite de me rappeler le moment où j'avais passé, sans le savoir, le point de non-retour. Je sais seulement que la torpeur s'empara de moi à peine étais-je monté dans le train pour Fiumicino et qu'elle m'engloutit ensuite dans une absence totale de sensation jusqu'à mon atterrissage à Schiphol. J'étais un ballon lancé sur sa trajectoire et j'ignorais à quel moment je tomberais. Je croyais maîtriser la situation parce que j'avais ce que je voulais : garder le contact, rester en connexion, ne pas couper le lien avec Laura.

Je me revois aujourd'hui arpenter le long couloir du vingt-troisième étage de l'hôtel Nhow de Rotterdam et m'arrêter devant la porte 2306. Je n'avais pas été sensible au design du lobby, à son mélange d'austérité et de luxe, de béton brut et de marbre veiné noir et blanc. J'étais trop absorbé par ma destination et savourais l'instant où ma vie allait basculer dans cet inconnu entrevu par fragments dans mes rêves.

Pendant toutes les heures douces et sauvages vécues ensuite avec Laura, de l'autre côté d'une porte de chambre d'hôtel, je me suis toujours senti deux êtres à la fois : celui que j'avais été et celui que j'étais devenu. Une espèce d'animal mythique. Le sexe avec Laura, c'était la fureur niaise de mes 18 ans qui ressurgissait. Je la connaissais, oui, je la connaissais cette peau sous mes mains ; je la connaissais mais elle me demeurait inconnue. Et alors je ne pouvais que la caresser et la caresser encore, encore et puis encore jusqu'à voir la lumière décliner, car Laura ne tirait jamais les rideaux.

Je lui chantais à l'oreille :

*If you want a lover / I'll do anything you ask me to / And if you want another kind of love / I'll wear a mask for you…* (Si tu veux un amant, je ferai tout ce que tu me demanderas, et si tu veux un autre genre d'amour, je mettrai un masque pour toi…)

Elle riait, d'abord un peu fort, puis de plus en plus doucement jusqu'à épuiser son rire sous ma langue.

Notre chambre donnait sur la ville, la Meuse et le pont Erasmus. Je l'avais regardée jusqu'à ne plus la voir, il faisait nuit tôt à Rotterdam. Je ne me lassais pas d'explorer Laura, elle était là, son corps entre mes mains s'ouvrait comme un territoire familier, je revenais à la maison, c'était la fin du voyage.

Il y a des instants invisibles où seul le rythme compte, il nous semble alors percer le secret de la musique. Des accords parfaits, ceux-là et pas d'autres, la matière qui disparaît dans le son, la répétition qui dissout l'ennui. Le chiffre du plaisir. J'essaie, depuis ces toutes premières heures dans la chambre 2306 du Nhow, de retrouver ce que je crus comprendre de l'amour, mais j'avance démuni malgré mon lot d'images et de mots arrachés au temps qui s'y est superposé. À l'heure actuelle, je ne sais toujours pas quelle sera la fin de l'histoire, mais j'éprouve de l'aversion envers tout ce qui s'offre à moi comme fin. Car l'histoire telle que je l'ai vécue pourrait continuer de telle manière ou de telle autre, mais elle ne finit pas. La vie avance comme si l'ombre ne nous suivait pas, elle dédaigne la proximité de la mort. Mais la mort se venge de cette parodie d'éternité et l'ombre s'allonge pour nous recouvrir. Je ne voulais pas d'une nouvelle interruption avec Laura parce que, cette fois, il n'y aurait pas de reprise : on s'arrêterait là où la maille se casserait, et ce serait alors une fin sans fin, comme il arrive la plupart du temps aux histoires d'amour. Moi, j'avais besoin d'une fin à la hauteur de ma passion. Mais je vais trop vite.

Quand les haubans du pont Erasmus se mirent à briller comme autant de rayons lumineux filant de sa flèche cabrée, Laura bondit du lit vers la baie vitrée.

– Viens voir, Renzo !

Elle parlait la bouche collée à la vitre, sans se retourner, je voyais l'auréole de la buée s'élargir autour d'elle, j'étais épuisé et finis par m'endormir.

Plus tard, dans la soirée, nous rejoignîmes le restaurant qu'elle avait choisi comme elle avait choisi chaque élément de notre rencontre. Elle m'avait choisi moi aussi, j'aurais dû le comprendre. Elle était mon dieu, je n'utilise pas le terme « déesse », car il ne dirait pas la nature du pouvoir absolu qu'elle exerçait sur moi. Déesse évoquerait la fascination physique, le mot suggérant avant tout la beauté. La beauté est un pouvoir, certes, mais quand elle s'allie à la perversion, et quand à cela s'ajoute la soif de domination, alors on est bon pour l'enfer. Je ne dis pas que l'on ne puisse pas s'y soustraire, je dis que les personnes comme Laura savent choisir leurs victimes, et moi j'étais la sienne depuis que je l'avais rencontrée la toute première fois. Elle m'avait laissé trente ans de répit, elle était revenue réclamer son dû. Mais rien de tout cela n'était clair à mes yeux, le soir de cette journée où nous étions restés enfermés dans la chambre de Rotterdam. Pour montrer l'ampleur de son emprise, je me vois obligé d'avouer que je doute, en ce moment même, de la justesse de mon analyse. Qui était vraiment Laura ? Ai-je répondu une seule fois à cette question qui, dans ma tête, a pris la forme d'une question théologique ? Tantôt j'ai conscience du mal qu'elle a répandu autour de moi, tantôt je pleure et je me dis que tout est faux dans mon explication, parce que Laura m'a vraiment aimé et que je n'ai pas été à la hauteur de son amour. Je m'en prends alors à moi-même et je fais la liste de tout ce que j'ai perdu par ma seule et unique faute : mes enfants, ma femme, ma vie d'avant. Ma vie, tout simplement.

Mais revenons à ce soir à Rotterdam, où Laura me regardait, assise en face de moi, sous les lumières tamisées de la salle de restaurant. Je souriais en pensant au nom de l'établissement, un bateau, le *Mea culpa*. Elle me regardait et moi j'étais fier d'avoir mal partout, dans mes bras, dans mes jambes, dans mon sexe. J'étais fier de l'avoir baisée comme si c'était le dernier vœu d'un mourant. Je me sentais victorieux dans ma virilité encore flamboyante parce que j'avais fait l'amour à la femme qui m'avait appris à faire l'amour.

– Quand je t'ai quitté, j'ai fait l'erreur de ma vie, dit-elle. C'est ma faute.

Elle avait une voix triste et heureuse en même temps : comment pouvait-elle conjuguer des sentiments aussi opposés ? J'avais envie de lui répondre que si la rupture d'autrefois était le prix à payer pour que nous nous retrouvions dans la chambre 2306 du Nhow, c'était le juste prix. À ce moment-là, j'étais comme le junkie qui vend sa famille pour une dose. Avilissement de l'homme que j'étais, ignominieusement agrippé à ce qu'il croyait être son bonheur. Échec répété de la raison. Si je ne répondis pas à Laura ce qu'il me venait à l'esprit, ce fut par peur d'être jugé pompeux ou ridicule.

– Les fautes, il ne faut pas y penser, dis-je. Parfois elles sont utiles, elles nous font avancer. Parfois le hasard les répare.

Je souris, je m'estimais malin. Les allusions faciles m'évitaient de dire les choses telles qu'elles étaient et satisfaisaient à bas prix mon narcissisme.

– Le hasard ne mène pas à un numéro de chambre avec vue ni à une table de restaurant côté fenêtre sur le *Mea culpa*.

J'aurais dû porter mon attention sur chaque mot que Laura prononçait, il n'y en eut pas beaucoup d'autres qui se rapprochaient à ce point de la solution de l'énigme qu'elle représentait pour moi.

– Mais si, insistai-je, parfois le hasard fait bien les choses. Alors, fêtons le hasard !

Le sommelier s'approcha avec la carte des vins, je n'avais même pas remarqué qu'elle lui avait fait signe. Je la vis choisir avec assurance.

– Lacryma Christi « Forgiato »... fit le sommelier en lisant la ligne où elle avait pointé l'index.

Puis il ajouta, sans daigner m'adresser un regard :

– Excellent choix, Madame.

Il revint quelques minutes plus tard et versa cérémonieusement le vin dans le verre de Laura, qui le goûta. Puis il remplit nos verres toujours sans me gratifier de son attention ; j'avais l'impression que seule Laura entrait dans son champ visuel. J'en étais fier, car elle était vraiment belle ce soir-là, dans sa petite robe noire et ses escarpins bleu nuit. Elle portait un collier de cristal bleu dont la lumière lui colorait le visage, comme dans un portrait de Van Dongen.

Nous bûmes un verre, puis un autre. Je pensais qu'elle voulait parfaire notre union retrouvée en me noyant dans un vin dont elle seule connaissait le secret. Quand on nous resservit un troisième verre de Lacryma Christi, je le trouvai merveilleusement capiteux. Peu m'importait le choix des plats, je voulais manger ce que Laura choisirait de manger, je me sentais encore en elle. Je ne voulais pas retrouver mon identité, ma finitude oppressante. Je voulais que tout s'arrête là, sur cet inextricable « nous deux » qui me tenait.

*Oh, Laura, demande-moi quelque chose d'héroïque à accomplir ! Je suis mort il y a trente ans, le jour de notre séparation. Laisse-moi mourir aujourd'hui pour rendre immortelle notre union retrouvée !*

J'étais soûl avant de poser mes lèvres sur le verre, l'alcool exaltait mon état de fatigue. Laura m'avait tellement manqué, mais je ne savais pas à quel point avant de la revoir.

– Nous sommes…

Elle s'interrompit. Je me tournai pour suivre la direction de son regard et vis une jeune femme arriver avec nos entrées.

– Calamars sur feuille de bette et sauce au gingembre, s'appliqua à nous annoncer la serveuse.

Laura demanda du pain, je vis arriver un choix de petits pains qui m'attiraient plus que le plat élégamment agencé. Je me jetai dessus et découvris que j'avais faim.

– Depuis ce matin, nous n'avons mangé que les chocolats que tu as apportés… fit Laura en entamant son assiette.

Entendre prononcer le mot « chocolat » me tira en arrière vers tout un réel qui m'appartenait et que je vis défiler comme sur un écran. J'avais, en effet, apporté une boîte de *In Veritas*, j'en connaissais le prix, la valeur et la rareté, j'aurais pu en réciter la fiche de dégustation par cœur ; c'était notre produit phare, il avait gagné plusieurs concours internationaux. Je n'avais pas pris le temps de le présenter à Laura, elle n'avait remarqué que le nom sur la boîte, *In Veritas*… ce qui lui avait arraché un sourire. Tous nos produits portaient des noms latins, c'était notre signe de distinction, les Asiatiques en raffolaient.

– La nuit n'est pas finie, Renzo, me taquina-t-elle. Goûte ces calamars au gingembre et tu comprendras pourquoi je t'ai invité ici.

Je m'exécutai mais je n'étais pas curieux. Ne savait-elle pas que je l'aurais suivie partout et que n'importe quel lieu m'aurait plu, du moment qu'elle y était avec moi ? Laura voulait que je ressente ce qu'elle ressentait, notre proximité ne cessait de progresser vers une intimité plus profonde. Je vis les perles de cristal bleu briller aux petits lobes de ses oreilles, j'en suivis les reflets sur son cou, puis je posai mes yeux sur le collier couché sur son décolleté.

– Tu ne m'écoutes pas, dit Laura en replaçant ses couverts sur l'assiette.

– Si… Mais tu n'as pas fini ta phrase. Tu as été interrompue…

Elle rougit.

– Non… J'ai reculé le moment…

Je tressaillis, craignant quelque révélation soudaine qui mettrait fin à ce qui venait à peine de commencer. Je bus encore une gorgée de Lacryma Christi. Elle allait m'expliquer que notre histoire était sans avenir, qu'il fallait l'arrêter ici, sur cette journée parfaite. Elle allait se lever à la fin du dîner, commander un taxi et disparaître de nouveau de ma vie. Ça lui ressemblait. Mais cette fois, je n'y survivrais pas. Je le pensai si fortement que je m'entendis le dire à voix haute :

– Je n'y survivrais pas.

Et j'ajoutai pour enfoncer le clou :

– Si tu me quittes une seconde fois, je mourrai.

Elle me fixa, heureuse de m'entendre le dire.

– Tu ne mourras pas, personne ne va mourir. Ni toi ni moi. Le temps est venu de vivre. Le temps pour nous…

Elle soupira. La serveuse vint débarrasser nos assiettes, puis le sommelier s'approcha de nouveau de notre table. Laura commanda une deuxième bouteille.

– Tu ne sais rien de moi, reprit-elle, quand le sommelier se fut éloigné. Je ne t'ai pas raconté grand-chose de ma vraie vie. Tu ne m'as rien demandé non plus.

– Je sais tout ce que j'ai besoin de savoir. Tu m'as parlé de toi dans des centaines de messages. J'ai fait de même. Nous avons parlé de nous, c'est le seul sujet qui m'intéresse. Je t'ai fait mille fois l'amour avant de te toucher aujourd'hui pour de vrai, je me suis répété tes mots tous les soirs avant de m'endormir, j'en ai découvert des nouveaux le matin en ouvrant les yeux. Je sais qui tu es. Je le sais, Laura. Tu es *ma* Laura. Qu'est-ce que j'ai besoin de savoir de plus ?

Elle sembla satisfaite de ma pauvre déclaration égoïste, imbibée d'alcool, de sexe et de romantisme attardé. Déclaration pour moi émouvante, car accompagnée d'un sentiment de compassion envers moi-même, et envers nous deux. J'avais deux enfants, elle n'en avait pas, nous étions tous les deux mariés, nos couples n'étaient pas de ceux que l'on détruit sans conséquence.

– Ma galerie est toute ma vie, dit Laura. J'ai sacrifié beaucoup de choses pour en faire ce qu'elle est devenue aujourd'hui. J'y ai sacrifié plus que de raison.

– Je comprends, fis-je, un peu ennuyé par le virage que prenait la conversation.

Pourquoi voulait-elle briser la magie de cette journée unique en mettant sur la table les emmerdements de la vie réelle ?

– Cette galerie est ma création, insista-t-elle, comme si je l'avais contredite. Mon mari est un pervers alcoolique qui aurait tout laissé dégringoler si je ne m'étais pas donné autant de mal pour sauver ses biens. Il y a quinze ans, j'ai tout pris en main, tout ! Tu crois qu'il m'en a été reconnaissant ?

*Je t'en prie, Laura, ne me donne pas à entendre ce que je n'ai pas besoin d'entendre.*

Le plat de pâtes arriva, la serveuse déclina d'une voix suave :

– *Linguine* au homard et chicorée avec un nuage de safran.

Laura retrouva son sourire. La serveuse nous fournit une explication savante du plat en nous fixant comme les adeptes d'une secte soucieux d'apprendre les nouveaux rites auxquels ils étaient initiés.

Je ne l'écoutais pas, d'autres mots venaient recouvrir les siens dans ma tête.

*Laura, ne me quitte pas, je sens encore tes seins sous mes mains. C'était la même chose il y a trente ans, et cette répétition m'affole. Dès que je t'ai reconnue, assise au bar du Vis à Vis, je savais que ça arriverait de nouveau. Notre première nuit m'a anesthésié. Quand je me suis réveillé, tu avais disparu, je croyais avoir rêvé... J'étais encore sous le choc quand Federico a frappé à ma porte. J'étais tellement abattu à l'idée de ne plus jamais te revoir que j'ai inventé une histoire invraisemblable de maladie. Et maintenant, je suis coincé par le seul mensonge qui n'était pas nécessaire, car depuis cette nuit-là les mensonges se sont multipliés et ils ont envahi ma vie réelle. Tu m'as écrit que notre histoire serait notre* « more than life »*, j'en ai été ravi. Cette expression dit ce que je veux entendre : qu'on m'a accordé la chance de vivre* *plus que ma vie, de retrouver celui que j'étais quand j'avais 18 ans et de l'infiltrer dans ma vie réelle. Cette bulle pleine à craquer de mots d'amour et pleine aussi désormais de souvenirs physiques, c'est lui qui l'a créée : le jeune homme en moi.*

*Maintenant, je te vois sourire et je sens ta peau sous mes caresses, je connais ton souffle et ton odeur. Et je suis perdu, Laura. Je remonte le temps, je compte les minutes d'avant, je vois la soie qui glisse sur ton corps et me retiens de te regarder encore. Je touche les petits boutons de ta chemise, leur bruit ponctue une phrase que je ne peux pas terminer.*

– La nuit n'est pas finie, répéta Laura.

Sa voix comme un chat qui s'enroule, l'ombre de son regard sur moi. Elle était en moi et moi en elle.

J'attrapai ma fourchette et attaquai les pâtes.

– Je dois te faire un aveu, Renzo. Mais je ne sais pas si c'est le bon moment…

– C'est le genre de préambule qui oblige à poursuivre. Tu ne peux plus te taire maintenant.

Elle ne répondit pas.

– Ça me regarde ? demandai-je.

Et puisqu'elle restait muette, je continuai :

– Car si ça ne me regarde pas, je t'en supplie : ne dis rien. Par contre, si ça me regarde…

– Ça te regarde. Et ça te regardait déjà, il y a trente ans.

Je me crispai. Elle poursuivit :

– Quand nous avons fait l'amour pour la première fois… Tu te rappelles ? Dans ce petit hôtel d'Ostie…

Je rougis. Pour moi, à l'époque, c'était vraiment la première fois.

– Ça ne m'était jamais arrivé avant, continua-t-elle. J'avais couché avec deux ou trois garçons avant toi, mais…

J'avais envie de la prendre dans mes bras, je ne voulais plus être assis en face d'elle dans cette salle de restaurant qui entretemps s'était remplie.

*Partons d'ici, Laura ! Précipitons-nous dehors, je payerai en passant, nous allons sauter dans un taxi et dans un quart d'heure nous serons de nouveau l'un contre l'autre, dans notre chambre, dans notre lit.*

– Quand je t'ai quitté, il y a trente ans… Non, laisse-moi parler, s'il te plaît, il faut revenir sur cette rupture, c'est important pour moi. Il faut regarder le passé en face, ce que nous étions toi et moi, ensemble et séparément.

Je commençais à m'agiter sur ma chaise. Le sommelier vint remplir mon verre, la seconde bouteille était presque vide. Le verre de Laura était à moitié plein, elle fit signe au caviste de ne pas le remplir.

– Je t'ai quitté parce que j'étais trop jeune pour accepter que tu sois le seul homme de ma vie, reprit-elle quand le sommelier se fut éloigné. À cette époque-là, et déjà dans cet hôtel minable d'Ostie, j'ai compris que si je restais avec toi, je ne connaîtrais rien d'autre. Et ça m'a terrifiée.

– Qu'est-ce que ça veut dire ?

– Ça veut dire que je t'aimais comme je t'aime maintenant. Totalement, absolument, et que si je restais avec toi, il n'y aurait aucun autre homme dans ma vie. À 18 ans, c'est terrifiant.

J'éclatai de rire.

– Et Rafael ? Tu ne l'aimais pas, Rafael ?

J'avais envie de la blesser parce qu'elle mentait. Et parce que de toute façon, c'était trop tard.

– Tu m'as quitté parce que tu m'aimais trop : c'est ça que tu es en train de me dire ?

J'avais un sourire malin qui ne correspondait pas à ce que j'éprouvais. Alors, je m'adoucis :

– Tu n'as pas besoin de réécrire l'histoire, Laura. Ce qui est fait est fait. Nous étions tellement jeunes, nous ne connaissions rien à la vie.

– Je n'ai aimé personne comme je t'ai aimé, dit-elle, sérieuse. Même pas Rafael.

J'avais vraiment failli mourir pour une femme qui n'avait pas su choisir ?

– Je n'ai plus souffert pour personne comme j'ai souffert pour toi. Quand je t'ai perdue, je ne t'ai pas simplement perdue, Laura, j'ai perdu l'amour avec toi.

– Et maintenant ? me demanda-t-elle.

– Tu le sais bien. Nous le savons tous les deux. Nous le savions tout à l'heure dans la chambre, nous l'avons su à chaque mot que nous avons échangé, même le plus banal. Et nous le savons maintenant, devant ce vin qui d'ailleurs nous fait défaut.

Je brandis mon verre, elle leva le sien, nous bûmes sans nous quitter des yeux. Puis elle commanda une troisième bouteille. Je me demandai si l'alcool n'allait pas noyer mon désir, j'avais encore envie d'elle et il me tardait que le repas se termine.

Le sommelier avait l'air aux anges en ouvrant la troisième bouteille et cette fois il daigna s'adresser à moi pour savoir si nous souhaitions attendre un peu avant l'arrivée du plat suivant.

– Vous pouvez l'apporter tout de suite, répondis-je en fixant Laura.

Elle comprit et me lança un sourire complice. Je n'avais plus envie de remonter le temps, le passé ne m'intéressait que s'il servait le présent, et mon présent, je le voulais sans fin. Rien ne m'occupait plus le cerveau que l'envie d'être de nouveau avec elle, dans notre chambre au-dessus du pont Erasmus. Toute la nuit et plus que la nuit.

J'avais d'abord commandé un poisson, puis j'avais changé d'avis et suivi le choix de Laura. Je ne souhaitais avoir d'autre volonté que la sienne. Je voulais être elle. Tous ses choix étaient d'ailleurs parfaits, l'agneau rôti et les artichauts, un plat romain inattendu dans ce port du Nord si loin de ma ville. Ici, rien de ce que je connaissais n'était banal.

Je mangeais, je buvais, j'avais sous les yeux la femme qui m'avait tué, puis ressuscité, et qui venait de me dire qu'elle n'avait jamais voulu d'autre homme que moi. Pouvais-je me fier à cet instant irréel ?

– Je ne t'ai jamais oublié, Renzo.

Elle sourit comme elle était consciente de sourire, de cette manière qui me subjuguait.

– Moi, par contre, je t'avais oubliée, dis-je, heureux de pouvoir le dire.

– Tout à l'heure tu m'as prouvé le contraire, se rebiffa-t-elle. Tout à l'heure et quand nous nous sommes rencontrés au Vis à Vis.

– De nouveau, béni soit le hasard ! fis-je, me réjouissant de sa déception.

Je ne lui avais pourtant pas menti, je l'avais effacée de ma vie et j'avais ainsi pu revivre.

– Tu veux dire que, sans le hasard, j'étais... morte pour toi ?

Sa voix tremblait. Elle me toucha la main, je ne pouvais plus contenir l'envie de la serrer dans mes bras. Et pourtant, cette crainte nouvelle qu'elle laissait transparaître et sa tristesse en apprenant qu'elle n'avait plus existé pour moi, après notre séparation, ne cessaient d'alimenter en moi une joie perverse.

– Oui, Laura, tu étais morte pour moi. C'était la condition pour continuer à vivre sans toi. C'était toi ou moi... J'aurais bien choisi de mourir, si tu me l'avais demandé. Mais tu ne me l'as pas demandé. Tu ne m'as rien demandé d'ailleurs, et tu es partie avec un autre.

– Cet autre n'était pas un inconnu, c'était ton meilleur ami. Tu sembles l'avoir oublié... Rafael, était-il mort lui aussi pour toi ?

C'était la première fois que j'entendais de nouveau ce prénom dans sa bouche, et rien qu'à l'entendre, je pouvais mesurer à quel point je l'avais détesté et je le détestais encore. Non, Rafael n'était pas mort pour moi. Longtemps auparavant, après avoir obtenu mon diplôme d'ingénieur, je l'avais même cherché sur Internet, mû par une envie de revanche, avant de me désintéresser complètement de lui. Son nom n'apparaissant nulle part, dans aucun domaine, j'en avais conclu que sa vie était obscure. Ce qui m'avait suffi. Je n'avais, par contre, jamais cherché à savoir ce que Laura était devenue. L'aurais-je fait, j'en aurais conclu qu'elle aussi avait une vie obscure, puisque son nom non plus n'apparaissait nulle part. J'appris plus tard, après l'avoir revue à Sestri Levante, qu'elle avait pris le nom de son mari, un nom qui remplissait de nombreuses pages sur le web car c'était celui de l'une des plus prestigieuses galeries d'art de Milan, celle qui avait lancé Tadija Golubovich quand il était encore un jeune artiste inconnu, tout juste arrivé de Serbie. Cette découverte avait fait la fortune de l'artiste et celle de la galerie en même temps.

– Quand j'ai décidé de te quitter, je savais que je faisais l'erreur de ma vie, dit-elle.

– N'en parlons plus, Laura, je t'en prie. Le passé ne m'intéresse pas, seul le présent m'intéresse. Notre présent.

Elle me fixa longuement, si longuement que la serveuse eut le temps de débarrasser et de lui demander s'il fallait attendre un peu avant d'apporter le dessert. Laura lui dit de l'apporter. Le sommelier vint remplir encore une fois nos verres, puis le dessert arriva.

– Crème au fruit de la passion avec mousse de lait de coco et granité à la menthe, annonça la serveuse.

En entendant « fruit de la passion », Laura me fit un clin d'œil. Peu à peu, la douceur sous ma langue, et surtout les verres de vin que je ne comptais plus, me transportèrent loin ; je ne voyais plus Laura assise en face de moi mais écrasée contre ma poitrine dans la chambre que nous regagnerions tout à l'heure.

– J'ai connu mon premier orgasme avec toi, dit-elle dans un souffle.

J'étais tellement absent quand elle prononça ces mots que je crus avoir eu une hallucination auditive.

– Il y a trente ans, tu croyais que j'étais la fille délurée et toi le jeune homme vierge qui ne savait pas comment s'y prendre. Je voulais rétablir la vérité… J'aurais dû le faire avant de te quitter. Ou ne pas te quitter.

Je fus brusquement tout éveillé, revenu à moi-même et à cette femme qui à deux reprises m'avait séduit à mort. J'étais encore plus à elle que je ne l'avais été trente ans plus tôt. M'aurait-elle demandé de me lancer du haut du pont Erasmus, dont la flèche puissante brillait dans la nuit noire, je l'aurais fait. Je voulais qu'elle exige de moi l'impossible, un geste qui mette mon amour à l'épreuve.

– Quand nous avons couché ensemble la première fois, continua-t-elle, ce plaisir-là… je ne savais pas ce que c'était… La première fois, c'est arrivé avec toi.

Je ne dis rien. Elle fit signe au sommelier, qui était resté debout dans un coin, aux aguets, dans l'espoir de la commande d'une quatrième bouteille. Elle demanda l'addition.

Le maître d'hôtel arriva avec la note. Laura glissa sa carte de crédit dans le présentoir en cuir. Le maître d'hôtel disparut.

Nous restâmes en silence et attendîmes son retour. Une fois l'addition réglée, je me dépêchai d'ajouter un pourboire dans la pochette.

– Après toi, je n'ai jamais plus joui avec personne, ni mari ni amant, dit-elle quand nous fûmes de nouveau seuls. Jusqu'à cette nuit au Vis à Vis.

Puis elle se leva, et je fis de même comme un pantin à ressort. Et tandis que la fille de la garde-robe se hâtait à la recherche de nos vestes, Laura me chuchota à l'oreille :

– Je ne te quitterai plus jamais, Renzo.

Visiblement, l'ambitieux chantier du Mandarin Oriental l'obligeait à lâcher prise dans d'autres domaines, à commencer par la maison. Cet état de choses me convenait car je devais moi aussi faire face à d'importants changements dans mon travail. Nos produits avaient beau avoir gagné leur place sur le marché du luxe, il fallait toujours défendre la qualité de nos chocolats depuis le rachat de notre société quasi familiale par la multinationale américaine. J'avais personnellement une bonne réputation dans la boîte et je travaillais avec une équipe de confiance, mais les Américains poursuivaient dernièrement une expansion de l'offre et ils visaient une diminution des coûts en amont, notamment dans l'achat des fèves de cacao. Le père fondateur de Criolloro, Valerio Zampiello, était désormais en minorité dans le conseil d'administration, et même s'il était appuyé par des fidèles tels que moi, il avait tendance à s'arcbouter sur ses principes et commençait à perdre des alliés précieux. Federico me tenait de plus en plus souvent des discours qui m'inquiétaient, car je sentais qu'il était en train de se déplacer du côté des nouveaux patrons.

– Valerio a fait des miracles, il y a vingt ans, me disait-il, il a parié sur un rêve et il a réussi à créer de véritables bijoux, comme *In Veritas* ou *Nocte*. Mais je comprends parfaitement John quand il affirme que nous ne pouvons plus nous limiter à la production de chocolats issus de la gamme la plus prestigieuse des cacaos et qu'il nous faut élargir notre marché en travaillant beaucoup plus le Trinitario, et pourquoi pas aussi le Forastero… Même les grandes maisons de mode produisent du prêt-à-porter.

– Nous ne garderons nos clients et notre réputation que si nous répondons à des exigences de qualité très sévères, répliquais-je.

– Je n'ai pas dit le contraire, Lorenzo. Il faut garder, bien sûr, la meilleure qualité pour notre clientèle la plus exigeante, mais nous ne pouvons plus nous contenter de cette seule production. Si les Américains ne nous avaient pas rachetés...

Je connaissais la chanson. Sans les capitaux de McSullivan Co., Criolloro aurait déjà mis la clé sous la porte.

– À côté de nos produits de luxe, nous devons créer cette gamme intermédiaire que les Américains nous réclament, insistait Federico. Nous devons aussi nous ouvrir aux grandes chaînes hôtelières et aux restaurants étoilés. Même pour eux, nos chocolats sont trop chers !

J'étais partagé. J'étais conscient que l'ouverture d'un nouveau marché donnerait du souffle à notre production, mais Valerio Zampiello refusait que les chocolats Criolloro s'abaissent à devenir des *amenities* au même niveau que les produits de beauté ou le petit carré offert avec le café ; il refusait donc de s'engager dans une collaboration avec les hôtels et les restaurants, fussent-ils les plus réputés. Il voulait en rester aux petites boutiques de luxe et défendait l'idée d'un chocolat associé aux grands vins. Mais le marché de la dégustation, chocolats et vins, malgré la participation des grands crus très à la mode, ne s'était pas développé dans la mesure que nous attendions, et depuis quelque temps la demande stagnait. Sans compter que la compétition était devenue féroce dans le monde du chocolat. Dans cette tourmente, je gardais les yeux ouverts, mais j'avais par moments l'impression de faire le mort pour rester à flot entre Valerio et « l'Ami américain », entre mon ancien patron et le nouveau. Je ne m'agitais pas, j'écoutais, je reliais mes pensées avec ma lenteur habituelle, sûr des résultats que j'avais toujours obtenus grâce à cette méthode. Mais les eaux devenaient troubles et quelque chose remuait en profondeur que je ne voyais pas, allongé comme je l'étais à la surface, le regard dirigé vers le haut. Je flottais, il est vrai, mais j'oubliais que je ne savais pas nager, et encore moins nager entre deux eaux. J'oubliais aussi que ma force résidait dans ma capacité à me faire aussi léger que possible pour recueillir autour de moi les énergies et livrer bataille le moment venu. Le problème est que je ne tenais pas compte du fait que le retour de Laura dans ma vie avait complètement changé la donne.

## 10.
## SCÈNE D'INTÉRIEUR AVEC ENFANTS

– Papa ?

Frida me regardait fixement, assise à la table de la salle à manger, sur laquelle elle faisait ses devoirs. Liz préparait le dîner. Nous avions beau avoir embauché Ruzica, une jeune femme serbe, pour l'aider dans toutes les tâches ménagères, la cuisine restait son domaine. Elle n'était pourtant pas très douée, mais elle y tenait et nous la laissions faire.

– Papa ? répéta Frida.

Je me tournai du côté de ma fille lorsque je vis Gio foncer sur moi et sauter sur mes genoux. Le regard de Frida s'obscurcit, elle se pencha de nouveau sur son cahier. Je voulus me lever pour m'approcher d'elle, mais déjà Gio me suppliait de l'aider à construire son Lego. Je me laissais entraîner et me mis à quatre pattes à ses côtés. Ses petits doigts emboîtaient habilement les petits cubes, il n'avait nullement besoin de mon aide. Je ne pus m'empêcher de penser que, si jeune, il savait déjà attirer l'attention de l'objet de son désir quand celui-ci risquait de lui échapper. Il avait déchiffré l'appel de sa sœur, il y avait entendu la supplication cachée qui allait porter mon regard sur elle, il avait défendu sa part d'amour. Et il était maintenant tout heureux car j'étais près de lui et non près d'elle.

Depuis que le chantier du Mandarin Oriental avait commencé, je m'étais rapproché encore plus de mes enfants, comme si je voulais compenser les nouvelles absences de leur mère. Il y eut un silence dans le salon, je me concentrai sur la construction du bateau de pirates que Gio avait entreprise tout seul. J'entendais le bruit de la vaisselle en provenance de la cuisine où Liz continuait à préparer le dîner, je savourais la perfection du moment que je partageais avec mes enfants, dans l'espace familier qui était le nôtre.

Mes rencontres avec Laura avaient beau être rares, elles rayonnaient sur ma vie quotidienne. La force de ce que nous éprouvions quand nous étions ensemble, physiquement réunis, nous l'entretenions durant les périodes d'absence. Puis une nouvelle rencontre s'organisait, ou plutôt Laura l'organisait, et la flamme repartait de plus belle.

– Laisse ton papa tranquille, dit Liz en sortant de la cuisine. Viens avec moi, petit coquin, c'est l'heure du bain.

Gio m'oublia aussi vite qu'il m'avait accaparé, l'attrait d'un nouveau jeu dans l'eau le persuada sur-le-champ de suivre Liz.

– Et après, ce sera ton tour, Frida, fit Liz en quittant la pièce avec Gio.

Je me levai et m'approchai de ma fille, qui s'évertuait à ne pas relever la tête. Elle boudait, je savais qu'elle ne tiendrait pas longtemps. Je ne lui parlai pas tout de suite et l'observai. Elle continua à écrire de manière appliquée, concentrée et volontairement absente ; je repérai deux mots sur la page : « irrésistible » et « revenir ». J'allais lui demander si elle faisait un résumé, lorsqu'elle referma le cahier et resta immobile, toujours sans me regarder. Les petites filles sont émouvantes, surtout à cet âge-là, avec leur envie de vouloir toujours bien faire et leurs doutes grandissants sur leur capacité à satisfaire les attentes de leur entourage.

– Frida, tu voulais me demander quelque chose tout à l'heure ?

Je m'attendais presque à ce qu'elle s'éclaircisse la voix avant de me répondre, tellement son attitude paraissait compassée. Mon cœur se resserra, je ne pus m'empêcher de penser qu'elle allait souffrir un jour par ma faute. Elle rangea d'abord son stylo dans sa trousse, petite fille ordonnée qui voulait se distinguer de son frère.

– Rien de bien important, dit-elle. De toute façon, j'ai oublié. Ce petit sait toujours quand il doit m'embêter.

J'adorais quand elle appelait son frère « ce petit ». Il y avait dans cette expression que personne n'utilisait à la maison sauf Liz, une suffisance et une affection qui m'attendrissaient.

– Il voulait peut-être t'embêter, mais…

– Il n'a que 6 ans, je sais.

– Ce n'est pas ce que je voulais dire. Il voulait peut-être t'embêter, mais il te voit comme une déesse. D'ailleurs, tu es ma petite déesse, n'est-ce pas ?

Je la pris dans mes bras et embrassai ses boucles odorantes. Elle se blottit contre ma poitrine, redevenant la petite fille qui a besoin de savoir qu'elle est la préférée de son père.

– Papa ? dit-elle, la confiance retrouvée.

– Oui, Frida.

– Il ne faut pas que tu t'en fasses, tu sais…

Cette manière de parler comme un adulte me perçait le cœur.

– Que je m'en fasse pour quoi, ma chérie ?

Elle se détacha de moi, me fixa comme une petite femme qui veut être prise au sérieux, et dit :

– Pour maman. C'est pas parce qu'elle travaille avec Federico qu'elle ne t'aime plus.

Je la regardai comme un idiot sans rien trouver à dire.

## 11.
## MA FEMME ME TROMPE AVEC MON MEILLEUR AMI

On m'avait poignardé dans le dos. Depuis combien de temps Federico et Maria Elena me mentaient-ils ? Je me considérai d'emblée comme une victime et ne m'estimais en rien responsable de la situation qui s'était créée dans mon foyer. Je me sentais bafoué. Ma liaison avec Laura était un secret parfaitement gardé, je m'étais toujours conduit en famille comme si rien n'avait changé dans ma vie après Sestri Levante. J'étais doublement trahi : par ma femme et par mon ami. Je leur en voulais à mort à tous les deux de m'avoir trompé. J'avais honte aussi d'avoir été couillon à ce point. Je décidai de me confier à Laura. C'était de ma part une réaction spontanée, elle était la seule personne avec qui je pouvais parler librement, la seule qui pouvait comprendre, juger, aviser. Quand l'échange exigeait le temps de la réflexion, nous avions l'habitude de correspondre par mail. Les SMS compulsifs étaient réservés à notre correspondance érotique. Laura m'écrivait depuis le compte qu'elle avait réservé à nos échanges, elle ne signait pas Laura, mais « Rebecca ». C'est elle qui avait choisi ce prénom qui ne me plaisait pas ; je faisais l'effort de le remplacer dans ma tête par le vrai. À la fin, c'était devenu pour moi tellement automatique de superposer les deux que je ne me rendais même pas compte que je l'appelais Laura quand je me parlais à moi-même et Rebecca quand je lui écrivais. Elle m'avait aussi recommandé de ne pas nommer les lieux réels de nos rendez-vous, elle adorait changer les noms pour brouiller les pistes, ainsi l'hôtel Nhow de Rotterdam devint le Sofitel d'Amsterdam. Je me laissais porter par toutes ces inventions qui démultipliaient les plaisirs ; parfois, je ne savais plus moi-même où nous avions couché et je m'abandonnais, béat, aux extravagances de Laura.

Même physiquement, elle n'était jamais la même. Elle avait le goût de la métamorphose, c'était une comédienne dans l'âme. Brune, blonde ou rousse, habillée sagement ou avec impertinence, à la mode ou non, plus âgée ou plus jeune, elle était toujours unique. J'éprouvais une jouissance inégalée quand je la retrouvais identique à elle-même derrière tous ses déguisements.

À ma grande surprise, Laura se réjouit d'apprendre que ma femme couchait avec mon meilleur ami. Elle me conseilla même de ne pas révéler à Maria Elena que j'avais découvert sa liaison clandestine : je devais continuer à jouer le mari naïf, cela ne pouvait que servir notre cause. Occupée ailleurs et comblée par un autre, ma femme ne risquait pas de s'intéresser à moi ni à mon emploi du temps. Ainsi notre secret pourrait-il tenir sans plus d'effort jusqu'au moment où nous déciderions qu'il ne serait plus un secret pour personne. Je partageais le point de vue de Laura, mais je ne pouvais partager son indifférence concernant le naufrage de mon couple. Alors qu'il paraissait évident que ma femme accepterait désormais plus facilement la séparation, j'en étais attristé au lieu de m'en féliciter. J'avais été heureux dans le secret, je croyais pouvoir continuer à vivre ainsi ma vie, mais ce n'était qu'illusion. Il fallait choisir, ou plutôt on avait déjà choisi pour moi.

L'avenir que je croyais modeler selon les étapes dictées par ma passion cachée s'imposait désormais à moi comme le choix de ma femme qui allait m'abandonner pour un autre. Je le supportais mal. L'idée de devoir me séparer de mes enfants me déchirait et j'étais peu à peu dévoré par le doute, la peur et la culpabilité. Je n'effaçais pas de mes projets le rêve de vivre un jour avec Laura, mais je m'étais toujours vu, jusque-là, comme le seul responsable d'une éventuelle rupture avec ma femme ; apprendre qu'elle couchait avec mon meilleur ami offusquait ma raison. Bref, je souffrais et je ne pouvais ni l'avouer à Laura ni me le cacher. Je n'acceptais pas d'avoir été trompé par Maria Elena et par Federico : c'était un fait. Un fait absurde, puisque je les avais trompés moi-même le premier, l'un comme l'autre. Mais puisqu'ils l'ignoraient, je continuais obstinément de me considérer comme innocent.

## 12.
## UNE FOIS PAR MOIS

Dès que je revoyais Laura, je glissais dans un autre monde. Nous nous rencontrions une fois par mois, dans des lieux toujours différents, avec les mêmes modalités, fixées lors de notre rendez-vous de Rotterdam. C'était un contact bref et violent, une nuit pas plus, un dîner après l'amour et l'amour après le dîner. J'en revenais chaque fois un peu plus brûlé, un peu plus à elle et un peu plus enraciné dans ce monde qu'elle avait construit pour nous, autour de nous. Je ne pouvais plus vivre sans Laura. Jamais auparavant je n'avais vérifié la justesse de l'expression « avoir quelqu'un dans la peau ». Nous étions les deux faces d'une même médaille, le Janus aux deux visages, les jumeaux éternels : un seul être enfin recomposé. Si elle disparaissait, je disparaîtrais. Si elle mourait, je mourrais. Nous étions condamnés à vivre cette vie qui n'appartenait qu'à nous et à éliminer tout obstacle qui s'érigerait sur notre chemin pour nous empêcher de la vivre. Nous avions pleinement embrassé notre destin : c'était un amour fou, donc sans issue. Et pourtant, je me conduisais comme si la catastrophe n'était pas écrite à l'avance, comme si je pourrais, à l'occasion, infléchir le cours des événements. Ainsi, je fus presque étonné le jour, ou plutôt la nuit, où Laura me parla de notre révolution copernicienne.

Cette fois-là, à Dublin, nous étions descendus au Merrion. Nous avions dîné dans la chambre, puis Laura avait appelé la réception pour qu'on vienne débarrasser ; elle ne supportait pas de voir les restes du repas sur l'élégant chariot, elle détestait le désordre en toute chose. Pour accélérer le moment où nous serions de nouveau tous les deux sous les draps, je décidai de pousser le chariot hors de la chambre.

– Ayons pitié du garçon d'étage, dis-je, légèrement éméché. Il doit roupiller debout, n'allons pas l'allumer avec la vision de ce que nous avons fait ici.

– Garde la bouteille, dit Laura.

Comme d'habitude, nous avions passé la journée enfermés dans la chambre, indifférents à la beauté de l'établissement, dont je n'avais aperçu en arrivant que le magnifique escalier et une théorie de tableaux XVIIIe sur les murs. J'ouvris donc la porte, sortis le chariot et restai un instant immobile sous la faible lumière du couloir ; je scrutais la succession des portes et pensais à tous ces inconnus qui dormaient ou veillaient, prisonniers de leur vie. Je me sentais merveilleusement différent d'eux.

– Viens… m'appela Laura.

Je refermai la porte et me glissai sous les draps, tout contre elle.

– Le moment est venu, Renzo, me dit-elle d'une voix ferme.

Ces mots me brûlèrent comme des langues de feu. Je fus immédiatement sur mes gardes, je ne voulais pas entendre la suite.

*S'il te plaît, Laura, ne va pas plus loin ! Laissons-nous encore dériver un temps sur ce courant qui nous porte.*

Je lui adressais dans l'obscurité ma prière silencieuse, elle ne pouvait ni m'entendre ni me voir, je voulais seulement m'endormir dans ses bras.

– Jamais je ne pourrai quitter mon mari, tu le sais, Renzo.

J'aurais dû lui répondre que ce n'était pas ce que je lui demandais, qu'il ne fallait rien changer à notre histoire, mais déjà l'histoire venait de changer. Je fermai les yeux et me récitai la liste des éléments dont je devrais discuter lors de la prochaine réunion avec John Carewood, celle qui verrait Federico défendre les positions des Américains. Je ne voulais surtout pas entendre ce que Laura allait me dire. Mais je fus obligé de l'écouter.

– Mon mari est maladivement possessif, je te l'ai assez dit… Il ne me permettra jamais… Il pourrait devenir dangereux…

Elle s'accrocha à moi, je sentais sa peur, elle était vraiment effrayée. Je l'étreignis, elle se calma.

– Je l'ai épousé parce qu'il me voulait, reprit-elle. À n'importe quel prix. Il aurait fait n'importe quoi pour m'avoir… Il ferait n'importe quoi pour me retenir.

Elle se mit à parler tout doucement, comme si elle réfléchissait à voix haute :

– Être à ce point désirée par un homme, c'est une bonne raison pour avoir envie de lui appartenir. La plupart des couples se forment ainsi. Se savoir choisi, apprendre qu'on a besoin de nous, c'est une force qui nous aspire. On n'arrête pas de douter de la nécessité de notre existence sur Terre.

Elle rit nerveusement, puis continua :

– Si quelqu'un nous aime au point de ne pas pouvoir vivre sans nous, nous avons l'impression d'avoir le droit de vivre. Vivre pour lui. Et alors nous l'aimons. En tout cas, nous croyons l'aimer.

Je la sentis triste et si perdue que je ne lui dis pas que ça avait été exactement notre histoire, trente ans plus tôt. Sauf qu'à l'époque, elle n'avait pas suivi le même raisonnement.

– Ça, c'est la raison profonde qui m'a poussée à épouser Dario. Mais il y en avait aussi une autre, je ne peux pas le nier : c'était la volonté de réussir. J'ai toujours été ambitieuse, tu le sais…

Elle rit, cette fois clairement. Je n'ai jamais pu résister à son rire, ni avant ni après. Et encore aujourd'hui, si Laura pouvait me revenir telle qu'elle était pour moi à ce moment-là, je suivrais encore ce rire.

– Il était propriétaire de l'une des plus importantes galeries d'art de Milan, il voyageait dans le monde entier, aussi facilement que moi je prenais le bus à Rome.

Elle avait quitté Rome pour ne plus y revenir, quand, après l'université, elle avait continué à Londres des études en histoire de l'art.

– Je déteste toujours Rome, fit-elle, même s'il m'arrive d'y retourner de temps en temps. Par contre mon mari adore cette ville, il y va régulièrement. Nous avons un appartement dans le quartier Salario, c'est là que Dario a grandi ; il appartient à sa famille depuis la construction de l'immeuble. Moi, j'y vais très rarement.

Elle rit encore, mais cette fois avec amertume. Puis elle ajouta :

– J'ai fait une sérieuse dépression après la mort de ma mère. Elle s'en est allée sans que j'aie pu lui dire adieu… Elle l'a fait exprès. Ma mère n'aimait pas la vie que je menais à Londres, on était fâchées, donc elle s'est arrangée pour partir sans se réconcilier avec moi.

Je l'embrassai en silence.

– Après sa mort, je suis revenue vivre à Rome pendant un an. Je faisais le guide touristique, je croyais avoir raté ma vie.

Quand notre liaison avait recommencé, je ne m'étais nullement préoccupé du passé de Laura, qui m'en offrait des bribes de temps à autre, en revenant systématiquement sur le mien, qui semblait lui tenir à cœur. Personne ne s'était jamais intéressé autant à moi auparavant, à ce que j'avais vécu et à ce que je n'avais pas pu vivre. Laura me connaissait désormais mieux que quiconque, mieux que je ne me connaissais moi-même. Ce qui lui restait toutefois obscur, c'était la profondeur de ma blessure quand elle m'avait quitté, trente ans plus tôt. Nous pensions tous les deux que la plaie était guérie, mais les cicatrices nous trompent. On y passe le doigt et on croit que l'épaisseur qui les referme est une barrière alors que la plupart du temps elle n'est qu'une fente facile à forcer.

Plus tard, quand Laura commença à me parler de son couple, j'en appris plus que je ne l'aurais souhaité. Au fil du temps, ses récits devinrent tellement détaillés que je me sentis glisser sur la pente d'un effroi nouveau. Effroi de la savoir exposée à la cruauté physique et psychique d'un mari tyrannique, possessif et pervers, sans que je puisse y opposer la moindre résistance. Puis arriva le moment où je fus littéralement happé par l'angoisse permanente que Laura ne me fût arrachée par cet homme brutal et jaloux. Le danger qui la guettait m'obsédait, j'imaginais constamment des situations qui la voyaient, elle, invariablement victime de la violence de son époux, et moi, insuffisant, impuissant, incapable de la sauver. À la maison, il m'était devenu facile de prétendre ignorer la liaison de ma femme ; je feignais habilement de ne pas voir qu'elle s'était éloignée de moi et que notre ménage s'écroulait. Je me réveillais parfois terrorisé à l'idée que j'allais perdre Laura, victime de quelque geste irréparable de la part de son mari ; alors je m'abrutissais dans un déluge de mots et lui envoyais des dizaines de messages sans queue ni tête, affolé par son absence de réponse. D'autres fois, le soir, couché seul dans mon lit, au moment d'éteindre ma lampe, je me surprenais à imaginer qu'elle allait être étouffée pendant son sommeil. Je me levai en sueur et sollicitai un message de sa part, et comme elle restait muette, je sombrais dans le désespoir. Il arrivait aussi que ma femme, rentrant au milieu de la nuit, me trouve assis dans le salon, un verre de whisky à la main ; alors je lui balançais quelque mensonge au sujet de mon travail pour qu'elle ne me soupçonne pas d'être devenu insomniaque par sa faute. Je lui parlais boulot et lui étalais mes soucis professionnels, faisant mine de croire qu'elle passait la moitié de la nuit à son agence en raison d'une charrette. Notre comédie multipliait ses représentations avec succès, car nous avions tous les deux intérêt à masquer la vérité qui était pourtant à mes yeux aussi nue qu'impudique.

Laura s'était tue, je crus qu'elle s'était endormie. Je changeai de position et dégageai mon bras sous sa taille. Elle rattrapa mon bras comme si j'avais voulu lui échapper. Je la sentis anxieuse, j'en fus troublé.

– Qu'est-ce que tu attends de moi, Laura ? lui demandai-je alors, comme un père à un enfant perdu.

Mais Laura n'était pas perdue, et elle n'était plus une enfant.

– Je te veux, toi, Renzo. Je te veux aussi fortement que tu m'as voulue il y a trente ans.

– Moi aussi je te veux, Laura. Mais nous n'avons plus 18 ans.

Elle se raidit. Je me sentis minable, rattrapé par mon sentiment de ne pas être à la hauteur de son amour.

– Je ne veux pas dire que je t'aime moins que je ne t'aimais à l'époque, me justifiai-je. Je t'aime encore plus maintenant, s'il est possible d'imaginer un absolu plus absolu encore.

– Tu as de ces formules ! Tu en as toujours eu, d'ailleurs... Tu sais que je me rappelle par cœur certaines de tes phrases ?

Au-delà de tout ce que je pourrais dire sur les attraits physiques de Laura, la séduction qu'elle exerçait sur moi jaillissait aussi de sa capacité à m'arracher au sort commun et à me faire sentir spécial, unique, élu. Quand elle m'avait quitté, trente ans plus tôt, j'étais brusquement tombé de l'échelle sur laquelle j'ignorais avoir grimpé. Du jour au lendemain, j'étais redevenu personne, comme celui qu'on ferait régresser à un état d'avant la naissance : un agrégat de sensations confuses. Avec cette différence, par rapport au fœtus, que toutes ces sensations étaient douloureuses et que toutes gardaient la trace d'un Éden perdu.

Je vis la lumière filtrer de la nuit, quelle heure était-il ?

– Ce que j'attends de toi, Renzo ? dit-elle en revenant à ma question. Tu devrais plutôt me demander ce que j'attends de nous. Mieux encore : ce que notre histoire attend de nous. N'en sommes-nous pas les protagonistes ?

Je sus alors que cette nuit-là serait la dernière au paradis.

Elle m'embrassa, et ce fut le sceau d'un pacte que nos corps avaient déjà conclu, bien avant que je n'en aie conscience. Cette nuit-là, nous décidâmes d'assassiner son mari.

# L'ENFER

## 13.
## PAR UNE NUIT DE PRINTEMPS, UN HOMME SEUL...

J'avançais dans les rues désertes de ce quartier romain si loin du mien, sans me poser de question. Je regardais mes pieds, un pas après l'autre, je n'étais pas pressé. Pour garder le rythme, je m'appliquais à chanter dans ma tête :

*In restless dreams I walked alone / Narrow streets of cobblestone / 'Neath the halo of a street lamp / I turned my collar to the cold and damp / When my eyes were stabbed by the flash of a neon light / That split the night and touched the sound of silence...* (Dans mes rêves agités je marchais seul, rues étroites et pavées, sous le halo d'un réverbère, je relevai mon col face au froid humide, quand mes yeux furent poignardés par la lumière d'un néon, qui déchira la nuit et toucha le son du silence.)

J'approchais de la Via San Crescenziano, je n'avais croisé personne, les promeneurs étaient rares à cette heure de la nuit. Je m'étais plié à porter un chapeau, la prudence n'est pas un luxe. Quand j'avais quitté la maison, ma femme dormait profondément. Si elle se réveillait avant mon retour, mais c'était peu probable, je lui dirais enfin ce que j'avais sur le cœur pour justifier mon absence. Elle me trompait, elle me mentait, elle ignorait que je le savais ; elle apprendrait toute ma douleur sans en connaître la vraie origine. Je m'étais tu, j'avais joué le jeu, j'étais resté sur mes gardes.

Mais c'était fini, cette nuit serait mon Rubicon : il y aurait à jamais un avant irrécupérable et un après irréversible. Le temps de la revanche était arrivé.

C'était une nuit comme tant d'autres, une nuit qui attendait le jour. Pas pour moi. Pour moi, c'était la nuit qui allait décider de mon avenir. Il n'y avait pas de caméra de surveillance dans cette rue paisible du quartier Salario ni dans les allées privées qui desservaient le luxueux ensemble d'immeubles, blotti derrière la grille dont j'avais le code. J'entrai et me dirigeai vers la *palazzina* que j'avais étudiée dans tous les détails, en photo et sur plan. J'avais l'impression d'habiter dans cette magnifique résidence des années cinquante qui aurait tant plu à Maria Elena. J'empruntai l'escalier en losange, je ne voulais pas courir le risque de rencontrer dans l'ascenseur quelque résident noctambule. Chaque étage desservait un seul appartement, chaque palier était meublé : petites tables, fauteuils et porte-parapluies ; au mur, des miroirs, des photos, même des tableaux. Au dernier étage, il y avait une porte au vitrage miroir sans tain, protégeant la partie du palier opposée à celle où débouchait l'ascenseur.

J'enlevai ma veste et mon chapeau en feutre, je les enroulai et les glissai dans le sac à dos que je portais sur les épaules. Je sortis de ma poche une paire de gants de latex, que j'enfilai, et j'ouvris la porte vitrée. C'était comme si je revenais chez moi.

Soudain, le bruit de l'ascenseur me fit sursauter : je l'entendis descendre, quelqu'un venait de l'appeler. Qui donc rentrait au milieu de la nuit ? Et si c'était *lui* ? Nous aurait-il caché une maîtresse ?

*Si c'était le cas, est-ce que je serais obligé de les tuer tous les deux ?*

L'ascenseur monta, puis il s'arrêta deux étages en dessous. La porte s'ouvrit, j'entendis des éclats de rire et le bruit d'un trousseau de clés qui tombe par terre. Encore des fous rires, une autre porte qui s'ouvre et qui se referme, puis de nouveau le silence. J'imaginai un instant le couple dont je ne saurais jamais rien de plus.

Finalement, j'ouvris la porte blindée, je la refermai en l'accompagnant très doucement et me retrouvai dans le noir absolu. L'obscurité me troubla, j'eus un vertige. Je cherchai dans ces ténèbres quelque chose pour m'accrocher, un point lumineux, même minuscule, mais il n'y avait rien, ni boîtier Internet ni diodes d'horloge, pas même le faisceau d'un réverbère remontant depuis la rue. Alors j'allumai mon téléphone et retrouvai aussitôt des repères. Des formes étranges commencèrent à se détacher de l'obscurité, des silhouettes de meubles, des taches sur les murs, et partout, une foule d'objets impossibles à identifier. Je reconnus enfin la cheminée moderne et j'aperçus la petite pyramide de cristal. En me servant de la lampe de mon téléphone, je fis le tour du salon et repérai le meuble de métier qui contenait la collection de montres de Dario Rosati. Il y en avait au moins une centaine dans les cinquante tiroirs, j'avais appris la liste par cœur et mémorisé l'image des six que je devais emporter : la *Complications*, la *World Time*, la *Nautilus* et la *Calibre* de Patek Philippe, la *Golden Bridge* de Corum, la *Grand Bal* de Dior. Je vis aussi le tableau d'Antonello Trombadori, que j'allais bientôt décrocher pour ouvrir le coffre dissimulé derrière. J'avais gravé dans ma tête les instructions de Laura en me les répétant chaque matin dans la salle de bains. Une fois, ma femme, qui m'avait entendu parler tout seul, m'avait même demandé si je priais.

Mes yeux s'habituèrent rapidement à l'obscurité, mais je gardai la lampe de mon téléphone allumée. Avant d'ouvrir le coffre, j'entrerais dans la chambre, j'approcherais du lit et je lui écraserais le crâne avec la pyramide qui pour l'instant était encore sur la cheminée. J'éclairai le tableau de

Trombadori. J'éprouvais cette sensation indescriptible qui précède le moment final et nous étreint, entre volupté et terreur. Comme dans le sexe. Je me dirigeai vers la cheminée et attrapai la pyramide lorsqu'un bruit me paralysa. Mes muscles se tendirent, j'eus le réflexe d'éteindre le téléphone. La porte de la chambre s'ouvrit, j'entendis le martèlement de la première béquille, suivi de celui de la seconde. Il s'était réveillé et avançait vers moi en s'appuyant sur ses béquilles. Il s'approcha agilement du tableau de Trombadori et s'immobilisa devant comme s'il pouvait le voir dans l'obscurité. Puis il alluma la lampe, dont l'arc en profilé d'acier survolait le canapé et la table basse. Je reculai instinctivement et allai me cacher dans l'angle du secrétaire. Il ne pouvait pas me voir, mais s'il se retournait, il apercevrait mon reflet dans le miroir accroché sur le mur, derrière son dos. Heureusement, il ne se retourna pas. Il leva une béquille et se mit à suivre le contour des seins de la jeune fille du tableau, il remonta jusqu'au bras, puis redescendit vers la main qui tenait le livre.

*Jeune fille nue qui lit.* C'était un beau portrait, il me rappelait Laura quand elle avait 18 ans et qu'elle se mettait à lire après l'amour. Il me semblait alors que la lecture me l'enlevait : elle s'éloignait de moi et je restais seul, comme encombré par mon corps. Alors je me levais et la couvrais de baisers.

Brusquement, le mari de Laura laissa tomber une béquille. Il décrocha le tableau d'une main, tandis que de l'autre il restait appuyé sur la seconde béquille. Il posa délicatement le Trombadori sur la table basse, récupéra la première béquille et la mit sur le fauteuil. Il composa ensuite le code, ouvrit le coffre, scruta l'intérieur, attrapa quelque chose, se retourna et se retrouva face au miroir. Mais il ne leva pas les yeux tout de suite, il s'assit dans le canapé et envoya valser la béquille sur laquelle il s'était appuyé. Il avait à la main un petit cadre, celui qui protégeait le dessin que j'étais venu chercher. Il resta un long moment assis dans le canapé, les yeux rivés sur l'œuvre. De dos, sa carrure laissait deviner sa force ; sans son handicap, dans un corps à corps il m'aurait écrasé. Il était visiblement plus fort que moi, je le détestais. Je le voulais mort. Je serrai la pyramide dans ma main, il leva les yeux et m'aperçut dans le miroir. Il posa d'instinct le petit cadre sur la table basse et me regarda, étonné et muet. Je bondis sur lui. Je lui enfonçai la pointe de la pyramide dans le cou et le frappai à plusieurs reprises. Je ne pouvais plus m'arrêter. Ma chemise était trempée, je me couvris de sang jusqu'au coude, l'odeur de la vie qui fuyait me fit chavirer. Tout était horriblement réel, mes gestes frénétiques s'enchaînaient à un rythme imprévu, plus saccadé et moins maîtrisé que lorsque je les avais imaginés. Une rage ancienne, longuement réprimée, s'invitait dans l'action que j'avais mille fois répétée dans ma tête et elle m'emportait maintenant dans une folie meurtrière que je ne contrôlais plus.

Nos yeux se rencontrèrent à cet instant, il essaya de me dire quelque chose de son regard de mourant : il me fixait, déconcerté, suppliant, désespéré.

J'eus un choc quand je le reconnus : ce n'était pas le mari de Laura, c'était Rafael.

Je dus m'appuyer contre le dossier du canapé pour ne pas m'écrouler sur lui. Le sang pissait de sa gorge grande ouverte, il gargouillait, il étouffait, il suffoquait. Puis ses yeux se révulsèrent et il expira. Je me redressai lentement et fus horrifié par le massacre. En lui tournant le dos, je vis mon reflet dans le miroir. J'étais une tache de sang, et l'ombre de mon frère ennemi était couchée derrière moi. J'étais Abel revenu de l'au-delà pour tuer Caïn.

## 14.
## MON MEILLEUR ENNEMI

La soirée avait été semblable à tant d'autres. J'étais avec Rafael ou plutôt à la remorque de Rafael, car lui était bien dans sa peau et décidait de tout alors que moi, je me contentais de le suivre et dissimulais mon chagrin. Avant ce soir-là, je n'avais jamais osé lui avouer mon obsession pour Laura. Je la connaissais depuis l'avant-dernière année de lycée, j'étais nouveau dans cette classe où les groupes s'étaient formés bien avant mon arrivée ; ma réputation m'avait précédé, j'avais été annoncé comme un phénomène. Je me destinais à la littérature, je lisais beaucoup et j'avais l'habitude d'analyser les sentiments. Deux ans plus tard, je me suis cependant inscrit à la faculté d'ingénierie ; mon père était fou de joie, dans ma famille il était mal vu d'envisager une carrière littéraire.

Tout au long de mon enfance, j'ai changé de pays et de maison aussi souvent que les postes diplomatiques de mon père l'exigeaient, je lui en ai toujours voulu pour cela. J'ai encore aujourd'hui l'impression de ressentir envers mes parents l'hostilité qui me venait de la hantise de devoir quitter tôt ou tard ce que j'aimais le plus.

À 18 ans, je n'avais pas encore eu d'expérience avec les filles. J'étais tombé amoureux de Laura, pour moi c'était la première fois. Mais elle m'était interdite parce qu'elle était la petite amie de Rafael, mon meilleur ami. Je ne me rendais pas compte de mon retard tellement j'étais absorbé par ma passion secrète pour elle, que je voyais souvent parce que Rafael lui imposait ma présence. Nous étions inséparables, Rafael et moi, et nous partagions d'ailleurs une autre passion : celle pour les voitures miniatures que je collectionnais depuis l'enfance. Lui aussi, comme moi, y avait été initié par son père, nous avions également cela en commun. Mais ce qui nous avait immédiatement rapprochés, c'est qu'il avait perdu ses parents à l'âge de 15 ans, dans un accident de la route, alors que ma mère était décédée l'année précédente et que mon père, inconsolable, était devenu pour moi de plus en plus absent. Nous étions des enfants passablement perdus. Mais moi, à la différence de Rafael, j'avais mes grands-parents, mes anges tutélaires, qui veillaient sur moi depuis que je vivais chez eux, après que leur belle-fille était morte à 45 ans d'un cancer foudroyant et que leur fils avait plongé dans une immense douleur. Ils avaient déversé sur moi tout leur amour ; je les aimais profondément et tâchais de compenser leur tristesse en oubliant la mienne. Je ressentais toutefois comme un horrible manque l'éloignement de mon père, auquel j'avais été très attaché pendant toute mon enfance, car nous avions partagé un nombre incalculable de moments intimes grâce notamment aux petites voitures, et grâce aussi, plus tard, au train électrique qu'il m'offrit à l'âge de 10 ans, cadeau qu'il se fit en réalité à lui-même.

J'ai l'impression d'être né avec quatre roues plutôt que sur mes deux jambes. Je ne saurais pas identifier le moment où cette passion s'est enracinée en moi, mais aussi loin que je puisse remonter dans le temps, il y a toujours une voiture dans mes souvenirs. Je me rappelle la Fiat 1100 bleu nuit de mon grand-père paternel : j'aimais obsessionnellement ses pneus aux bords blancs qui lui donnaient une allure américaine. Pour l'un de mes anniversaires, on m'avait offert un volant qu'on pouvait appliquer, grâce à une ventouse, sur le tableau de bord de la voiture familiale ; quand nous partions en vacances, je m'installais entre mes parents, accroché à mon volant magique, et j'imitais les gestes de mon père, surtout lorsqu'il passait les vitesses. Quand nous séjournions en Italie, ce qui correspondait généralement aux vacances d'été, et que je me baladais avec ma mère dans le centre-ville de Rome, elle devait me tirer par le bras pour me faire avancer car je ne cessais de m'arrêter pour compter les fentes sur les capots arrière des Fiat 600, indice qui me permettait d'en identifier le modèle. Mes toutes premières petites voitures de collection étaient celles qui avaient appartenu à mon père et qu'il m'avait offertes ; elles étaient en fer-blanc avec une languette sur le fond : je me blessais régulièrement les doigts, ma mère s'effrayait mais jamais au point de m'interdire d'y jouer. J'ai connu nombre d'interdictions dans mon enfance, celles dictées par la sécurité n'ont jamais été les plus contraignantes. Quand mon père et ma mère partaient dans des lieux qu'ils avaient envie de visiter seuls, j'étais confié à mes grands-parents paternels ; je me rappelle encore ces après-midi d'été qui s'étalaient sans fin dans le jardin privatif de leur appartement romain, dans le quartier de Monteverde Vecchio. Je jouais des heures durant avec mes petites voitures, que je garais sur le muret en imitant le bruit des moteurs et en simulant des accidents.

Je suis tombé successivement amoureux d'une Giulietta, d'une Ford Taunus et d'une Appia 2e série. Lors d'un voyage en Suisse, mon père, qui veillait à nourrir ma passion parce que c'était aussi la sienne, m'offrit une petite Schuco aux roues démontables ; ce n'était pas un jouet, c'était un véritable objet de collection. Je crois que cet amour pour les modèles réduits et pour les maquettes en général s'est définitivement ancré en moi alors que je montais et démontais sans cesse les roues de cette Schuco, bleues d'un côté et rouges de l'autre.

Une fois que nous séjournions à Rome pour les fêtes de Noël, mon père m'emmena en grand secret chez son fournisseur préféré ; c'était une boutique minuscule du Viale Trastevere, qui ne payait pas de mine, où un petit monsieur qu'il me présenta comme « *il signor Cesare* » vendait des trésors à des prix mirobolants : des modèles rares de Corgi Toys par exemple, la marque anglaise au logo représentant un petit chien, en hommage, je l'appris plus tard, à la race préférée de la famille royale. Mon père m'acheta chez lui une Riley Pathfinder rouge grenat en me faisant jurer de ne rien dire à ma mère. Il la voulait pour lui, je n'étais, dès qu'il s'agissait de petites voitures, que l'enfant qu'il aurait aimé être encore. Anglophile convaincu, il vouait un véritable culte à cette berline, la dernière produite par la marque Riley ; il avait eu l'occasion d'en conduire une lorsqu'il était consul à Manchester, elle condensait pour lui le meilleur du génie britannique : la puissance et la discrétion, la robustesse et l'ingéniosité.

Au fil des années, ma collection avait fini par remplir tous les tiroirs d'une grosse commode, cachée comme un trésor dans le sous-sol de l'appartement de mes grands-parents paternels, où nous vivions tous ensemble quand nous étions à Rome ; c'est là que j'ai habité après la mort de ma mère, pendant les deux dernières années de lycée et toutes mes années universitaires, loin de mon père, nommé alors ambassadeur au Mexique. Je n'étais plus obligé de me séparer de mes quatre-roues miniatures, de plus en plus sophistiquées, qui reproduisaient les originaux à la perfection jusqu'à recevoir de vraies vitres. Autrefois, à chaque déménagement lié au nouveau poste de mon père, il me fallait faire un choix douloureux entre ce que je pouvais emporter et ce que je devais laisser. J'avais ainsi de longues discussions avec mon père, lequel une fois, me voyant de nouveau malheureux de partir, me fit la surprise de m'emmener chez Parodi, l'importateur italien des Dinky Toys. Ce fut mon pèlerinage à La Mecque, je me souviens encore des impressionnantes étagères qui exposaient des milliers de voitures, de camions et des bus à impériale londoniens de couleur rouge : merveilleux, inaccessibles, et intouchables.

Rafael avait lui aussi une belle collection de voitures miniatures, qui lui venait de son père, mais elle était beaucoup plus limitée que la mienne. Nous passions des heures dans le sous-sol de mes grands-parents à commenter les détails de tel ou tel modèle, il m'en enviait certains qui étaient rares. Nous discutions sans relâche en écoutant les disques que nous aimions, le temps ne nous était pas compté : Pink Floyd et Queen, Police, U2 et Talking Heads, mais aussi David Bowie. Ensemble, nous arpentions la ville en quête de quelque modèle que moi seul d'ailleurs pouvais me payer, grâce à l'argent de poche que mon père me refilait généreusement. Nos virées dans Rome étaient hautement secrètes, car qu'auraient dit nos copains de classe, sans parler des filles, s'ils avaient appris qu'à notre âge nous jouions encore aux petites voitures ? Je dépensais plus que de raison pour satisfaire mon engouement, je ne me suis jamais douté de l'envie que je suscitais chez Rafael ; les passions rendent égoïste. Puis, un jour, mon ami me proposa l'échange qui décida de ma vie et enterra notre amitié.

Ce jour-là, Rafael m'annonça au téléphone qu'il devait me parler ; je l'attendis impatiemment. Quand je le vis surgir sur sa Vespa, tout au bout de la Via Poerio, j'eus l'intuition que mon existence allait basculer.

Nous roulâmes sur sa Vespa jusqu'à Ostie en empruntant la Via del Mare, à l'insu de mes grands-parents qui jugeaient cette route dangereuse. Je revois encore le plafond de platanes au-dessus de ma tête et les fragments de ciel qui explosaient entre les frondaisons se balançant au vent. Une fois arrivés à Ostie, Rafael se gara face à la Rotonde ; je me souviens du « K » majestueux du plongeoir de la piscine du Kursaal, je ne pouvais pas le quitter des yeux.

– Je veux ta Riley Pathfinder, me dit-il comme s'il pointait un pistolet sur ma tempe.

J'allais répliquer que c'était impossible, que mon père y tenait encore plus que moi, que c'était lui qui me l'avait offerte, mais je n'en eus pas le temps, car il ajouta aussitôt :

– Je ne la veux pas gratuitement. Je vais te la payer plus cher que ce qu'elle vaut, et je sais qu'elle vaut cher.

J'allais lui répondre que, pour moi, cette voiture n'avait pas de prix, mais il lui suffit de me proposer l'échange pour que je l'accepte d'emblée : je lui aurais donné ma collection tout entière, et même plus, pour avoir ce qu'il m'offrait.

– Je te donne Laura en échange, me dit-il en tournant lui aussi la tête du côté du Kursaal.

Des plongeurs se succédaient sur le tremplin, nous les observâmes en silence. Je ne respirais plus et pensais à l'été précédent, lorsque nous venions ici tous les trois, Laura et Rafael sur la Vespa, et moi, tout seul, en train. Je les rejoignais au Kursaal et me sentais toujours de trop entre eux, mais pour rien au monde je n'aurais renoncé à voir Laura. Elle n'arrêtait pourtant pas de bouder, car elle avait envie d'être seule avec Rafael et ne supportait pas ma présence.

– Tu dis vraiment n'importe quoi, réussis-je enfin à bafouiller.

– De toute façon, c'est fini entre nous. Et Laura le sait.

Comme je me taisais, il ajouta, presque irrité :

– Bon, écoute, hein, c'est toi qui vois…

Je ne pouvais même pas imaginer que cela fût simplement possible, Laura et moi.

– Je l'ai tellement bassinée en lui parlant de toi, continua-t-il, que finalement je lui ai donné l'envie de mieux te connaître…

Il éclata de rire, je me renfrognai.

– Eh ! Je plaisante… Je suis ton meilleur ami, oui ou non ? Alors écoute-moi… Laura va t'appeler, j'en suis sûr. Elle s'accroche, elle ne veut pas rompre avec moi, et comme elle s'imagine qu'il doit y avoir une autre fille, elle va essayer de te tirer les vers du nez. Elle viendra pleurer dans tes bras. C'est une allumeuse, je la connais. Toi, tu n'as qu'à faire semblant de jouer le jeu, et après… Bon, tu sais comment ça se passe, non ?

– Non, je ne sais pas, fis-je, ombrageux.

Je crus qu'il se foutait de moi. D'ailleurs, j'aurais dû suivre mon instinct parce qu'il était juste, mais je n'avais pas envie d'avoir raison. J'avais envie d'y croire.

– Oh, tu m'emmerdes, reprit Rafael. Laura, tu l'as vue… C'est une nana qui sait y faire… Je veux dire… et merde ! T'as envie de la baiser, oui ou non ? Bon, si t'en as envie, fais ce que je te dis, tu me remercieras après. Mais d'abord, tu me files ta Riley. Sinon, ciao Laura, et on n'en parle plus !

Tout était douteux dans son discours, je le savais et je ne voulais pas le savoir. Dans un sens, aujourd'hui encore je ne veux pas savoir si, à l'époque, ils étaient de mèche tous les deux, s'ils se moquaient ensemble de ma naïveté et de mon inexpérience. Continuèrent-ils à se voir pendant toute l'année où j'ai été l'amant de Laura ? Je ne sais toujours pas.

Je donnai donc à Rafael ma Riley Pathfinder et ne lâchai plus mon père jusqu'à ce qu'il accepte de m'acheter une Vespa. Le scooter m'insuffla une confiance que toute l'armée de mes voitures miniatures n'aurait jamais pu m'offrir. Ma collection finit dans des boîtes d'où elle ne sortit plus, tandis que je volais sur ma Vespa, Laura collée à mon dos.

*Love / Don't go away / Come back this way / Come back and stay / Forever and ever…* (Amour, ne t'en va pas, reviens par là, reviens et reste, pour toujours et à jamais…)

## 15.
## UN MEURTRIER ORDINAIRE

Je ne sais pas comment je réussis à rentrer chez moi, la nuit du meurtre. J'ai essayé, à maintes reprises, par le souvenir et par l'analyse, de parcourir de nouveau le trajet entre le lieu du crime et mon appartement de Trastevere, mais j'ai buté chaque fois sur cette porte de la Via San Crescenziano que j'avais refermée derrière moi, avant de larguer les amarres. Je me rappelle avoir balancé dans le Tibre, l'une après l'autre, depuis différents ponts, suivant les instructions de Laura, les six montres que j'avais volées chez Dario Rosati ; mes vêtements et mes chaussures tachés de sang, bien enfouis dans plusieurs sachets en plastique, je les avais tout simplement jetés dans une poubelle. Je sais que j'ai aussitôt perdu cette lucidité qui m'avait permis de quitter l'appartement de la Via San Crescenziano et de sortir du piège où j'étais tombé. Je dis « piège » parce que rien ne s'était passé comme Laura me l'avait assuré. Je ne savais pas pourquoi j'avais trouvé Rafael dans l'appartement de son mari, ni où était passé celui-ci, qui était censé avoir eu un accident de ski, alors que c'était Rafael qui marchait avec des béquilles. J'avais été la marionnette idiote de Laura ; elle n'avait eu qu'à tirer les ficelles.

Le brouillard était tellement épais dans ma tête que, désormais, je ne pouvais plus rien faire d'autre qu'attendre :

attendre que le temps passe, que l'affaire se tasse, que Laura me revienne et éclaire ma lanterne, qu'elle m'explique ce qui était incompréhensible et me rassure sur notre amour. Mais la certitude d'avoir été manipulé me rongeait et la colère agissait en moi comme un poison.

La réalité du meurtre m'obsédait. Plus que le remords pour avoir ôté la vie à celui que j'avais autrefois détesté de toutes mes forces, les images concrètes de son corps outragé me hantaient : le sang chaud sur mes mains, les bruits terrifiants de sa courte agonie, ses bras impuissants sur le canapé, ses jambes inefficaces, les béquilles et enfin cette lumière dans ses yeux qui s'était brusquement éteinte comme une ampoule qui grille. Toute la séquence collante, salissante et épouvantablement physique de la mort.

*We all come and go unknown / Each so deep and superficial / Between the forceps and the stone...* (Nous tous venons et partons inconnus, chacun si profond et superficiel, entre le forceps et la tombe...)

Après m'être assuré que Rafael ne respirait plus, je m'étais ressaisi. Je m'étais déshabillé et je m'étais changé avec les vêtements que j'avais apportés dans mon sac à dos ; j'avais ensuite soigneusement placé dans plusieurs sachets en plastique toutes mes affaires ensanglantées, jusqu'aux baskets. J'avais enfilé une paire de gants propres pour aller inspecter l'appartement, où je n'avais trouvé personne. J'avais sur moi les six montres que Laura m'avait recommandé d'emporter pour simuler un cambriolage qui aurait mal tourné et j'avais enveloppé avec précaution, dans un tissu propre, le petit cadre posé sur la table basse, qui avait miraculeusement échappé aux éclaboussures de sang.

C'était un dessin de Léonard de Vinci à l'encre brune et à la pierre noire, mesurant à peine 17 × 14 centimètres et représentant une tête de Léda tournée de trois quarts vers la gauche, légèrement penchée, les paupières mi-closes, le regard vers le bas, la coiffure extrêmement élaborée, avec de fines mèches de cheveux voletant en serpentins autour du visage et s'entrelaçant en de petites tresses sophistiquées. Il n'existait au monde que quatre dessins préparatoires pour le tableau perdu de *Léda et le cygne*, et celui-ci, dont on ignorait l'existence, était le cinquième. C'était une œuvre d'une valeur inestimable, la famille Rosati la gardait en secret depuis plus d'un siècle ; par tradition, le dessin passait du fils aîné de chaque génération au suivant, lequel prêtait serment en le recevant et jurait de ne jamais en parler à personne et de ne pas le vendre. Mais Dario Rosati avait eu la faiblesse d'en révéler l'existence à sa femme. Il avait aussi confié à Laura que, puisqu'ils n'avaient pas d'enfant et que la transmission s'arrêterait avec lui, il souhaitait léguer le Léonard à la Galleria Corsini de Rome. Ce fut sa grande erreur, car Laura le voulait pour elle. Il valait au moins 10 millions d'euros, mais aux enchères il pouvait atteindre des sommes inimaginables : il fallait qu'il soit à elle ! « C'est notre trésor ! s'exclama-t-elle un jour en m'expliquant encore une fois le plan du meurtre et du vol. Je serai libérée pour de bon de ce monstre et notre vie ensemble pourra enfin commencer, Renzo ! » J'étais saint Georges qui allait tuer le dragon pour sauver la princesse.

Pourquoi Laura m'avait-elle piégé en mettant Rafael entre mes mains ? Elle savait que c'était lui que je tuerais et non son mari. Était-il toujours son amant ? Et où se trouvait à l'heure actuelle Dario Rosati ? Où se cachait la vérité ? Je n'avais de réponse à aucune de mes questions.

Ma femme dormait encore quand je regagnai la maison, cette nuit-là. Je me fis couler un bain, m'immergeai dans l'eau chaude et tentai d'imaginer que rien de tout ce qui venait de se produire n'était arrivé. J'aspirais à renverser le temps, à revenir en arrière. Je voulais surtout retrouver celui que j'étais avant, avant que tout ne recommence, *avant Laura.*

Les faits ne s'étaient pas déroulés comme nous les avions imaginés, Laura et moi. Mais déjà ce « nous » s'allégeait de sa réalité, il s'effritait et filait entre mes doigts tachés de sang.

J'avais un besoin fou de dormir. Quand j'entrai dans la chambre, le souffle léger de ma femme me fut insoutenable. J'avais envie d'aller embrasser les enfants, mais n'osai pas le faire. Liz s'occuperait d'eux quoi qu'il m'arrive, elle était probablement la seule personne au monde à pouvoir me pardonner. J'allai dans le salon, me préparai un verre de whisky, m'affalai sur le canapé et fermai les yeux.

*Ne te laisse pas atteindre par ce que tu as fui. Ne te pose pas de question. Suis le programme, même s'il te semble bouleversé. Fais comme si rien n'avait changé.*

J'entendais les rafales de la tempête qui s'approchait de moi, je n'avais aucun moyen d'y échapper. La terreur couvait, j'étais perdu. Je me servis un deuxième verre de whisky, puis me décidai à regagner la chambre. J'avais essayé de m'abrutir mais je n'avais réussi qu'à flotter dans une inquiétude malsaine.

Je me glissai sous les draps, Maria Elena se retourna, je reculai au bord du lit. Il me fut impossible de m'endormir. Je finis par me relever et retournai dans le salon ; je n'avais rangé ni mon verre ni la bouteille de whisky. Je me resservis une nouvelle fois.

*Éloigne-toi de moi, Laura ! Éloigne-toi de moi, Rafael ! Éloignez-vous de moi tous les deux !*

Nous avions convenu avec Laura qu'après le meurtre nous disparaîtrions l'un pour l'autre assez longtemps, le temps qu'il faudrait. Elle me recontacterait le moment venu. Elle n'avait pas simplement un alibi pour se protéger de toute implication dans la mort de son mari, elle avait quinze ans de vie conjugale absolument irréprochable.

Une nuit, elle m'avait dit : « Nous avons vécu notre vie de

couple sous l'apparence de la parfaite entente. Personne ne connaît le vrai visage de l'homme jaloux et sadique que j'ai épousé. Je ne l'ai pourtant jamais trompé, Renzo. Je m'étais résignée à la vie que je menais avec lui, une vie asservie à ses envies. Une vie où je n'étais qu'un objet de son désir. J'ai tout supporté à cause de la galerie, c'était ma passion, c'est devenu toute mon existence. Je la dirige depuis mon mariage, c'était le contrat entre nous : "Je te laisse jouer avec ce qui m'appartient, Laura, mais tu me laisses jouer avec toi. Et surtout, n'oublie pas que tout cela est à moi. Tu ne peux en disposer à ta guise que si je te le permets. Et ce sera ainsi tant que je serai vivant. Tu es à moi, Laura. Si nous divorçons, tu n'auras rien. Tout ce que je possède m'appartenait déjà avant le mariage. Tu n'auras la galerie qu'à ma mort, si je ne modifie pas le testament. Et tu ne veux pas que je change le testament, n'est-ce pas, Laura ?" »

Et puis il y avait eu l'accident de ski. Nous avions rendez-vous à Copenhague, cette fois-là, Laura avait réservé la chambre 606 au Radisson Blu, celle qui est aménagée avec les meubles originaux de Jacobsen. « Regarde, Renzo ! » Elle s'était levée, émouvante dans sa nudité, et elle était allée s'asseoir dans un grand fauteuil bleu céladon. « Viens à côté de moi, m'avait-elle dit, il y a la place pour deux dans ce fauteuil. Il s'appelle "l'œuf"... Un œuf pour nous deux ! » Et elle s'était mise à chanter de sa merveilleuse voix rauque :

*Tell your heart you make me cry / Tell your heart don't let me die / I want you / Rockin' back inside my heart...* (Dis à ton cœur que tu me fais pleurer, dis à ton cœur de ne pas me laisser mourir, je veux que tu te balances à l'intérieur de mon cœur...)

*J'ai fait ce que tu m'as dit de faire, Laura. Oui, je l'ai fait. Je t'attendrai le temps qu'il faudra. Je ne peux plus vivre sans toi. Je t'attendrai, même si j'ai tué Rafael à la place de ton mari.*

Je revois Laura me serrer dans ses bras, elle m'enlace, elle m'étreint, elle me chuchote à l'oreille, inlassablement : « Mon mari est un homme violent, personne ne le connaît comme je le connais. Je le connais jusque dans ma chair… Regarde mes cicatrices, Renzo… » « S'il apprend que je veux le quitter, il va me tuer ! Je lui appartiens, Renzo, je suis sa chose. Et j'ai peur… » « Le moment d'agir est arrivé, Renzo. Il est rentré de Zermatt avec un plâtre et des béquilles, il s'est cassé une jambe au ski. Ça nous facilitera la tâche… »

*Où est ton mari, Laura ?*

## 16.
## SANS RETOUR

J'avais plongé dans un sommeil lourd, Maria Elena dut me secouer plusieurs fois avant de réussir à me réveiller. Elle était déjà habillée et prête à partir.

– Lorenzo… qu'est-ce qui t'arrive ? Tu peux me le dire ?

Son ton, légèrement irrité, ne trahissait aucune tendresse.

– Federico vient d'appeler, dit-elle. Il a essayé de te joindre, mais ton portable est éteint.

– Toi, par contre, il arrive à te joindre à tous les coups, lui répondis-je fielleusement.

Elle fit mine de ne pas saisir l'allusion.

– Rappelle-le. Il se fait du souci pour toi. Tu es vraiment bizarre ces derniers temps.

Elle s'interrompit brusquement comme s'il ne valait pas la peine de continuer la discussion et me tourna le dos. Elle s'apprêtait à quitter la chambre, souverainement indifférente, telle qu'elle se montrait désormais tout le temps envers moi. Une envie irrépressible de la blesser s'empara de moi, au fond j'étais en colère parce qu'elle ne s'était même pas aperçue de mon absence pendant la nuit. J'avais basculé dans l'horreur et ma femme me traitait comme si j'étais la personne la plus insignifiante sur Terre.

– Attends ! lui lançai-je comme un ordre.

Elle se retourna, surprise. Son expression n'avait pas changé, mais je sentais qu'elle avait perdu un peu de son assurance. Elle ne me demanda pas ce que je lui voulais, elle l'avait deviné. Je me redressai sur le lit et calai l'oreiller derrière mon dos comme si je m'apprêtais à affronter une longue discussion.

– Pas maintenant. Il faut que j'y aille, se défendit-elle, vaguement agacée. Je déjeune avec le directeur de l'hôtel Royal, il veut que j'apporte des modifs à l'espace salon du spa...

– Assieds-toi, s'il te plaît.

Je dus prononcer ces mots d'un ton qui ne lui était pas familier, car elle s'exécuta.

– OK. Dix minutes, pas plus. Je dois préparer mon rendez-vous. Elsa m'attend à l'agence.

Elsa était sa nouvelle assistante, une fille brillante, m'avait-elle dit quand elle l'avait embauchée; je ne l'avais jamais rencontrée. Depuis que le chantier du Mandarin Oriental avait commencé, et surtout depuis que mon histoire avec Laura avait dérivé vers le récif où j'avais échoué la veille, ma femme et moi vivions deux vies parallèles. Cela s'était fait sans bruit, peu à peu, imperceptiblement, chacun de nous étant aspiré par les forces contraires qui avaient érodé notre lien. Sa liaison clandestine avec Federico avait installé un espace de profonde indifférence entre nous, mais le ressentiment me rongeait, malgré la conduite de faux-semblants que j'avais adoptée, en respectant les consignes de Laura.

Elle s'était assise au bord du lit, assez loin de moi, je me sentais comme un pestiféré face à une madone. J'eus brusquement envie de m'adresser à elle comme si elle avait le pouvoir de me sauver. Je ne l'avais pas regardée de si près depuis longtemps, elle avait cette élégance sévère qui en imposait, un atout dans sa profession. Autrefois, je me plaisais à détecter au-delà de cette austérité de façade la tendresse que seule l'intimité laisse percevoir. Je fus submergé par la tristesse, je sentais se précipiter sur moi un amas de ruines. Notre mariage était détruit et j'en étais le seul responsable. Je m'étais tourné vers le passé en le prenant pour mon avenir. À cet instant-là, assis dans notre lit conjugal, à moitié nu et en sueur, j'avais perdu toute estime de moi-même. Je fixais la femme qui avait été la mienne et sentais monter en moi une vague de mépris, de colère et de haine. Mépris envers moi-même, colère contre Maria Elena et haine envers Laura qui avait fait de moi un assassin, qui m'avait menti et qui m'avait par deux fois tout enlevé. Car il était désormais clair que j'avais été de nouveau trompé et manipulé par elle.

Des sentiments noirs m'étouffaient. Je n'aurais pas dû me conduire avec ma femme comme j'étais en train de le faire, j'attirais son attention sur moi alors que je venais de commettre un meurtre. Je faisais tout de travers depuis que j'étais rentré à la maison. Je m'étais soûlé toute la nuit et maintenant je retenais Maria Elena, qui commençait à se poser des questions.

– Arrête de me regarder comme ça ! dit-elle. Tu crois que tu as le droit de me juger ? Et puis je te l'ai dit : je n'ai pas le temps, ce matin.

Elle fit le geste de se lever, je bondis sur elle et la retins de toutes mes forces. La surprise se peignit sur son visage, puis la peur. Je me sentis succomber à la pulsion de lui déchirer sa chemise de soie, de lui arracher son collier, de serrer son cou violemment en entendant les perles rebondir sur le sol de marbre, l'une après l'autre. J'avais envie de l'étrangler, et de la baiser en l'étranglant. Je voulais m'engloutir dans cette violence qui m'avait permis la veille de tuer un homme.

– Tu me fais mal, dit-elle.

On sentait l'angoisse dans sa voix. Je fus dégoûté et effrayé par moi-même : qu'est-ce que j'étais en train de faire ? Qui étais-je devenu pour faire du mal à la mère de mes enfants ? J'allais lâcher prise, quand elle se ressaisit et hurla :

– Ne me touche pas ! Tu me donnes envie de vomir !

Je ne sais pas ce qui se passa en moi en entendant ces paroles, je n'ai pas l'intention de m'absoudre en évoquant des instincts qu'on ne saurait maîtriser. On sait toujours ce qu'on fait, on en est en tout cas toujours responsable. Je crois que c'était le besoin de m'anéantir, je partageais son dégoût et voulais me punir : pour ce que j'avais fait et pour ce que j'allais faire. C'était une forme de suicide, j'en suis convaincu.

Nous étions seuls à la maison, Liz avait emmené les enfants à l'école, elle ne rentrerait pas avant midi. Je me ruai sur elle, je déchirai son chemisier et arrachai son soutien-gorge. Les perles, je ne réussis pas à les faire tomber, elles restèrent accrochées à leur fil avec une résistance inattendue et exaspérante. Je vis la marque rouge se dessiner sur son cou, je forçai comme un malade, mais le collier ne se cassa pas. Maria Elena était pétrifiée, elle ne criait même pas. Puis, brusquement, elle se mit à lutter contre moi en silence, elle me ruait de coups et enfonçait ses ongles dans ma peau. Sa tentative de me résister me rendit encore plus fou. Finalement, elle abandonna, et en un sens ce fut une chance, pour elle et pour moi. J'aurais pu la tuer, elle aussi. Elle arrêta de se débattre et se mit à sangloter tout doucement. Je jouissais sans vergogne de ma victoire. Ses petits hoquets tristes rythmaient mes assauts sans m'arrêter ; au contraire, ils encourageaient ma violence. Je voulais seulement être mauvais, totalement mauvais, mauvais jusqu'aux os. Mon désir, attisé par la rage du vaincu, s'en prenait à plus faible que moi. Quand je la pénétrai, elle n'était plus ma femme. Elle n'était pas Laura non plus, je ne savais pas qui elle était. Elle était l'entier objet de ma haine, le résumé de tout ce qui m'avait fait souffrir et qui me faisait souffrir encore. En tout cas, elle avait cessé d'être la femme que j'aimais, la mère de mes enfants.

La honte ne vint que plus tard, quand tout fut fini, à jamais fini. Maria Elena se releva, se rhabilla et quitta la chambre sans dire un mot. Elle n'y est pas revenue pendant tout le temps que j'y suis resté.

La journée s'écoula paradoxalement comme une journée quelconque. J'allai au boulot comme d'habitude, je participai à des réunions, je parlai au téléphone, j'organisai mon emploi du temps avec Monica. Federico vint me voir, j'eus un instant de panique en l'apercevant sur le seuil de mon bureau ; il me demanda si nous pouvions échanger nos points de vue sur une note que nous venions de recevoir des Américains au sujet des résultats atteints par nos produits phare.

– J'ai lu la note, répondis-je. Ils s'y prennent un peu à l'avance, tu ne crois pas ?

Nous étions en mars, John ne nous avait jamais demandé de lui envoyer au printemps le bilan des ventes de *In Veritas*, *Nocte* et *Odi et amo*.

Depuis quelque temps, Federico marquait clairement de la distance envers moi ; j'étais obligé de faire semblant de ne pas le remarquer parce que j'en connaissais la raison. Je fus aimable, nous travaillâmes ensemble comme si rien n'avait changé entre nous. Le monde continuait à tourner au rythme habituel, ce qui s'était passé la nuit et le matin même fut avalé par la mécanique puissante de la normalité. J'avais commis des actes criminels horribles, mais pour le moment personne ne m'en demandait des comptes ; ils semblaient être sans conséquence et glissaient peu à peu dans un monde irréel qui n'était pas celui dans lequel j'étais en train de vivre. Pas une seule fois, pendant cette longue journée de travail, je ne ressentis le besoin de savoir si l'assassinat de Rafael avait été découvert par la police, et je me gardai bien de m'en informer par un moyen ou par un autre. En tout cas, personne autour de moi ne fit allusion au meurtre d'un homme dans la capitale. Le regard des gens qui me croisaient, me saluaient, me parlaient, n'avait pas changé; grâce à cela, je pouvais me sentir encore un homme comme les autres.

Ce soir-là, je rentrai à la maison plus tard que d'habitude, Liz m'attendait pour le dîner. Je compris qu'elle savait quelque chose, certainement pas la vérité, car elle me regarda avec pitié. Les enfants se précipitèrent vers moi, dès que j'apparus dans l'encadrement de la porte. Je pris mon dîner en leur compagnie et m'obligeai à paraître normal, je pus même jouer et rire avec eux avant de les coucher. J'avais la vague conscience que c'était la dernière fois. Je n'osai pas demander à Liz des nouvelles de ma femme, prononcer son nom m'était impossible. Ce fut finalement Frida qui rompit l'enchantement: Frida, toujours aux aguets, et déjà triste pour moi.

– Maman travaille tard, ce soir, dit-elle.

Ma fille me prenait en charge, elle voulait me rassurer, elle ne savait pas que j'étais coupable.

La maison retomba dans le silence après le coucher des enfants. Je ne parvenais pas à les quitter, j'allais dans la chambre de l'un puis dans celle de l'autre, seul comme je ne m'étais jamais senti de toute ma vie: orphelin, veuf et privé de ma progéniture. À la fin, je retournai dans le salon et me versai du whisky dans un grand verre. Je sursautai à l'approche de Liz, elle avait une enveloppe à la main.

– Madame m'a demandé de vous la remettre une fois que les enfants seraient couchés, dit-elle en me tendant l'enveloppe.

Et comme je restais immobile, incapable de lever le bras, elle ajouta:

– Je suis désolée, Monsieur. Vraiment désolée. Mais pour les enfants… vous savez que vous pouvez compter sur moi.

Je pris l'enveloppe sans répondre. Liz s'éloigna, je ne réussis même pas à lui souhaiter bonne nuit. J'avais honte d'être l'objet de sa compassion. Je n'avais pas besoin d'ouvrir la lettre pour savoir ce qu'elle contenait et sentis monter en moi une vague de ressentiment brut envers Laura.

Je lus une seule fois la lettre de Maria Elena. Le whisky aidant, j'acceptai le verdict, mais je n'acceptais toujours pas d'avoir été une nouvelle fois la marionnette de Laura. Je lui en voulais à mort, mais je ne savais pas encore à quel point je lui en voudrais dans les semaines et dans les mois qui suivraient. Je passai ma dernière nuit chez moi, abruti sur le canapé. Par moments, j'avais l'impression d'apercevoir Liz sur le pas de la porte, c'était probablement une hallucination. J'avais conscience de ne pas dormir, je m'enfonçais néanmoins dans de courtes plages d'absence d'où j'émergeais toujours trop tôt, désespéré de retrouver le monde tel que je l'avais laissé. Les mots de Maria Elena se déliaient, s'effaçaient pour mieux réapparaître, se recollant aussitôt l'un à l'autre ; leur sens ne m'abandonnait pas. J'étais expulsé de ma famille comme la cellule cancéreuse hors d'un corps sain. Je l'avais mérité.

« Tu partiras. Tu quitteras cette maison, tu n'auras plus le droit d'y vivre. Tu n'entendras plus ma voix, je ne te parlerai plus. Nous communiquerons par écrit, quand il le faudra, pour le seul bien-être des enfants. Je passerai par l'intermédiaire de mon avocat chaque fois que cela sera nécessaire. Je ne te dénonce pas pour ce que tu m'as fait, mais je pose des conditions. Cet appartement sera à nous, aux enfants et à moi, rien ne doit changer dans leur vie quotidienne. Tu auras le droit de les voir chez nous en mon absence, mais toujours en présence de Liz. Je ne veux plus jamais te revoir. Tout sera organisé pour nous éviter l'un l'autre. Frida et Gio apprendront que leurs parents divorcent, ils pourront le supporter. Et ils le supporteront d'autant mieux si tu acceptes ce que j'exige de toi. Si je ne vais pas plus loin, c'est parce que je reconnais ma part de responsabilité dans la fin de notre couple. Nous aurions pu nous quitter en respectant ce que nous avions été l'un pour l'autre et l'un avec l'autre pendant des années. Ce que tu as fait a détruit notre histoire commune. Tu n'es plus l'homme que j'ai aimé. Tu es devenu un autre, et cet autre, je le déteste et je le méprise. Il est malheureusement le père de mes enfants, donc je ne répéterai à personne ce que je suis en train de t'écrire.

Je suis coupable de t'avoir caché ma liaison avec Federico. Je n'ai pas eu le courage de t'en parler quand j'aurais dû, parce que je ne croyais pas que cette relation allait prendre la place qu'elle a prise dans ma vie. Mais cette place était vide depuis que tu l'avais désertée. J'ai longtemps souhaité que nous puissions aborder le sujet de notre éloignement réciproque, mais tu as toujours repoussé mes tentatives. Je n'ai pas réussi à briser le silence qui s'était installé entre nous, je l'admets. J'ai voulu me persuader que cela s'arrangerait avec le temps, mais avec le temps Federico s'est rapproché de moi alors que toi, tu t'es éloigné. Tu l'as compris, mais tu as laissé faire. Je pourrais dresser la liste de toutes les occasions que tu as manquées de venir me parler avec honnêteté. Mais tu n'es pas un homme honnête.

J'ai tout accepté de toi, parce que je croyais en toi. J'ai accepté tes adultères, que je savais sans importance, même si, moi, je ne t'ai jamais trompé. Et quand je l'ai fait, pour la première fois, j'étais aussi seule qu'une ombre dans une chambre noire. Tu ne voyais rien, tu ne me voyais pas. Tu m'as rendue invisible et muette. Puis un jour, j'ai compris que tu voyais, mais que tu faisais semblant de ne pas voir, et ce fut pire. Tu as utilisé des moyens retors pour me retenir, ma confiance en toi s'est écroulée.

Federico avait les larmes aux yeux quand il m'a révélé ta “maladie”, mais il m'a suffi d'appeler le docteur Perna pour savoir que c'était une pure invention de ta part. C'était pitoyable. Tu n'es pas venu vers moi, ta femme, pour tenter de comprendre ce qui t'arrivait, ce qui m'arrivait, ce qui nous arrivait à tous les deux, non, tu as préféré raconter une histoire bidon à ton meilleur ami. Il a gardé le secret jusqu'à ces derniers jours, il t'avait juré de ne jamais le révéler à personne. Je lui avais fait part de mon intention de te quitter, il a essayé de m'en dissuader. Il a tenté de me faire revenir sur une décision qu'il souhaitait du plus profond de son cœur, parce qu'il ne voulait pas “détruire ta vie”. C'est alors qu'il m'a révélé ta prétendue maladie.

Je ne veux pas penser que l'homme qui m'a violée ce matin est celui que j'ai aimé, le père de mes enfants. Je veux croire que tu as changé, que pour des raisons que j'ignore tu es devenu cet autre que j'abhorre. Je ne veux pas savoir ce qui a provoqué ce changement, je ne m'intéresse plus à ta personne. Ne me fais pas la guerre, s'il te plaît, car ce ne serait pas seulement un désastre pour nous, ce serait un désastre pour nos enfants. Si quelque chose en toi reste encore de l'homme que tu as été, de celui que j'ai aimé, ne fais rien, je t'en prie. Pars en silence, efface-toi de ma vie. »

J'avais par instants, dans les soubresauts de ma conscience alcoolisée, le sentiment que cette lettre n'était pas aussi longue que je me la répétais entre la veille et le sommeil, et qu'elle était aussi plus menaçante et moins détachée. Mais je n'ai jamais voulu la relire pour en avoir le cœur net. Je sais seulement qu'au milieu de la nuit, j'ai cherché des allumettes que je n'ai pas trouvées. Puis l'idée m'est venue d'ouvrir le tiroir du meuble où Maria Elena rangeait les bougies et j'ai exulté en apercevant la boîte qui contenait les longues allumettes que ma femme utilisait pour allumer les bougies devant nos invités, du temps où nous faisions encore des dîners à la maison. J'ai brûlé la lettre dans le grand vide-poche de cristal placé au milieu de la table basse, puis j'ai ouvert la fenêtre et j'ai jeté les cendres dans la rue déserte. En voyant les fragments de papier carbonisé s'envoler dans le ciel noir, j'ai eu l'impression d'assister à la dispersion de mes propres cendres.

## 17.
## UN MEURTRE PEUT EN CACHER UN AUTRE

Nous avions donc convenu avec Laura que nous interrompions tout contact entre nous aussi longtemps qu'elle le jugerait nécessaire. J'étais censé avoir détruit toute trace de notre liaison secrète : appels, messages, mails, réservations de train ou d'avion. J'avais promis de le faire, mais je ne m'y étais pas résolu. J'avais fini par tout glisser dans ma clé sécurisée, décidé à m'en servir si j'y étais un jour obligé. Pour le moment, ne cessais-je de me répéter, la police n'avait aucune possibilité de remonter jusqu'à moi. Je n'avais aucune raison de craindre que le lien entre Rafael et Laura, que les enquêteurs ne manqueraient pas d'établir, puisqu'ils étaient d'anciens camarades de lycée, ne finît par faire ressurgir mon lien personnel avec Rafael. Ma liaison récente avec Laura étant inconnue de tout le monde, officiellement je n'avais jamais revu ni l'un ni l'autre depuis les bancs du lycée. À la lumière de ce que nous avions fait, Laura et moi, je ne pouvais que me réjouir du culte du secret qu'elle avait toujours pratiqué avec ferveur, et même de sa paranoïa qui se révélait aujourd'hui hautement profitable. Pour le moment, personne sauf nous-mêmes ne pouvait relier nos existences. Toutefois, même si j'étais certain de ne pouvoir être inquiété par l'enquête, ma confiance était ébranlée.

La question de la présence de Rafael dans l'appartement du mari de Laura me rendait fou. Et pourtant, il m'était impossible de la contacter pour obtenir des explications. Son numéro de téléphone n'existait plus et toute démarche de ma part pour la joindre m'exposerait de façon bien trop dangereuse.

J'étais obsédé par le dernier regard que j'avais échangé avec Rafael, il me revenait comme une brûlure, il me hantait ; j'étais convaincu qu'il avait voulu me dire quelque chose avant de mourir. Dans mon délire, je me représentais mille fois l'instant où j'avais découvert la vraie identité de l'homme que j'étais en train de tuer. Non, ce n'était pas les yeux de Dario Rosati qui me fixaient, médusés ! J'avais vu sur Internet le visage du mari de Laura, quand, après nos retrouvailles, j'avais voulu vérifier qu'elle était bien l'épouse du galeriste milanais ; j'avais été heureux de découvrir qu'elle ne m'avait pas menti : oui, elle était vraiment madame Rosati ; non, elle n'avait pas d'enfant ; oui, elle travaillait déjà à la galerie Rosati & Jasser avant son mariage ; oui, elle en était devenue le pilier, après en avoir épousé le propriétaire, quinze ans plus tôt. Tout ce que Laura m'avait dit était vrai, j'avais même éprouvé une certaine honte d'avoir douté de la véracité de ses déclarations.

Au plus profond de moi-même, je savais qu'elle m'avait aimé pendant tout le temps que dura notre liaison clandestine. Mais l'amour n'a jamais suffi à Laura. Et au beau milieu de cette vérité indéniable, elle avait glissé un énorme, paradoxal et insoupçonnable mensonge : elle n'avait jamais rompu avec Rafael. C'était la conclusion à laquelle je ne pouvais plus échapper. Même si j'étais convaincu que lui aussi avait été manipulé par Laura, car il était évident que, la nuit du meurtre, il ne se trouvait pas là parce qu'il était venu y mourir. Qu'y faisait-il, alors ? L'avait-elle chargé lui aussi, comme elle m'avait chargé moi, d'éliminer son mari et de s'emparer du dessin de Léonard ? Et si c'était le cas, où était à ce moment-là, et où était en ce moment même, le galeriste milanais ?

C'était la dernière nuit que je passais chez moi, je savais que ma femme ne rentrerait pas. Je ne pouvais même pas relire sa lettre, puisque je l'avais détruite. J'avais tout perdu. Penser aux enfants, tranquillement endormis dans leurs chambres à l'étage, était au-dessus de mes forces. J'évaluais enfin toutes les conséquences de mes actes, je disséquais chaque instant de mon temps avec Laura, ce qui libéra en moi des torrents d'humiliation, de déception et de rage. J'avais beau retourner la situation dans tous les sens, je revenais sans cesse sur le mystère de la présence de Rafael au domicile de celui que j'aurais dû tuer et qui n'était pas chez lui.

Laura et moi avions longuement discuté de chaque élément du plan avant de passer à l'action. Le meurtre ne devait pas apparaître comme prémédité. Dario Rosati sortait d'un accident de ski, il avait besoin de béquilles mais pouvait se déplacer tout seul. Il prenait des somnifères depuis des années, l'insomnie le poussait à augmenter régulièrement les doses. Il était suivi par un spécialiste du sommeil, mais son entourage savait qu'il n'en faisait qu'à sa tête. L'idée était de laisser croire aux enquêteurs de la police qu'il s'était réveillé en pleine nuit, qu'il avait surpris le cambrioleur, quelqu'un qui fréquentait la maison, qui connaissait ses habitudes et qui avait pu subtiliser des clés, puisqu'il n'y avait pas eu d'effraction. Dario Rosati avait reconnu l'intrus et il avait été tué pour cette raison. Je devais ensuite emporter le dessin de Léonard conservé dans le coffre, que je refermerais comme s'il n'avait jamais été ouvert. Laura donnerait à la police l'inventaire des montres volées : « Six montres, parmi les plus précieuses », m'avait-elle précisé en me passant la liste accompagnée des photos de chacune d'entre elles. Elle avait calculé la valeur totale de ce qui devait apparaître comme le butin : plus de 400 000 euros, au moins 150 000 à la revente. « Pas de quoi tuer un homme », lui avais-je fait remarquer.

« Personne au monde ne connaît l'existence de cette cinquième tête de Léda, m'avait-elle expliqué par la suite. Sauf mon mari et moi. Et si Dario meurt... » Mais elle m'avait menti. Rafael en connaissait l'existence lui aussi, puisqu'il avait sorti le dessin du coffre et était resté assis à le contempler.

*C'est quoi, cette embrouille, Laura ?*

Je n'arrivais pas à détourner mon esprit de cette question, c'était devenu mon idée fixe. Comme si j'en connaissais la réponse, mais ne réussissais pas à la formuler. Je ne cessais de me répéter qu'à cause de ce dessin, à cause de Laura, à la fin de la nuit je serais obligé de quitter à jamais ma maison ; j'embrasserais mes enfants et rien ne serait plus pareil entre nous. Malgré ce que ma femme m'écrivait dans sa lettre, j'avais le pressentiment que j'allais les perdre. Quant à Laura, j'imaginais plusieurs suites possibles à notre liaison, mais toutes conduisaient à la même fin. En attendant ses explications, j'essayais de donner un sens à ce qu'elle avait voulu pour nous, mais seule l'absurdité du crime que j'avais commis s'imposait à moi. Je ne voyais plus d'avenir à notre histoire.

Y avait-il encore de l'amour en moi ? Je ne sais pas, mais rien de ce que j'ai éprouvé après le meurtre ne peut être appelé ainsi. Il y avait assurément encore du désir, un désir noir qui nourrissait ma colère. La colère me rongeait comme une maladie : colère contre Laura d'abord, qui m'avait de nouveau pris dans ses filets, mais aussi colère contre moi-même, qui avais détruit ma vie au profit d'une illusion. Et colère enfin contre ma femme, dont la lettre me révélait la trahison et le mépris, qui lui avaient tenu lieu de compréhension envers ce que j'étais en train de devenir. M'avait-elle seulement regardé pendant toute l'année où j'étais tombé sous les enchantements de Circé ? Non. Elle s'était sentie en droit de compenser mon abandon par le sien, elle avait cherché chez Federico un nouveau soutien. Et celui-ci, l'ami qui ne cessait de me déclarer son affection, ne m'avait-il pas trahi lui aussi ? Je les détestais tous les deux.

Je ne voyais pas l'erreur dans mon raisonnement, je n'étais pas sensible à l'injustice de mes considérations, car j'aurais dû me dire que c'était moi qui les avais d'abord trahis, l'un comme l'autre. Je voulais qu'on me plaigne, j'avais envie d'être compris sinon absous. Mes enfants, il fallait que je les éloigne de mes pensées car je n'avais aucun argument pour réduire ma responsabilité envers eux. Je ne pourrais même pas leur demander pardon parce que je ne le méritais pas.

Je commençais à compter les heures, puis les minutes, puis les secondes. Ma dernière nuit chez moi ne finissait pas, le temps semblait s'être figé. Le temps était mon ennemi. Pour ne pas devenir fou, je m'obligeais à faire la liste de ce que je devais emporter en quittant la maison : pas grand-chose. Je laisserais tout à Maria Elena. Je ne voulais aucun jugement devant aucun tribunal, je m'étais déjà condamné à la solitude du coupable. Je ne voyais pas que je débordais de compassion envers moi-même, sans vergogne, dans le seul but de me sentir un héros, fût-ce celui du malheur. Tout, pourvu que je n'aie pas à regarder en face la réalité simple et banale qui était la mienne : trente ans après, j'avais reproduit la même erreur. J'étais tombé pour la seconde fois dans les bras de Laura, et cette fois, c'était fatal. J'avais tué, j'avais violé, je n'étais plus celui que j'étais avant qu'elle ne me revienne.

Laura ne m'avait pas fourni de précisions sur la durée exacte de notre séparation, mais elle m'avait prévenu qu'elle serait assez longue, cinq mois, peut-être plus. Elle m'avait dit : « Fais-moi confiance, Renzo. Quoi qu'il arrive, fais-moi confiance. Tu dois croire en moi sans condition. Tu dois croire en nous plus que tu ne crois en toi-même. » Je lui avais fait confiance, j'avais cru en elle, j'avais cru en nous, maintenant je ne croyais même plus à mon existence.

Laura me connaissait. Elle savait que j'abattrais tout obstacle qui se mettrait entre nous, elle savait que je serais capable de tuer pour elle : son mari, Rafael, ou les deux.

Le besoin de parler avec elle me dévorait, j'oubliais toutes les consignes de sécurité. Ce qui était advenu dans ma vie depuis vingt-quatre heures m'avait enlevé la foi. Pour essayer de comprendre l'évolution de mes sentiments, je revenais désespérément à cet *avant* où Laura et moi préparions notre *après*, dont le prix était la vie d'un homme. Prix que nous avions convenu de payer ensemble. Je fis une tentative désespérée pour la joindre malgré l'interdiction, bien que je sache que son numéro de téléphone avait été désactivé. Ce fut évidemment inutile, ce numéro n'existait plus.

*Mais Laura existait-elle encore ?*

Mon seul atout, c'était le Léonard. Elle ne disparaîtrait pas avant de l'avoir récupéré. La simulation du cambriolage ne devait pas seulement fournir un mobile au meurtre de son mari, elle devait dissimuler aussi le vol du dessin conservé dans le coffre. Ce qu'elle m'avait expliqué, elle avait dû l'expliquer aussi à Rafael. À un moment donné, je me demandai même si le plan n'avait pas été conçu par Laura et son mari ensemble et s'il était vrai que personne au monde ne connaisse l'existence de cette cinquième tête de Léda. Que savais-je, moi, du monde de l'art ? Rien, sauf ce que Laura m'en avait raconté. Peut-être que le précieux dessin était depuis longtemps assuré, peut-être que les époux Rosati étaient de mèche et qu'ils avaient voulu faire croire que le cambrioleur, c'est-à-dire Rafael manipulé par Laura, avait un complice, lequel l'aurait ensuite tué pour s'emparer seul du Léonard. Peut-être qu'il ne s'agissait finalement que d'une vulgaire arnaque à l'assurance. Peut-être... Je ne pouvais m'accrocher qu'à des « peut-être ».

Toute interprétation des faits finissait par se révéler boiteuse et par se heurter à une donnée incontournable : je détenais le Léonard. Laura n'avait certainement pas l'intention de le laisser entre mes mains, elle essayerait de le reprendre dès que possible. L'idée me vint alors aussi qu'il pût s'agir d'un faux. Je n'avais aucune connaissance en la matière, comment pouvais-je savoir si la main qui avait créé la forme de ce visage éternel était celle du maître ou celle d'un sublime faussaire ?

Au milieu de cette nuit qui fut la dernière dans mon lit conjugal, après avoir renoncé à trouver le sommeil, j'ouvris mon ordinateur et lus tous mes mails professionnels. Je réussis ainsi à m'abstraire un temps de mes obsessions, le travail avait toujours été ma thérapie. Je fis ensuite un effort considérable pour surmonter le dégoût que cela m'inspirait et décidai de consulter en ligne l'actualité des faits divers. Avant de taper dans la fenêtre de Google : « Meurtre de la Via San Crescenziano », je me fis la remarque que Liz n'avait fait aucune allusion à un crime de sang dans la capitale. Elle adorait pourtant les affaires criminelles, pas un événement un tant soit peu sanglant ne lui échappait, elle suivait passionnément les histoires de meurtres, à la télévision et dans la presse à scandale. Je me dis alors que l'assassinat de Rafael n'avait peut-être pas encore été découvert, ce qui n'était pas impossible puisque le mari de Laura n'était pas chez lui cette nuit-là et que probablement personne n'était entré après moi dans l'appartement.

Mon hypothèse fut brutalement infirmée lorsque le premier titre en relation avec l'affaire apparut sur mon écran : « Le mystère du double meurtre de la Via San Crescenziano ».

Je fus abasourdi, assommé, sonné, incapable d'appréhender la nouvelle comme un fait réel. Jusqu'à l'aube, cette nuit-là, je glanai partout, sur le web et à la télévision, le moindre renseignement concernant ce qui était décrit comme « l'une des affaires criminelles les plus obscures de la capitale italienne ». J'appris ainsi que le matin même de cette longue journée, à 9 heures, madame Ciciriello, employée de maison de monsieur Rosati, s'était rendue chez celui-ci, qui était arrivé de Milan la veille, et l'avait trouvé recroquevillé à l'extérieur de son appartement, contre la porte de service. C'est par là qu'elle entrait habituellement, avait-elle déclaré aux enquêteurs de la Squadra Mobile de Rome avant de le répéter à l'envi aux journalistes venus l'interviewer, l'idée ne lui serait jamais venue de passer par l'entrée principale. Il lui arrivait, certes, d'en ouvrir la porte de temps en temps pour enlever la poussière sur les tableaux accrochés sur le palier, Monsieur ne supportait pas que quelqu'un d'autre touche à ses affaires, il n'avait confiance qu'en elle. Il avait même obtenu de la copropriété de pouvoir fermer le bout de palier qui permettait l'accès à son appartement, ainsi les gens qui s'occupaient du nettoyage de l'immeuble ne pouvaient-ils pas y entrer.

« Et qu'avez-vous fait, Madame, après avoir découvert votre patron, allongé contre la porte ? lui avait demandé le journaliste du *Messaggero*.

– Recroquevillé, pas allongé, avait précisé madame Ciciriello. J'ai essayé de lui porter secours, je n'ai pas pensé qu'il pouvait être mort. Mais quand je l'ai touché… Il était froid comme du marbre. Alors j'ai compris qu'il avait eu un nouvel infarctus. En même temps, je me demandais ce qu'il faisait là, dehors, sur le palier de service : pourquoi était-il sorti ? Peut-être qu'il se trouvait à la cuisine quand il a eu son attaque… Peut-être que sa première réaction a été d'aller chercher de l'aide en empruntant la sortie la plus proche… »

La bonne avait appelé les secours et quand l'ambulance était arrivée, après que les infirmiers eurent constaté le décès de Dario Rosati, elle était entrée dans l'appartement et avait poussé un cri effroyable en découvrant le second cadavre, qu'elle avait aussitôt reconnu comme étant celui de Rafael Terragni, le banquier romain du galeriste. J'eus un choc en apprenant que Rafael était le banquier du mari de Laura ; j'avais vraiment l'impression que tout m'échappait dans cette histoire.

Les enquêteurs avancèrent immédiatement l'hypothèse que Dario Rosati avait tué Rafael Terragni au cours d'une dispute avant d'être lui-même frappé par un infarctus, provoqué par le stress considérable auquel il avait été soumis. Sauf qu'on n'avait pas trouvé sur lui la moindre trace de sang ni d'indice prouvant qu'il avait utilisé l'arme du crime : une petite pyramide de cristal, retrouvée au pied du canapé où gisait la victime. Toutefois, n'ayant pas constaté d'effraction et compte tenu du fait qu'il ne manquait apparemment rien dans l'appartement, les enquêteurs s'en tenaient pour le moment à cette première hypothèse. La veuve, arrivée précipitamment à Rome dans la journée, avait déclaré à la police que, à sa connaissance, aucun objet de valeur n'avait disparu. Elle était effondrée. Selon tous les témoignages des proches et du voisinage, il n'y avait jamais eu l'ombre d'une dispute dans son mariage, son mari l'adorait, et elle lui avait toujours témoigné un attachement sans faille.

J'eus un grand frisson à l'idée que Laura fût à Rome. Apprendre qu'elle se trouvait actuellement dans la même ville que moi me fit oublier un moment tous mes tourments au profit de l'envie irrépressible de la rejoindre. Je fus obligé de me raisonner en rappelant à mon souvenir les instructions très détaillées qu'elle m'avait ordonné de suivre ; je savais que nous ne nous reverrions pas pendant un laps de temps assez long, « cinq mois, peut-être plus », m'avait-elle dit.

J'étais stupéfait par les déclarations de Laura, qui ne correspondaient nullement à notre plan. Pourquoi m'avait-elle obligé à emporter les six montres, si elle avait l'intention de déclarer à la police que rien n'avait été volé dans son appartement romain et qu'il ne s'agissait donc pas d'un cambriolage ? Elle se taisait, bien évidemment, sur la disparition du Léonard. Le grand mystère de toute l'affaire, c'étaient les intentions de Laura. Elle seule connaissait la vérité et je commençais à douter qu'elle veuille la partager avec moi.

J'avais les yeux rivés sur l'écran depuis des heures, je fus brusquement saisi d'une nausée violente et je dus me précipiter aux toilettes. J'avais des sueurs froides et des vertiges, je vomis à plusieurs reprises. Le bruit réveilla Liz, qui vint frapper à la porte. Je lui dis de retourner se coucher, que ce n'était rien de grave, mais quand je quittai les toilettes, je la trouvai debout devant moi. Elle lâcha un petit cri d'épouvante en me voyant, je devais être dans un sale état. Elle m'obligea à la suivre dans la cuisine, à m'asseoir et à boire l'une de ces tisanes sucrées dont elle avait le secret. Elle interpréta mon malaise comme la conséquence de la séparation que j'allais devoir affronter, et à partir de cette nuit-là, ignorant les vraies raisons de mon départ, elle me témoigna encore plus d'affection.

Dans les jours, les semaines et les mois qui suivirent, je ne cessai jamais de m'informer sur l'évolution de l'affaire de la Via San Crescenziano. Ce fut ainsi que je tombai quelque temps plus tard sur une nouvelle interview que la femme de ménage de Dario Rosati avait accordée, cette fois-ci, à *I Fatti del Giorno* :

« Pourquoi monsieur Rosati vivait-il à Milan s'il aimait tellement Rome ? demandait le journaliste à madame Ciciriello. À cause de sa galerie, peut-être ?...

« Non, non, pas du tout. La galerie de Milan, c'est Madame qui s'en occupe depuis toujours. Monsieur aurait bien aimé venir vivre à Rome, mais pour Madame il n'en était pas question. Elle déteste cette ville... Elle n'y met presque jamais les pieds, une fois par an peut-être, et encore...

« Parlez-nous du couple Rosati...

« C'était un couple qui s'entendait bien, Monsieur adorait sa femme, il ne repartait jamais de Rome sans un petit cadeau pour elle. Il en était très amoureux, vous savez, même après quinze ans de mariage. Ils n'ont pas eu d'enfants, c'est malheureux, mais Madame n'en a pas voulu. Ça ne m'étonne pas, les gamins... c'est pas son genre. Mais avec Monsieur, elle était très gentille, elle l'appelait tous les jours quand il venait à Rome, elle m'avait donné des instructions précises pour le surveiller, elle n'aimait pas le savoir seul après son infarctus. Oui, Monsieur a eu un premier infarctus il y a deux ans, et depuis il a dû quand même changer de vie... Déjà qu'avant, c'était Madame qui s'occupait de tout... Lui, c'était un artiste, il passait des heures à la maison à regarder ses tableaux, à lire... Madame, c'est différent... Dans le couple, c'était elle, l'homme d'affaires. Il fallait voir comment Monsieur la respectait ! C'était elle qui faisait tourner la boutique. L'autre monsieur qui est mort... Oh, mon Dieu, quel malheur dans cette famille ! Je le connaissais bien, oui, monsieur Rafael... Je le croisais à la maison chaque fois que monsieur Rosati venait à Rome, je ne l'aimais pas trop, paix à son âme ! Et mon patron ne l'aimait pas trop non plus, la preuve, il ne l'invitait jamais à déjeuner ou à dîner. Ils se voyaient toujours tôt le matin, généralement vers 7 heures, Monsieur ne dormait pas beaucoup, il était insomniaque. Quand moi j'arrivais, toujours à 9 heures, je les trouvais enfermés tous les deux dans le bureau ; je leur apportais le café, je les entendais discuter d'argent, je n'y comprenais pas grand-chose... Monsieur Rafael parlait fort, et c'était toujours sur un ton de reproche... Madame ne se mêlait jamais de leurs affaires, les rares fois où elle était là, non...

J'avais l'impression que ça ne regardait que Monsieur... Deux morts dans cette maison... Madame va vendre, c'est sûr, déjà qu'elle n'aimait pas venir à Rome... Et moi, je vais perdre mon travail. »

Laura avait fait coup double. L'hypothèse qui me martelait le cerveau, dans les interminables nuits blanches qui firent suite à la première, était toujours la même : Laura m'avait manipulé pour éliminer Rafael et elle avait manipulé Rafael pour éliminer son mari. Rafael était-il toujours son amant quand je l'avais retrouvée sur mon chemin au Vis à Vis de Sestri Levante ? Et s'il était son amant, l'était-il resté aussi pendant les dix-huit mois de notre liaison clandestine ? Je connaissais assez Laura pour savoir que cela était tout à fait possible. Par contre, comment pouvait-elle être sûre de ma conduite après que j'avais tué Rafael ? Elle savait que je ne pourrais pas la dénoncer sans me dénoncer moi-même. Quelles preuves aurais-je pu produire pour l'accuser d'être la commanditaire du meurtre ? Les centaines de messages signés « Rebecca », provenant d'un numéro qui n'existait plus ? Je ne savais même pas d'où Laura m'écrivait, elle avait sûrement pris des précautions aussi sur ce point, elle pensait à tout. J'aurais pu dresser une liste de tous les hôtels où nous nous étions retrouvés, dans les différentes villes d'Europe, et de tous les restaurants où nous avions dîné, mais pouvais-je seulement être sûr qu'elle y serait reconnue ? Elle avait cette coquetterie de changer chaque fois d'apparence, de maquillage, de coiffure, de vêtements et d'accessoires ; je n'y avais jamais rien vu d'autre que des armes de séduction. Et j'aimais ça. Laura n'avait jamais utilisé son vrai nom pour réserver un hôtel, elle le faisait par mail depuis une adresse que j'ignorais et réglait toutes les dépenses en liquide, comme moi d'ailleurs, puisque nous avions convenu une fois pour toutes qu'il ne fallait pas laisser la moindre trace de notre présence où que ce soit. La seule exception fut le restaurant de Rotterdam : à cette occasion, elle avait réglé la note avec une carte de crédit. Avait-elle commis une erreur ? Il m'était plus facile de croire qu'elle avait ouvert un compte quelque part sous un faux nom que de penser que Laura ait pu commettre une erreur. Et même en admettant qu'une enquête poussée parvienne un jour à prouver que nous étions amants, cela prendrait beaucoup de temps et, à la fin, je serais de toute façon rattrapé par le rôle majeur que j'avais joué. C'était moi l'assassin, j'avais intérêt à faire le mort.

En revanche, comment Laura pouvait-elle prévoir quel serait mon comportement vis-à-vis du Léonard ? Elle m'en avait révélé la valeur, elle m'avait répété qu'il assurerait notre avenir jusqu'à la fin de nos jours, comment pouvait-elle ne pas envisager que je pourrais avoir envie de le garder pour moi, ne fût-ce que pour me venger ? J'aurais pu facilement disparaître de sa vie en emportant le précieux butin, le vrai. Mais Laura connaissait l'ampleur de l'emprise qu'elle exerçait sur moi, elle n'avait rien à craindre.

## 18.
## LE PARADIS DES AMOURS ENFANTINES

J'étais retourné habiter chez mes grands-parents paternels, où nous séjournions autrefois quand nous revenions à Rome, du temps où mon père était en poste dans telle ou telle ambassade du monde, et où j'avais vécu durant mes années de lycée, après le décès de ma mère. J'avais hérité de cet appartement à la mort de mon père et il était depuis resté inoccupé, puisque je n'avais voulu ni le vendre ni le louer, malgré l'insistance de ma femme à en faire quelque chose. Le retour sur les lieux de mon enfance favorisa la décrue de ma colère et aussi le début d'une reprise en main de moi-même. J'avais tué un homme, j'avais violé ma femme, mais je vivais comme si rien de tout cela ne s'était produit.

Les premiers mois dans l'appartement de la Via Poerio, à Monteverde Vecchio, s'écoulèrent dans la solitude et le silence. Ce quartier résidentiel calme, pour ne pas dire mort, c'était tout ce qu'il me fallait pour apaiser mon ébullition intérieure. La petite *palazzina* des années vingt était absolument charmante. Alors que le rationalisme de la décennie suivante évoquerait plus tard le fascisme et la guerre, le charme désuet de cette *palazzina* s'appuyait sur un répertoire formel rassurant, celui d'une bourgeoisie encore tournée vers le passé d'une prétendue Belle Époque, avec ses ornements divers et variés : emboîtement de toits complexe mais protecteur, encadrements, pilastres, médaillons, moulures et corniches, grilles et marquise en fer forgé. C'était comme si le monde autour de moi s'était arrêté de tourner.

Quand j'avais déménagé, j'avais passé les deux premières semaines dans un isolement total ; j'étais censé soigner une varicelle, je ne pouvais donc voir personne, surtout pas mes enfants. Je m'étais inventé une raison objective pour accepter une privation douloureuse. J'ignore si ma femme me croyait, nous n'avions eu qu'un seul contact par mail : je lui avais écrit que j'acceptais toutes ses conditions sans réserve ; elle n'avait pas daigné me répondre. Ces jours loin de tout, loin de Laura surtout, m'offrirent un regain d'énergie inespéré. Je fus aspiré dans une espèce d'abstraction, une dimension nouvelle après les dix-huit mois de repli égoïste instauré par ma liaison clandestine. Je glissais de temps en temps dans des considérations sombres, mais comme dans la plongée sous-marine, une fois les profondeurs sondées, je découvrais un univers qui avait sa lumière propre. J'y apprenais à vivre ma vie après avoir commis l'irréparable.

À cause de la varicelle, je n'étais pas retourné au bureau depuis huit jours ; je prévins ma secrétaire que je prolongerais mon absence d'une seconde semaine. Je continuais à suivre tant bien que mal les affaires en cours, mais je sentais que quelque chose n'allait pas avec les Américains. Monica se faisait du souci pour moi, une fois elle me glissa même au téléphone qu'elle voulait me parler de Federico en tête à tête. « Rien d'urgent, m'assura-t-elle, on verra ça à votre retour. Pour le moment, pensez à guérir. On a besoin de vous, ici ! » Federico intriguait contre moi, je le savais, il me considérait désormais comme son ennemi. Je voyais bien, dans mes échanges de mails avec John Carewood, que les Américains étaient en train de gagner la partie contre Valerio Zampiello et qu'ils avaient enrôlé Federico dans leurs troupes d'assaut. John me demandait de prendre position et d'exprimer mon avis sur le nouveau plan qu'il m'avait communiqué. Le plan consistait en une restructuration en amont de la fabrication de nos chocolats. Nos associés américains détenaient 58 % des actions de Criolloro, Valerio n'avait gardé que 22 % ; le restant, 20 %, était dispersé entre les cadres de l'entreprise, dont moi, et le public. Les Américains s'apprêtaient à acheter une *hacienda* au Venezuela, qui produisait du cacao Trinitario, mais surtout du Forastero, dans le but de les exploiter pour de nouvelles gammes de chocolats Criolloro à la portée d'une clientèle plus élargie. J'avais jusque-là réussi à tergiverser, mais j'avais compris que Federico, après avoir appris par ma femme que je lui avais menti sur ma prétendue maladie, ruinait ma réputation auprès de John. La découverte de mon mensonge lui avait visiblement permis de faire taire sa mauvaise conscience, car non content d'avoir trahi notre amitié, il manquait aujourd'hui à la loyauté professionnelle la plus élémentaire. John m'aimait bien et il rechignait à ne plus s'en remettre qu'à Federico, mais il exigeait de ma part une adhésion sans condition à la nouvelle politique de fabrication et de vente.

Je n'arrivais pas à me concentrer sur ma situation professionnelle, le travail n'était plus ma thérapie. Je me détachais peu à peu de mon sort, j'analysais mon avenir avec froideur et cherchais à comprendre si j'avais une petite chance de m'en sortir ; mais c'était comme si je m'interrogeais sur la vie d'un autre. Tout n'était peut-être pas foutu, pensais-je dans mes rares moments d'optimisme, l'histoire n'était peut-être pas bouclée. J'avais tué un homme, mais seule Laura le savait. La police suivait une piste qui était à des années-lumière du vrai mobile ; en épluchant les comptes de Dario Rosati, elle avait en effet découvert que Rafael

Terragni avait persuadé son client d'investir massivement dans des produits financiers assez risqués, qui dernièrement lui avaient fait perdre beaucoup d'argent. Dario Rosati s'en était aperçu lorsqu'il avait voulu récupérer 300 000 euros pour s'acheter un tableau de Sironi datant des années cinquante. Les enquêteurs cherchaient l'explication du meurtre dans les relations financières entre les deux victimes, et il y avait heureusement de quoi avancer des hypothèses en ce sens.

J'avais aussi commis un viol, et même si un jour ma femme arrivait à me pardonner, ce dont je doutais, cela resterait toujours entre nous. On peut tout oublier, mais la honte s'incruste. J'étais conscient du mal que j'avais fait. Je savais qu'elle protégerait les enfants et ne leur raconterait jamais ce qui s'était passé ce matin-là dans notre chambre conjugale. Même dans dix ou vingt ans, elle continuerait de se taire : pour leur bien, certes, pas pour le mien. Les enfants avaient besoin de moi, elle ne les empêcherait pas de me voir, si je respectais le contrat que sa lettre m'imposait. Je me jurai de le respecter.

Ce qui me surprend encore aujourd'hui, c'est le fait que jamais, pendant toute la période qui fit suite au meurtre de Rafael, je ne me sentis coupable de l'avoir tué. J'avais effacé de ma mémoire l'horreur physique du meurtre lui-même, ce dégoût et cette répulsion concrète qui m'avaient un temps collé à la peau. Dans ce repli sur moi-même, à l'abri des regards familiers, l'événement acquit peu à peu pour moi une sorte d'existence abstraite qui me permettait de suivre l'affaire de la Via San Crescenziano comme si j'en étais le spectateur et non le protagoniste. Il est vrai aussi que, dans le passé, j'avais plusieurs fois assassiné Rafael dans mon imagination et que lorsque je le fis pour de vrai, ce fut comme si je jouais un rôle appris par cœur. Laura savait-elle tout cela ? Me connaissait-elle au point d'être sûre que, même si je me rendais compte au dernier moment qu'il s'agissait de Rafael et non de son mari, je n'arrêterais pas ma main ?

Je vivais ma nouvelle vie en toute impunité. Un jour, en rentrant du bureau, je descendis au sous-sol de Monteverde Vecchio, un espace semi-enterré auquel on accédait depuis l'appartement. C'était une vaste pièce, faiblement éclairée par des soupiraux donnant sur notre jardin et protégés par des barreaux. Je me rappelais parfaitement l'emplacement de l'interrupteur, j'allumai et reconnus la main courante, peinte en rouge par mon grand-père, ainsi que la marche de marbre cassée et jamais réparée. Dans le chaos des meubles qui avaient été entreposés là au gré des déménagements et des événements familiaux, je cherchais des yeux la grosse commode qui contenait ma collection de voitures miniatures. Empilées sous la rampe de l'escalier, couvertes de poussière, se trouvaient les boîtes dans lesquelles étaient rangés les pièces et les accessoires de mon train électrique. Au centre de l'immense salle, trônait toujours la grande table rectangulaire, couverte d'un drap blanc et surchargée de cartons posés les uns sur les autres dans un équilibre précaire qui avait pourtant tenu pendant des décennies. Derrière la table, cachée par de vieux vélos rouillés, des chaises empilées et d'autres objets destinés à l'oubli, je reconnus enfin ma commode.

Je la fixai au-delà de tous ces objets indifférents comme on essaie d'accrocher le regard d'un être cher au milieu d'une foule. Je me frayai un passage tant bien que mal, déchirai un pan de ma chemise en essayant de me glisser entre deux chaises, et m'approchai de mon trésor. Dans le premier tiroir, le plus profond, alignées dans leurs petites boîtes colorées, je retrouvai les plus jolies miniatures de ma collection, celles qui avaient été le moins usées par le jeu et qui s'étaient donc hissées au rang de « pièces de collection ».

Dans le deuxième tiroir, il y avait les Dinky Toys, celles à la boîte jaune avec le dessin du modèle et la petite pastille qui en indiquait la couleur. Dans le troisième tiroir, j'avais rangé toutes les autres marques : les Corgi, les Solido, les Spot ON, les Mercury et les Politoys. À côté de la commode, dans une très grosse caisse en bois, destinée autrefois à accueillir des bouteilles de vin, il y avait les modèles « dans leur jus », c'est-à-dire ceux avec lesquels j'avais le plus joué et qui étaient donc abîmés ou en assez mauvais état. C'étaient les survivants de toutes mes aventures : dépourvus de peinture ici et là, ils avaient parfois perdu une roue ou deux, ou bien ils s'étaient cassés dans l'une de leurs composantes fondamentales ; tous étaient privés de leur boîte d'origine.

En les saisissant les uns après les autres, je me revoyais appuyé sur le petit mur du jardin de mes grands-parents, protégé de la rue par les buissons. J'attrapai l'Alfa 1900 SS Dinky rouge, puis la DS 19 vert menthe avec son toit blanc, cadeau de mon père, qui à l'époque avait jugé l'original « révolutionnaire ». Il l'avait même essayée chez un concessionnaire Citroën et, n'ayant pas osé se l'acheter, il s'était offert le modèle miniature, qu'il m'avait donné bien des années plus tard. Tous les modèles les plus précieux de ma collection avaient d'ailleurs été achetés par mon père pour son propre plaisir : c'était « sa » collection, plus encore que la mienne. Il m'en vantait les qualités avec un enthousiasme d'enfant qui m'émouvait et il me mettait tellement en garde en me rappelant leur valeur que je me contentais souvent de les contempler en m'inventant des histoires sans les toucher. « Regarde, Lorenzo ! Le volant monobranche… on le tourne avec un doigt, il y a la direction assistée, et regarde le frein… Ce n'est pas une pédale mais un tout petit champignon. On peut même régler la garde au sol avec une manette de commande, et puis la suspension est vraiment révolutionnaire… Mais regarde-moi ça !… »

Je caressais chaque souvenir de mon enfance avec mes mains d'adulte qui n'avaient rien oublié des sensations d'autrefois : la Fiat 600 verte, la Lancia Flaminia, la fabuleuse Riley Pathfinder, que j'avais rachetée en bleu nuit après avoir donné la rouge grenat à Rafael. Et aussi la Giulietta spider bleue, avec sa jolie petite femme au volant : combien de fois avais-je rêvé d'en conduire une vraie en ayant à mes côtés la fille de mes rêves ? Et encore la Mercedes 300 SL de Techno, la très rare Jensen bleu ciel de Spot ON, la Fulvia 2 C de Mercury, et puis toutes les autres... C'était tout un univers de péripéties et de récits, dont j'avais été autrefois le roi, qui s'ouvrait de nouveau à moi, prêt à m'accueillir. Je revis alors celle que je n'avais pas eue : la Nash Rambler jaune avec les barres de toit rapportées... Mon père m'avait emmené dans un magasin spécialisé, j'en avais eu le souffle coupé : je n'arrivais pas à me décider devant le choix faramineux des modèles et même si je voulais celle-là, la Nash Rambler, j'étais sous le charme de toutes les autres qui accrochaient mon regard et je ne pouvais formuler ma préférence. Finalement, mon père m'avait lancé un ultimatum auquel j'étais resté insensible, jusqu'à ce qu'il m'oblige à quitter le magasin sans rien acheter. Ce fut pour moi une dure leçon, mais je compris ce jour-là à mes frais, et une fois pour toutes, que mieux vaut s'imposer un choix plutôt que de tout perdre en renonçant à choisir.

## 19.
## LA CHUTE

Pendant tout le temps que Laura me fut absente, je me reconstruisis une vie : *une vie après elle*. Ou plutôt, je me ressaisis avant la grande chute. Dans un premier temps, la solitude forcée qui avait fait suite à mon départ du foyer m'aida à défendre ma place sur mon lieu de travail. Je vis Federico en tête à tête, trois mois après avoir quitté la maison. Ce fut moi qui sollicitai la rencontre. Il me sembla angoissé à l'idée de devoir s'expliquer, mais n'osa pas m'opposer un refus. Durant toute cette période, il avait fait de son mieux pour me fuir et quand il ne pouvait pas éviter d'avoir affaire à moi, parce que nous nous retrouvions l'un et l'autre dans l'obligation de travailler ensemble ou de participer aux mêmes réunions, il prenait garde à ne pas aborder les deux sujets qui avaient détruit notre amitié : ma « maladie » et sa liaison avec ma femme. Nous nous conduisions en public comme des collègues ne partageant plus rien en dehors du travail, tout le monde savait que nous étions en froid. Nous nous étions presque accommodés de cet état des choses lorsque je lançai la proposition de prendre un verre ensemble.

Il était en retard. Je commençais à craindre qu'il n'eût changé d'avis et jetais régulièrement un œil à mon téléphone comme j'en avais perdu l'habitude, depuis la fin de mes échanges avec Laura. En l'attendant, j'avais déjà bu un Campari et me demandais si j'allais en commander un autre, quand je le vis passer la porte du café, qui donnait sur la Piazza di Pietra. Il me chercha des yeux, la salle n'était pas grande et bien qu'elle fût bondée, il me repéra assez rapidement. Je lui souris. Mes intentions n'étaient pas mauvaises, j'avais envie de lui proposer une forme de paix des braves. Je n'avais pas dû me faire comprendre car il fronça les sourcils en s'asseyant en face de moi.

– Qu'est-ce que tu bois ? lui demandai-je.

Il ne me répondit pas tout de suite, il me scrutait pour tenter de percer mes intentions. Je savais qu'il ne comprendrait que ce que je lui laisserais comprendre, Federico n'était pas un fin psychologue. Je fis l'effort de le rassurer.

– Je ne t'ai pas fait venir ici pour que nous nous accusions réciproquement. *Calm down*, je veux juste que nous parlions. Il est temps de le faire, tu ne crois pas ? Nous pourrions essayer de réparer ce qui est réparable. Si c'est réparable. Qu'est-ce que tu bois ?

– Un whisky, lâcha-t-il.

Je ne pus m'empêcher de penser que c'était nouveau chez lui : le whisky était plutôt la boisson favorite de ma femme. Maria Elena aimait en déguster un quand elle rentrait le soir, fatiguée. J'ignorais où ils se rencontraient, ce n'était pas à la maison puisque les enfants m'avaient dit que leur mère y vivait seule. Il passa à l'attaque le premier, c'était probablement sa manière de surmonter la gêne de ce rendez-vous qu'il n'avait pas souhaité.

– D'abord, deux choses, Lorenzo. Avec Maria Elena… c'est arrivé par ta faute. Je n'ai jamais cherché à la séduire, même si j'ai toujours eu pour elle une espèce de… fascination. Mais c'était ta femme, et pour moi c'était sacré. Tu dois me croire.

– Je te crois.

– Elle était malheureuse. Un jour, elle a voulu me voir, c'était l'après-midi de ce déjeuner que nous avions partagé pour discuter de ta maladie, tu te rappelles ? Elle avait besoin de me parler de toi, de votre couple. J'étais ton ami de toujours, elle croyait que je savais quelque chose, que je pouvais l'aider… Mais je ne savais que ce que je ne pouvais pas lui révéler, ce que je pensais être ta vérité cachée. À ce moment-là, nous étions tous les deux de bonne foi, Maria Elena et moi, nous voulions comprendre ce qu'il t'arrivait. Depuis quelque temps, elle te trouvait changé, impénétrable, avec la tête continuellement ailleurs. Moi aussi, je te trouvais changé, mais je croyais savoir pourquoi.

Au lieu de l'interrompre, je fus pris au piège de ses aveux. Son whisky et mon second Campari furent servis. La serveuse apporta aussi des olives et de petits canapés que je dévorai. Je ne mangeais plus correctement depuis que je vivais seul, j'étais constamment affamé. Federico avala une bonne gorgée de whisky, avant de continuer :

– C'est arrivé cette nuit où nous nous sommes promenés seuls dans Rome, après le dîner chez toi. Tu te rappelles ? Il avait neigé, Angiolina avait voulu rentrer à cause de la baby-sitter, et toi, tu étais allé te coucher parce que tu partais le lendemain matin pour Rotterdam.

Je ne fis pas de commentaire. Ma femme avait donc remarqué assez tôt des changements dans ma manière d'être, probablement tout de suite après que j'avais renoué avec Laura. Elle avait assez rapidement senti la distance que ma liaison clandestine introduisait entre nous. Et moi qui avais cru que je ne laissais rien transparaître dans mon comportement !

– Je me suis demandé pourquoi tu avais inventé une histoire aussi atroce, continua Federico. À un moment donné, j'ai même pensé que tu étais impliqué dans quelque affaire tordue, détournement de fonds ou autre connerie de ce genre. Et que tu voulais dévier mon attention d'une raison grave en m'offrant comme explication une raison encore plus grave.

Il avait l'air peiné.

– Nous étions si proches, reprit-il, que tu redoutais peut-être mon intrusion dans des zones de ta vie que tu voulais garder secrètes.

C'était exactement ce qui s'était passé. Je fus surpris par la justesse de son analyse, moi qui l'avais toujours considéré comme étant dépourvu de toute intuition.

– Je me suis même demandé si tu ne te droguais pas, tellement tu te conduisais comme un coupable ! Quand l'histoire de ta maladie s'est révélée n'être qu'une mystification, j'ai sérieusement pensé que tu étais *addict* à je ne sais quelle saloperie. Et puis, tous ces bobards sur tes déplacements professionnels… J'ai vérifié : que du bluff depuis un an ! Où allais-tu, Lorenzo, quand tu partais ? Tu n'as jamais pensé que Maria Elena pourrait se renseigner auprès de moi sur tes voyages ? Que faisais-tu ? Qui rencontrais-tu ? Une fois, j'ai même failli te suivre…

Le souffle me manqua. J'étais bien obligé de me rendre à l'évidence : j'avais eu tout faux. J'avais cru maîtriser ma double vie, j'étais fier de ma manipulation, je m'étais de fait mis moi-même une corde au cou, dont le nœud coulant m'étranglait un peu plus à chaque mensonge.

– Maria Elena m'a demandé de le faire, j'ai refusé. Je croyais toujours que tu étais atteint de Parkinson et je m'imaginais que tu courais l'Europe pour te faire soigner en toute discrétion.

Quand je repense à tout cela, aujourd'hui, je suis effaré par l'indécence de mes sentiments et par le défaut de mon raisonnement. J'avais commis un meurtre et un viol, mais ce qui me tracassait par-dessus tout, pendant cette conversation avec Federico, c'était de découvrir que j'avais été dupe. J'avais honte de moi-même. Mais plus encore que la cruauté de mes actes, le fait de m'être trompé et d'avoir été trompé m'ébranlait. Trompé par ma femme, par mon ami, par ma maîtresse, et trompé aussi par moi-même, par mon assurance aveugle de connaître les ressorts intérieurs de ceux qui m'étaient proches. Je crois qu'on ne peut s'en sortir que par l'imagination. C'est ce que j'avais fait, faute d'autre issue. J'étais acculé. Je ne voulais plus être l'homme que j'étais devenu, je n'adhérais pas à cette identité nouvelle qui me dégoûtait et me terrifiait. Mentir est une drogue, et se mentir est un poison qui tue. On s'enfonce tout doucement, puis on découvre un jour que le mensonge a pris les rênes et qu'il a tout décidé à notre place.

Ainsi, je mentis de nouveau à Federico, alors que notre rencontre était censée représenter un traité de paix.

– Je me suis horriblement endetté, lui dis-je, sans savoir pourquoi je lui sortais ce nouvel argument.

Il se crispa, pour maîtriser son inquiétude plutôt que par un doute sur ma sincérité. On se laisse toujours avoir quand on aime, et je crois que Federico m'aimait. Il souffrait plus que moi de la fin de notre amitié, il savait que sa liaison avec ma femme rendait notre rupture irréversible. Je suis certain qu'il ne lui avait pas parlé de notre rendez-vous, car Maria Elena ne l'aurait pas approuvé. Et de son côté, elle ne lui avait pas raconté ce que je lui avais fait, sinon Federico lui-même aurait refusé de me voir.

– Endetté… envers qui ? Et endetté de… combien ? me demanda-t-il.

Le mensonge génère le mensonge, je l'avais appris à mes dépens, mais je n'en tirais pas de leçon. Ou plutôt, je me moquais d'en tirer une.

– Je ne peux pas t'en parler comme ça… et je te prie de ne pas en parler à Maria Elena.

Il était gêné. J'avais réussi l'exploit de le faire se sentir coupable en faisant allusion au fait qu'il avait trahi sa promesse sur le secret de ma « maladie ».

– Je peux t'aider, dit-il.

Et il ajouta :

– Je *veux* t'aider !

Puis il se tut, et moi, au lieu de répondre, je l'observais en silence, paralysé par l'absurdité de la situation.

– Rien ne sera jamais plus comment avant, Lorenzo, continua-t-il, puisque je ne disais rien. Je le sais et j'en souffre. Tu n'es pas le seul à avoir beaucoup perdu, j'ai beaucoup perdu moi aussi. Angiolina n'est pas Maria Elena, je peux te l'assurer, elle ne pense pas aux enfants d'abord, elle ne pense qu'à elle-même. Elle a réussi à dresser mes fils contre moi, ils ne veulent plus me voir. L'autre jour, l'aîné m'a dit qu'il me détestait.

Je veux tout raconter, je veux aller au fond de ma faiblesse et de mon narcissisme. Je n'ai pas l'intention de m'absoudre ni de me trouver des excuses en brandissant ma douleur, qui est pourtant réelle. Ce jour-là, en prenant conscience de la peine de Federico, je fus plus ennuyé que touché. Je ne voulais pas savoir ce qu'il ressentait, lui, privé de ses enfants, j'avais envie qu'il apprenne à quel point je souffrais, moi, qui ne pouvais plus être quotidiennement près des miens. Je nourrissais secrètement l'espoir qu'il appuie ma cause auprès de ma femme, que je continuais d'appeler « mienne », bien qu'elle eût rendu formelle notre séparation en faisant appel à un avocat. Il y avait toujours en moi une certaine condescendance envers Federico. Je me conduisais avec lui comme s'il m'était redevable parce que je lui laissais Maria Elena sans le lui reprocher, comme si elle m'appartenait et que je lui en faisais cadeau. C'était faux, absurde et profondément insultant pour ma femme, mais c'était la vérité de mon sentiment caché. Je me gardais bien de le formuler, cela va de soi, mais ce sentiment était si actif en moi qu'il influençait jusqu'aux réactions de Federico lui-même. N'en avait-il pas été de même entre Rafael et moi, quand mon ami de jeunesse m'avait offert Laura en échange d'une voiture miniature ? Marché dérisoire, monstrueux, quand j'y repense aujourd'hui. Qu'allais-je demander en échange à Federico ?

– Je savais que je pouvais compter sur toi, dis-je, je te remercie du fond du cœur. Je voudrais seulement que nous retrouvions le lien qui nous unissait. Certes, ce ne sera plus jamais comme avant, on n'efface pas ce qui a été, mais nous pouvons garder ce qui reste si nous y tenons.

J'avais tapé dans le mille. Je le vis s'agiter sur sa chaise, ému. Je devinais ses pensées, je m'empressai alors d'être encore plus explicite :

– Maria Elena n'a pas besoin d'être impliquée dans notre amitié. Nous ne pouvons plus partager nos vies de couple, ça, c'est fini, mais nous pouvons retrouver notre complicité d'autrefois sans que personne en soit informé, tu ne crois pas ?

– Tu as rencontré quelqu'un ? me demanda-t-il, soudain curieux.

– Non, personne. Mais je n'ai pas fait vœu de chasteté non plus, et qui sait ce que l'avenir nous réserve…

Je disais vraiment n'importe quoi. Je crois finalement que je me plaisais dans mon habit de mensonges pourtant pas toujours nécessaires ; je m'y sentais protégé car le monde réel était devenu pour moi une prison.

– Je ne te comprends pas. Tu parles comme si tu ne ressentais plus rien envers Maria Elena, comme si elle n'était pas ta femme…

– Elle n'est *plus* ma femme, et tu es bien placé pour le savoir.

– Ne fais pas le con, Lorenzo, tu vois très bien ce que je veux dire !

Et voilà que ses anciennes expressions revenaient... D'une certaine façon, je l'avais reconquis; je m'en réjouis comme si je venais de remporter une bataille dans la guerre non déclarée entre Maria Elena et moi. J'avais capitulé sur tous les plans avec elle, mais j'avais encore mon cheval de Troie à l'intérieur de son royaume.

– Oui, j'ai compris, bien sûr, et j'aimerais te rassurer. J'ai de l'affection pour Maria Elena, c'est évident, c'est la mère de mes enfants, mais... je ne l'aime plus comme avant. Et ça, depuis un moment déjà.

Je le vis réconforté et presque gratifié par les fantaisies que je lui offrais. Il ne se doutait pas que je mentais, une fois de plus. Car dans mon for intérieur, j'estimais que ma femme m'appartenait toujours. L'avais-je violée pour affirmer ce droit de possession ? Je ne crois pas, j'avais profondément honte de ce que j'avais fait ; mais il y avait en moi, enracinée comme un kyste, la conviction qu'elle n'avait jamais cessé de m'aimer en dépit de tout, même si elle ne pourrait jamais s'avouer cet amour à cause de ce que je lui avais fait subir.

– Notre amitié me manque, fis-je sans savoir si je disais le vrai ou le faux.

Au fond de moi-même, je savais que je trichais, mais j'étais encore loin de comprendre que c'était à moi-même que je mentais. Par un effet de distorsion dû à mon état psychique après avoir renoué avec Laura, non seulement j'étais persuadé d'y voir clair dans le cœur des autres mais, plus grave encore, j'étais persuadé que je gardais la maîtrise des situations. Il n'en était rien, bien sûr, comme les faits ne manquèrent pas de le prouver. Cet aveuglement pervertissait toutes les relations que j'entretenais avec ma famille, avec mes proches, avec mes collègues, et avec le reste du monde.

– Je voudrais aborder avec toi la question américaine, si tu veux bien, fis-je enfin, sans transition.

Je le vis se raidir et montrer sa déception ; je revenais sur des sujets vulgaires après l'avoir poussé dans l'espace feutré de l'intimité.

– C'est que je n'ai rien d'autre à te dire sur ce qui nous est arrivé, fis-je, l'air assez affligé pour le toucher.

– Tu ne peux pas t'en sortir comme ça, Lorenzo. Tu ne peux pas glisser sur ces dix-huit mois qui ont changé nos vies. Tu ne me dis rien sur les causes qui sont à l'origine de ton changement. Il a été pourtant radical, un vrai tremblement de terre… Ton mariage en a été détruit, et le mien aussi par ricochet. Et si je suis heureux de me retrouver aujourd'hui aux côtés de Maria Elena, je n'oublie pas le prix que j'ai dû payer pour cela. Je ne vois pratiquement plus mes enfants, je ne sais pas si tu te rends compte de la chance que tu as de ne pas subir une telle privation.

J'avais envie de lui dire qu'il était un peu tard pour ressentir ce manque, puisque dans le passé il ne s'était jamais trop préoccupé de passer davantage de temps avec eux. Mais il avait l'air tellement meurtri par la guerre qu'Angiolina lui avait déclarée que je lui épargnai ma remarque.

– Tu sais que ma femme est en train d'intriguer pour se faire muter le plus loin possible de Rome ? Elle veut m'infliger l'éloignement de mes enfants, elle prétend que, n'ayant jamais été un bon père, ce n'est pas le divorce qui m'apprendra à le devenir.

Le mot « divorce » me troubla ; j'étais sûr que Federico n'aurait jamais pensé à divorcer si ma femme, telle que je la connaissais, droite et entière, ne lui en avait pas imposé le choix. J'imaginai avec dégoût qu'il allait l'épouser et que mes enfants assisteraient au mariage de leur mère.

– Je n'ai toujours pas la force de te raconter ce qui m'est arrivé, Federico, je te demande juste de me faire confiance. Le moment viendra où je pourrai tout te dire, mais pas maintenant. Pas encore… Je te prie de l'accepter. Tu es le seul ami que j'aie, mais j'ai besoin de me reprendre en main tout seul. Je suis comme un convalescent qui ne croit pas à sa guérison, pardonne-moi d'utiliser encore la métaphore de la maladie. Dans un sens, je ne t'ai pas tout à fait menti quand je t'ai parlé de Parkinson, je voulais te lancer un message, t'insuffler un soupçon au sujet de certaines choses qui m'ont rattrapé avec le temps, et de la perte d'équilibre qui me guettait...

– Je ne comprends rien à ce que tu me racontes, Lorenzo, tu es encore en train de m'enfumer. La seule chose que je comprends, c'est que, aujourd'hui comme hier, tu ne veux pas me révéler ce qui t'est arrivé. Pourquoi as-tu souhaité me rencontrer en tête à tête si ce n'est pas pour te mettre enfin à table ? Qu'est-ce que tu attends de moi ?

– J'ai voulu te rencontrer pour que nous puissions nous dire ce que nous venons de nous dire. Je voulais que tu saches que je reste ton ami, malgré les bouleversements de cette dernière année.

– Bouleversements dont tu ne m'as strictement rien dit de concret, répondit-il, sans lâcher prise. Un jour, c'est ta maladie, un autre jour, ce sont tes dettes !

– Je te promets que tu sauras tout, insistai-je, honteusement conscient qu'il ne saurait jamais rien de la vérité. Le moment viendra où je t'expliquerai les raisons de mon comportement, et alors tu comprendras.

– L'amitié n'est pas faite pour se raconter des salades, dit-il, se révélant à mes yeux de plus en plus différent de celui que je croyais connaître. Si tu es toujours l'ami que tu prétends être, tu devrais me parler maintenant puisque tu ne l'as pas fait quand tu aurais dû le faire. Mais je constate que tu n'es toujours pas disposé à me faire confiance, donc je te le redemande : qu'est-ce que tu attends de moi ?

Je n'avais jamais eu une grande estime pour Federico, ce qui ne m'avait pas empêché de le considérer comme mon meilleur ami. Ou plutôt de me laisser considérer par lui comme son meilleur ami. Au fond, je lui reprochais sa perpétuelle bonne humeur et aussi une certaine superficialité qui le poussait à toujours vouloir cueillir les bons moments de la vie, surtout quand il s'agissait des filles, sans trop s'interroger sur les conséquences de ses actes. Je ne voyais rien de ce qu'il était vraiment parce que je n'avais jamais pris la peine d'aller au-delà de mes impressions. Je fus donc surpris par son honnêteté, sa droiture et la clarté de ses propos. Il m'avait déjà fourni la preuve de son affection, lorsque je lui avais révélé ma fausse maladie. Je l'avais non seulement sous-évalué mais je l'avais aussi régulièrement traité comme quelqu'un d'inférieur à moi, dans le travail comme dans la vie. Je me rendais compte que je m'étais trompé aussi sur lui.

– J'attends de toi que tu sois de mon côté quant aux propositions des Américains, lui dis-je sans plus le ménager. J'aimerais que nous fassions bloc face à John Carewood, comme nous l'avons toujours fait face à tout le monde depuis que je t'ai fait entrer chez Criolloro.

Pendant un assez long moment, il me fixa en silence ; j'avais la sensation qu'il allait se lever et partir.

– Je te remercie de me rappeler ce que tu as fait pour moi au moment où je voulais quitter la boîte où je travaillais avant, dit-il enfin, froidement.

Je sus alors que je venais de perdre mon unique et dernier ami.

– Je t'ai toujours appuyé, soutenu, défendu, continua-t-il, même dans des situations où je ne partageais pas ton point de vue. Et je ne le faisais pas parce que je me sentais redevable envers toi pour m'avoir offert un job plus intéressant que celui que j'avais, non, je le faisais parce que je croyais en toi plus qu'en moi-même. J'avais pour toi une estime sans faille qui me permettait de glisser sur ta condescendance envers moi. Tu crois que je ne m'en suis jamais aperçu ? Je voyais bien que tu me regardais de haut et je dois admettre que je me conduisais souvent comme tu t'attendais à ce que je le fasse, tellement était forte l'emprise que tu exerçais sur moi. En un sens, je n'ai jamais cessé de vouloir te rassurer et te plaire.

– Tu parles au passé…

– Oui, parce que les choses ont changé. Et ça, je le dois à Maria Elena.

Mon cœur se serra, je n'acceptais toujours pas la fin de mon mariage. Était-ce à cause de Federico ? Je n'arrivais pas à prendre au sérieux le choix de ma femme, j'étais comme Frida : ma fille et moi ne croyions pas qu'il pût prendre ma place. Je savais que mon mariage avait reçu le coup de grâce le matin où j'avais violé Maria Elena, mais être remplacé par Federico rendait cette fin grotesque.

– Angiolina avait raison de me mettre sans cesse en garde contre toi, poursuivit-il. Elle n'arrêtait pas de me répéter que tu étais double, manipulateur et sans scrupule. Je t'ai toujours défendu devant elle, comme je l'ai fait devant tout le monde. Dans la boîte, par exemple.

– Quoi, dans la boîte ? Qu'est-ce que tu racontes ?…

– Tu t'es toujours cru respecté, apprécié, envié, aimé même… Si tu savais !

Cette manière de se venger à laquelle il se laissait soudain aller me mit en colère, je n'avais plus envie de l'entendre.

– Je ne t'ai pas proposé de nous voir pour me laisser insulter !

– Précisément, je ne sais pas pourquoi tu as voulu me voir. Je ne l'ai toujours pas compris. Je ne crois pas à tes déclarations d'amitié ni à tes offres de réconciliation, je crois même que tu te fiches de moi. Finalement, j'ai peut-être compris la vraie raison de ce rendez-vous : tu voulais t'assurer de mon appui face à John. Eh bien, tu aurais mieux fait de me le demander franchement, et tout de suite ! En tout cas, je sais pourquoi, moi, j'ai voulu te voir. J'avais besoin de te dire ce que je viens de te dire, et aussi d'exprimer ma tristesse pour cette amitié qui est foutue et que je regrette, même si elle était fondée sur une équivoque.

– Une équivoque ? Quelle équivoque ?

– Tu as toujours cru que tu étais celui qui me protégeait, et moi, celui qui bénéficiait de ta protection. Mais c'était l'inverse, Lorenzo. Je le savais, mais ça me convenait que tu joues au grand frère avec moi, puisque c'était ta manière de me montrer que tu tenais à moi. Puis un jour, je me suis réveillé, grâce à Maria Elena, et j'ai compris que tu ne tenais pas plus à moi que tu ne tenais à ta femme.

Je m'interdis de lui répondre. Il me provoquait, je devais tenir bon. Je n'avais pas encore obtenu ce que je voulais.

– Je ne te permets pas, Federico, lui opposai-je néanmoins, pour la forme.

– Je ne demande pas non plus ta permission, me rétorqua-t-il, fier comme il ne l'avait jamais été.

Puis il ajouta :

– Je ne pense pas que nous aurons jamais une autre conversation de ce genre, alors je te prie de m'écouter jusqu'au bout. J'étais conscient qu'en acceptant ce rendez-vous, je risquais d'être une fois de plus manipulé, parce que manœuvrer les gens, c'est dans ta nature et que tu ne peux pas être avec moi différent de celui que tu as toujours été avec tout le monde. Tu as certainement changé durant cette dernière année, comme nous avons tous pu le constater, mais tu as changé en pire.

Quand il disait « nous », je savais qu'il parlait de lui et de ma femme, et j'avais envie de le tuer.

– J'ai voulu croire, poursuivit-il, que c'était réparable entre nous, qu'il restait encore quelque chose de notre ancienne proximité. Je suis un idéaliste. Parce que en réalité, tu viens de me le démontrer, tu ne cherchais que mon appui dans la bataille des nouvelles gammes de chocolats. Le reste, tu t'en fous royalement.

J'aurais pu mentir une nouvelle fois pour tenter de rattraper le cours de notre conversation. Mais j'en avais marre, je me fichais de tout, effectivement, je voulais en finir avec lui et me surpris à le détester.

– Donc, tu ne m'appuieras pas pour défendre notre production d'excellence. Tu ne seras pas de mon côté. Tu seras Judas.

Le mot le blessa, il ne put pas me répondre tout de suite. Il fit signe à la serveuse pour demander l'addition, puis il me dit :

– Je ne partage pas ton point de vue sur l'avenir de Criolloro et je serai ton ennemi si tu essaies de t'opposer aux directives de John.

La serveuse arriva, elle posa la note sur la table et s'apprêtait à repartir, mais Federico la retint en lui disant :

– Je paie mon whisky. Le reste, ce sera pour Monsieur.

Je le regardai sortir un billet de son portefeuille et le placer entre les mains de la serveuse en lui faisant comprendre qu'elle pouvait garder la monnaie. La fille le remercia avant de s'éloigner. Nous restâmes encore un moment en silence, il attendait peut-être que j'ajoute quelque chose, mais je me tus. Alors il se leva et partit sans me saluer.

## 20.
## REGARDER PASSER LE TRAIN

L'angoisse montait, mais je n'en avais pas conscience. Je m'étais anesthésié en repoussant le monde loin de moi, je vivais dans une condition d'attente permanente qui frôlait l'idiotie. Je glissais chaque jour un peu plus de l'autre côté du réel et je ne me ressaisissais en partie que quand j'étais au travail ou en compagnie de l'un de mes enfants. C'était généralement plus facile avec Gio, moins affecté que Frida par mon départ de la maison. Je jouais avec lui, qui était ravi de me rejoindre dans l'appartement où j'avais été moi-même enfant. Je me disais qu'un jour je lui montrerais ma collection de voitures miniatures, pour l'instant je rechignais à lui ouvrir la porte de mon sous-sol. Avec Frida, par contre, il m'était difficile de me maintenir à l'abri de la vie réelle et des événements qui l'avaient bouleversée. « Est-ce que tu reviendras à la maison, papa ? » « Est-ce que maman va se marier avec Federico ? » « Si elle se marie avec Federico, je m'en vais, je te jure ! » Ma fille ne cessait de revenir sur le même sujet à chacune de ses visites et comme je n'étais pas en mesure de lui répondre autrement que de manière évasive, elle boudait. Nos rencontres n'avaient plus rien d'agréable, je pliais sous le poids de sa désapprobation muette. Ses questions inlassablement répétées me mettaient de mauvaise humeur et j'en étais arrivé à redouter les heures que je devais passer avec elle.

Nous avions convenu avec Maria Elena, ou plutôt Maria Elena avait décidé, que je verrais les enfants alternativement, un week-end l'un et le week-end suivant l'autre, puisque tel était le souhait de Frida qui ne voulait pas venir chez moi avec son frère, sous prétexte qu'elle l'avait déjà « tout le temps sur le dos ». Frida prit rapidement l'habitude de refuser toute proposition de sortie de ma part ; elle m'opposait qu'elle avait ses devoirs à faire et s'entêtait à vouloir rester à la maison, qu'elle déclarait par ailleurs ne pas aimer. Ainsi, peu à peu, je finis par me mettre à travailler moi aussi quand elle était chez moi, ce qui transformait ma journée de visite parentale en un séjour forcé à domicile pendant lequel il me tardait de voir ma fille partir pour retrouver ma solitude.

Un après-midi, alors que nous étions tous les deux assis à la même table, dans la cuisine, elle penchée sur son cahier, comme d'habitude, et moi en train de préparer ma prochaine réunion, Frida me demanda :

– Est-ce que je peux venir vivre avec toi, papa ? Tu es tout seul ici, et maman est tellement occupée… Si je m'en vais, elle ne s'en apercevra même pas. Je suis tout le temps avec Liz.

– Mais tu n'aimes pas vivre ici, ma puce, tu me l'as assez répété. Et puis, pourquoi rester tout le temps seule avec Liz ? Tu peux inviter tes copines à la maison.

– Mes copines sont connes, elles ne pensent qu'aux garçons. Moi, les garçons, je m'en fous. Ils sont bêtes.

Elle avait 11 ans, ma Frida, et elle essayait de me dire à quel point elle se sentait abandonnée par son père, qu'elle aimait plus que tout au monde. Moi, j'étais sourd à ses appels, en tout cas je ne pouvais rien entendre, car si je quittais mon état de somnolence affective, je devenais la proie d'une anxiété qui risquait de compromettre encore plus mes relations familiales.

Un jour où je me sentais particulièrement malheureux, après avoir raccompagné Frida en bas de mon ancien appartement, où Liz l'attendait, je retournai chez moi, accablé par un sentiment de défaite. Je descendis tout droit au soussol où régnait désormais un certain ordre, recréé autour de mon ancienne collection de voitures. J'avais complètement vidé le meuble dans lequel elle était conservée depuis trois décennies et j'avais soigneusement épousseté chaque modèle, l'un après l'autre. Je regardai alors, comme si je la voyais pour la toute première fois, ma chaîne haute-fidélité de l'époque, protégée par une grande couverture poussiéreuse. Avec précaution, j'enroulai la couverture en boule et la jetai à la poubelle. Je contemplai l'objet magnifique que mon père m'avait offert pour ma dernière année de lycée, l'amplificateur était signé McIntosh, le mythique constructeur américain d'électronique haut de gamme. Je retrouvais ses VU-mètres sur fond bleu, si évocateurs dans l'obscurité pendant mes séances d'écoute solitaire. La lourde platine Transcriptor était toujours installée sur l'étagère, juste audessus; j'ôtai le drap qui la couvrait et allai chercher un petit niveau à bulle pour la remettre parfaitement à plat, en vissant et en dévissant les trois petites tiges à pointe conique; je débloquai enfin le bras de lecture et à l'aide du vinyle d'essai, que j'avais retrouvé dans le carton sous l'étagère, je réglai patiemment les minuscules contrepoids d'équilibrage du bras. Les enceintes Acoustic Research étaient comme neuves, les superbes LST, difficiles à piloter pour un amplificateur moyen, se révélaient parfaites pour l'exubérance du McIntosh. Je cherchai fébrilement *Wish you were here* dans le carton des disques. Une légère séance de nettoyage avec une brosse en fibre de carbone, le disque sur la platine, la descente millimétrique de la cellule Shure V15, et le miracle de cette introduction qui ne s'était jamais effacée de ma mémoire se produisit de nouveau: le bruit de défilement de stations radio, puis les accords sur un canal et tout de suite après la réponse de l'accord sur l'autre canal...

J'écoutai le disque plusieurs fois et, tout en l'écoutant, je regardais les boîtes rangées sous l'escalier, celles qui contenaient mon train électrique. Je n'y avais pas touché depuis que j'étais revenu habiter chez mes grands-parents. Je dégageai la grande table sur laquelle j'avais autrefois installé mon magnifique circuit Märklin, elle avait été jadis déplacée dans ce sous-sol pour accueillir les chimères d'un père rêveur et de son enfant solitaire. Un grand drap blanc, aussi poussiéreux qu'épais, provenant du trousseau de mariage de ma grand-mère, la couvrait complètement. J'enlevai le drap et fus déçu de découvrir que le revêtement en gros papier qui simulait l'immense prairie était devenu grisâtre. Je posai la main dessus, ma paume devint toute noire, mais la couleur d'origine réapparut par endroits. Je remontai chercher ce qu'il me fallait pour procéder au nettoyage, puis je passai un petit aspirateur sur toute la surface pour enlever la poussière et les araignées. Ensuite, je remplis d'eau une bassine, dans laquelle j'avais dissous quelques gouttes de liquide vaisselle, et muni d'une éponge et d'un pinceau, je m'attelai à nettoyer délicatement chaque centimètre carré. Après deux heures de travail attentif, pendant lesquelles j'atteignis presque une forme de bonheur, à force de gestes répétés et dans l'absence de toute réflexion, la prairie retrouva sa couleur verte d'origine et je pus même revoir les anciennes traces des rails. Pour parfaire mon ouvrage, je versai un peu d'eau sur la prairie avec un tout petit arrosoir et soulevai légèrement la lourde table en la calant avec des bouts de bois afin que l'eau pût s'écouler vers le sol. À la fin, la prairie retrouva un aspect presque neuf. Je passai le séchoir à cheveux partout et réparai ici et là quelques déchirures en y appliquant de l'herbe en poudre. Je contemplai enfin le résultat et fus satisfait de mon œuvre : je pouvais maintenant procéder à la pose des rails.

Je ne sentais plus la fatigue, j'avais effacé Frida de ma tête et toutes mes préoccupations d'adulte insuffisant.

J'ouvris d'abord le grand carton marqué « numéro 1 ». Mon cœur bondit en découvrant la série de rails « M », les mythiques rails en métal avec « talus de remblai incorporé », comme le déclarait le catalogue Märklin, je m'en souvenais encore. Ils étaient un peu piquetés de rouille mais toujours en bon état ; quatre aiguillages électromagnétiques de la même série étaient dans des conditions analogues, deux droits et deux gauches, ainsi que les deux feux et le magnifique transformateur bleu au curseur rouge. J'ouvris ensuite le carton « numéro 2 » et j'aperçus le vieux catalogue Märklin, complètement usé pour avoir été trop consulté, dans lequel les modèles les plus convoités apparaissaient soulignés à plusieurs reprises ; puis je retrouvai mes trésors : gare, remise pour locomotives et abris de quai en métal, passage à niveau ainsi qu'une dizaine de bâtiments légèrement dégradés, et surtout un coffret qui suscita en moi une violente émotion à cause de son carton gaufré couleur amarante et du couvercle affichant le dessin d'une gare allemande des années cinquante. Ce coffret avait appartenu à mon père et je me souvenais parfaitement du jour où il m'en avait fait cadeau.

La petite locomotive à vapeur à trois essieux, la Märklin 3000, la première de la série, affichait nombre d'égratignures : elle avait marché jusqu'au bout en traînant derrière elle les wagons de marchandises, la citerne Esso, le wagon plateforme avec sa charge de bois, le wagon jaune des bananes et le wagon plat couvert à quatre essieux des chemins de fer allemands, avec sa bâche en tissu blanc posée sur la structure métallique et marquée Märklin sur les côtés. Enfant, j'ôtais la bâche et cachais dans le wagon toutes sortes de petits trésors en imaginant que c'était le butin que j'avais récupéré pour le rendre à son propriétaire, après avoir tué le méchant voleur. Une fois, à l'occasion des fêtes de Pâques, mon père avait fait mouler un œuf en chocolat dont la surprise cachée m'était destinée ; quand j'avais cassé l'œuf et que j'y avais découvert le wagon-citerne Esso, ma joie avait été si grande que j'avais eu une authentique crise de nerfs. Ma mère avait alors déclaré que j'étais un enfant trop sensible pour supporter le bonheur.

Et voilà que je voyais maintenant ressurgir la locomotive française CC 7107, de couleur verte, reconnaissable à ses hublots latéraux, réduction de celle qui, m'avait dit mon père, avait atteint en France la vitesse, fabuleuse pour l'époque, de 331 km/h. Il s'en souvenait parce que l'événement s'était produit le jour de son anniversaire. Cette locomotive était devenue culte pour les amateurs, même en Italie. J'entrepris de la nettoyer délicatement avec de la gaze imbibée d'alcool et des cotons-tiges ; elle se réveilla peu à peu, me révélant ainsi les marques d'une vie vibrante et par moments dangereuse lorsque les courbes étaient empruntées à une vitesse excessive, jusqu'à ce vol périlleux qui l'avait éjectée hors des rails et l'avait fait tomber par terre, en déclenchant chez moi une crise de larmes car la poutre porte-tampons s'était cassée ainsi qu'un crochet d'attelage. Pour me calmer, mon père avait entrepris aussitôt de les raccommoder ; j'étais resté à ses côtés pendant tout le temps de la réparation, refusant fermement de m'éloigner.

Je passai la nuit à nettoyer chaque pièce et à réfléchir à la manière de faire fonctionner de nouveau mon circuit. Le lendemain matin, je prétextai une course urgente auprès de ma secrétaire et m'en allai m'acheter dans un magasin spécialisé plusieurs mètres de câble électrique pour les connexions, des vis pour fixer les rails, quelques ressorts d'inverseur et des balais de rechange. La journée au bureau s'écoula ensuite comme s'écoulaient désormais toutes mes journées : de manière désenchantée et molle, essayant d'un côté de contenir les ambitions américaines de production des nouvelles gammes de chocolats, et de l'autre de convaincre Valerio Zampiello de la nécessité des changements prévus. Sauf que, dans cet entre-deux, j'étais en train de perdre la confiance de John sans gagner celle de Valerio, lequel se méfiait de moi à cause de mon ancienne alliance avec les Américains. J'avais déjà eu vent, par certains échanges de mails, du fait que John souhaitait appuyer la promotion de Federico en créant pour lui un poste de sous-directeur général des usines italiennes, ce qui le mettrait sous ma responsabilité directe. Compte tenu de l'évolution de la politique de l'entreprise, cette manœuvre m'apparut immédiatement comme une manière de contrôler de près mes agissements ou, pire, de préparer mon éviction.

Ce soir-là, je rentrai chez moi le moral au plus bas et descendis directement au sous-sol sans me changer. J'entrepris de frotter très légèrement les rails de mon train électrique au papier de verre, puis les assemblai jusqu'à former l'ovale parfait du circuit. Après avoir tout fixé sur la base et contrôlé les joints en faisant rouler les wagons manuellement, je testai le transformateur. J'insérai délicatement la prise et j'eus un frisson quand le circuit s'alluma et que j'entendis le bourdonnement familier. Je commençai alors à câbler comme un fou, d'abord la sortie variable du transformateur dans la voie de captation de l'ovale, ensuite la sortie fixe vers le pupitre de commande des aiguillages. Ce fut enfin le moment de poser la 3000 sur les rails et de mettre le circuit sous tension.

Après plus de trente ans de sommeil, la machinerie se réveillait tout doucement mais avec assurance, en bougeant par soubresauts, aidée manuellement quand brusquement elle s'arrêtait. Je démontai la caisse et remplaçai les charbons, puis recommençai l'essai, cette fois avec un succès grandissant. Vingt minutes plus tard, l'héroïque locomotive de mon enfance parcourait l'anneau sans s'arrêter avec ses trois wagons. « *Märklin über alles!* », hurlai-je alors dans l'obscurité du sous-sol.

Je posai délicatement dans un coin l'immeuble que mon père avait construit pour moi à l'occasion d'un Noël. Il s'était donné un mal fou à reconstituer en balsa et en carton contrecollé la *palazzina* de mes grands-parents paternels, celle où je me trouvais actuellement ; l'idée lui en était venue lorsqu'il avait retrouvé dans ce même sous-sol les plans de l'architecte de l'immeuble, ce qui avait rendu possible la réalisation d'une maquette fidèle. Il s'était tellement pris au jeu qu'il avait même peint à la gouache le toit, les volets et tous les détails ornementaux des façades, en particulier les encadrements des fenêtres et les médaillons. Il avait réussi également à figurer la marquise avec un vrai morceau de verre qu'il avait retaillé je ne sais comment.

Alors, comme Alice dans son puits, je me laissai tomber dans cet *avant* merveilleux où tout était encore ouvert et où je n'étais pas encore l'assassin ni le violeur que j'allais devenir.

## 21.
## L'ENVELOPPE MAUVE

Un samedi, j'étais sur le pas de la porte quand j'aperçus Frida au fond de la rue et la vis courir vers moi. Liz remontait doucement l'allée, elle me fit signe de loin. Frida sauta dans mes bras, son enthousiasme me surprit, je devinai qu'il s'était passé quelque chose. J'attendis Liz, qui accompagnait toujours les enfants chez moi quand c'était mon jour de visite. Elle n'entrait jamais dans la maison, elle souhaitait se tenir à l'écart des territoires qu'elle estimait être en dehors de sa compétence. Elle me demandait régulièrement si j'allais bien, je lui répondais invariablement la même chose : « Très bien, Liz, merci, et vous ? » Ni l'un ni l'autre de mes enfants ne dormait jamais chez moi, c'était l'une des conditions imposées par ma femme, ce qui me convenait. À la fin de la journée passée ensemble, un samedi ou un dimanche, c'était Maria Elena qui choisissait, je les raccompagnais à la maison. Je n'avais jamais revu ma femme après le viol, nos avocats traitaient pacifiquement notre séparation en vue du divorce ; j'avais tout accepté sans rien contester, au grand dépit de mon conseil juridique, qui n'avait rien compris à notre couple ni à notre rupture, et pour cause, puisqu'il en ignorait la vraie raison. Liz s'inquiétait visiblement pour moi, sans oser me poser de questions trop directes. Elle avait l'habitude de m'apporter des plats chauds et accompagnait toujours cette initiative d'une excuse délicate. « Hier soir, j'ai préparé une *parmigiana* pour Gio, ce petit en raffole, c'est curieux à son âge… » « Ce matin, j'ai trouvé au marché des abricots très mûrs, alors j'ai fait une tarte. » « Frida adore les tomates au riz, j'en ai préparé beaucoup trop… »

J'appréciais Liz depuis toujours, sa présence auprès de mes enfants me rassurait davantage encore depuis que j'avais quitté le foyer ; parfois, j'avais l'impression de lui avoir délégué, à elle plutôt qu'à ma femme, mes responsabilités de père absent. Si j'avais été plus disponible psychologiquement, j'aurais pu entretenir avec elle une relation plus personnelle qui m'aurait permis peut-être de mieux supporter l'absence des enfants. Je les voyais certes tous les quinze jours, un week-end l'un, un week-end l'autre, mais ne partageant plus leur quotidien, je me sentais glisser en dehors de leur vie.

Six mois s'étaient écoulés depuis ce que l'on continuait d'appeler « le double meurtre de la Via San Crescenziano », bien qu'officiellement il n'y eût qu'un seul meurtre, celui de Rafael Terragni, puisque l'autopsie avait établi que Dario Rosati avait succombé à un second infarctus. La presse ne relatait plus grand-chose de l'affaire, l'enquête semblait s'enliser. J'étais toujours sans nouvelles de Laura. L'attente était cruelle mais j'avais appris à la maîtriser, ma nouvelle solitude m'y aidait. Je descendais chaque soir dans mon sous-sol et m'abandonnais dans la contemplation hypnotique des tours infiniment répétés de mon train électrique, en écoutant de vieux disques. Je n'avais pas besoin de multiplier les verres de whisky pour m'enivrer, un seul me suffisait, parfois je ne le terminais même pas. Dès que je posais le pied sur les marches qui me conduisaient en bas, j'oubliais les tracas de ma journée au bureau et pénétrais dans un autre monde. Je n'ai jamais aussi bien compris le sens du mot « évasion » qu'en cette période-là de ma vie, bien que ce mot ne revêtît alors pour moi que les formes d'une grande pièce sombre où de petits trains se lançaient dans leur course folle, à travers maisons et villages fictifs auxquels je prêtais la vie que je ne vivais plus, grâce à des figurines parfaitement figées.

Ce fut lors de l'une de ces soirées solitaires, peuplées d'histoires que je me racontais à moi-même, comme je les racontais autrefois à ces figurines en plastique, que l'idée me vint de reconstituer la scène de crime. C'était imprudent et vain, mais une fois l'idée présente à mon esprit, je ne pus m'en libérer. En suivant les pas de mon père et en mettant en pratique ce qu'il m'avait appris, je décidai de fabriquer une maquette de la *palazzina* de la Via San Crescenziano. J'en trouvai les photos et les plans dans une monographie consacrée à Monaco et Luccichenti. Je me découvris un intérêt pour ces grands architectes romains qui avaient laissé dans la capitale nombre de joyaux méconnus. Je m'offris même le loisir de concevoir un circuit sur ce thème et visitai ma ville comme si je n'y avais jamais vécu ; je me baladais, dès que possible, dans des quartiers inconnus, je photographiais les bâtiments et me sentais étonnamment libre pendant ces heures volées à mon travail. Au bureau, personne ne contrôlait mon emploi du temps, mais l'inquiétude de ma secrétaire devenait palpable. Federico, devenu entretemps mon vice-directeur, prenait de plus en plus souvent ma place dans les réunions importantes ; je laissais faire et lui déléguais des tâches que j'aurais autrefois jalousement estimé relever de ma seule compétence. Il semblait m'en savoir gré, sans toutefois jamais me le manifester. Je préparais en fait ma sortie de scène. J'attendais qu'une proposition intéressante se présente pour tourner la page et dire adieu à Criolloro. J'avais conscience que ma vie ne pourrait plus jamais ressembler à celle que j'avais jusqu'alors vécue.

Rien ne me semblait désormais plus important que de fabriquer le modèle réduit du lieu où j'avais commis le meurtre. J'avais toujours eu des facilités avec le dessin, ma passion d'enfant pour les voitures miniatures et le train électrique avait éduqué mon regard aux détails : mon père y avait veillé, lui qui était passionné de modélisme. Je parvins ainsi à reconstruire la scène de crime, en trichant un peu sur l'échelle, afin que la *palazzina* fût assez réduite pour être compatible avec le circuit, mais suffisamment grande pour que je puisse reconstituer l'intérieur de l'appartement de Dario Rosati. J'achetai chez mon fournisseur attitré trois figurines capables d'évoquer le mari de Laura, Rafael et moi-même. À l'aide d'une loupe, j'en corrigeai au pinceau les traits et certains détails vestimentaires pour les rendre plus authentiques. Laura, je mis longtemps à trouver un personnage qui pût la représenter à mes yeux ; je tombai finalement amoureux d'une figurine svelte, à la taille de guêpe et aux cheveux couleur de feu, habillée d'une robe jaune. La taille fine et l'allure y étaient, bien que ses cheveux ne fussent pas roux et qu'elle ne portât jamais de jaune. Cela ne me dérangeait pas, pour moi c'était elle ; je la plaçai dans une maison lointaine, étendue sur une dormeuse, un lampadaire sur pied à ses côtés, la tête tournée vers la fenêtre qui brillait dans le noir.

Je ne saurais pas dire pourquoi, à un moment donné, cette reconstruction obsessionnelle du crime au moyen d'une maquette m'apparut vitale ; toujours est-il que j'y consacrai de nombreuses heures et que ce fut un temps pleinement vécu. Englouti par ce projet, je délaissais encore plus le bureau ; Federico réglait désormais tous les problèmes à sa manière « américaine », je ne voyageais plus, tous les déplacements étaient assurés par lui. Monica travaillait maintenant beaucoup plus pour Federico, qui avait pourtant sa propre secrétaire, que pour moi. Un jour, je reçus un mail de Valerio Zampiello qui me reprochait ouvertement de l'avoir trahi. Le plan de production de John Carewood s'était désormais imposé, les responsables des usines italiennes suivaient les directives américaines, le lancement de la nouvelle gamme de chocolats était prévu à l'occasion des fêtes de fin d'année. Je n'en avais rien à faire, j'étais à mille lieues de la boutique.

Frida me scrutait de ses yeux profonds et intimidants, tant ils me rappelaient ceux de sa mère. Nous étions assis l'un en face de l'autre à la table de la cuisine, elle faisait ses devoirs et moi je fixais, le regard vide, la page blanche d'un cahier sur lequel je voulais me raconter à moi-même comment j'avais pu tuer un homme et violer ma femme. Les mots ne venaient pas, mon stylo était incapable de surmonter le caractère chaotique des questions qui se bousculaient dès que j'essayais d'interroger les actions dont j'étais responsable. Tout se passait comme si je ne pouvais me représenter les événements qu'en les reproduisant en modèle réduit dans le monde fictif de mon sous-sol, quoique cette répétition en miniature fût impuissante à m'expliquer pourquoi et comment j'en étais arrivé là. La volonté de Laura m'était souvent apparue opaque, je l'avais néanmoins suivie. Tel était le mystère, j'espérais que les mots pourraient me le dévoiler. Mais les mots me fuyaient.

Frida leva les yeux, je me hâtai d'écrire n'importe quoi au milieu de la page blanche pour donner le change. Elle se remit à travailler, je regardai ce que je venais d'écrire : c'était la date de ma première rencontre avec Maria Elena. Je ne sais pas pourquoi elle m'était revenue ainsi, à ce moment précis, dans la panique d'avoir à griffonner quelque chose. Je ne l'avais jamais oubliée parce qu'on fêtait, ce jour-là, mon anniversaire chez un couple d'amis qui avaient souhaité organiser un dîner en mon honneur. J'avais apporté des boîtes de chocolats, parmi lesquelles notre production la plus précieuse, les fameux *Odi et amo*, des demi-sphères de caramel au miel et fleur de sel.

Nous venions de nous asseoir à table lorsque Maria Elena, que la maîtresse de maison avait placée à ma gauche, m'avait adressé la parole :

« Vous travaillez dans le chocolat, il paraît…

– Dans le chocolat haut de gamme, avais-je précisé, sûr de moi.

– Oui, je sais, vous ne travaillez pas chez Nutella.

J'avais cru bon de glousser et lui avais décoché un regard complice.

– J'adore le Nutella, avait-elle ajouté.

– Moi aussi », avais-je répondu.

Jusque-là, je ne l'avais pas spécialement remarquée, une amie qui était venue seule à ce dîner m'avait accaparé pour me faire part de ses difficultés conjugales pendant tout l'apéritif. À l'époque, les couples me paraissaient englués dans des tensions qui me faisaient fuir, je n'avais nulle intention de me marier, les enfants m'épouvantaient et je me voyais encore moins en père qu'en époux. Moins de dix mois plus tard, Maria Elena et moi célébrions pourtant notre mariage en grande pompe à l'église Santi Nereo e Achilleo, sur le Viale delle Terme di Caracalla. Ses parents habitaient à dix minutes de là, Via di Porta San Sebastiano, son père était un architecte de renom dont les affaires étaient florissantes, comme en témoignait leur domicile, une villa édifiée dans un stupéfiant parc de trois hectares, en plein Rome, sous le Mur d'Aurélien ; à la sortie de la cérémonie, tous les invités avaient été accueillis, ébahis, dans la magnifique demeure.

Maria Elena, fille unique, adorait son père, mais quand celui-ci installa chez lui sa maîtresse, un an après notre mariage, après que sa mère eut succombé à un cancer du pancréas, elle rompit toute relation avec lui. Bien que nos enfants n'eussent que ce grand-père-là, tous leurs autres grands-parents étant morts avant leur naissance, Maria Elena n'accepta jamais de le leur faire rencontrer, malgré mon insistance. Lui-même, au demeurant, ne sembla pas en souffrir et il ne chercha pas à s'enquérir de ses petits-enfants ; il avait vendu son agence, pris sa retraite et passait désormais son temps à voyager avec sa nouvelle femme. Maria Elena répétait qu'elle n'avait qu'une famille, celle qu'elle avait fondée avec moi. Et moi, j'avais détruit les seuls liens dans lesquels elle avait mis toute sa confiance.

– Ce matin, j'ai vu ta copine pendant que Liz allait récupérer Gio, me dit ma fille d'un air pincé. Ce petit traînait dans la cour de récré. Comme d'habitude.

Je ressentis comme un coup de poing à l'estomac.

– *Ma copine...* Quelle copine ?

Elle parut satisfaite de me voir secoué par la nouvelle et fit durer le suspense en braquant sur moi un regard qui disait davantage que ses paroles. Je me sentis pris en faute et réagis encore plus stupidement en lui assénant le plus navrant des reproches :

– Tu sais bien que tu ne dois pas parler avec des inconnus !

– Mais ce n'est pas une inconnue, rétorqua-t-elle, triomphante. *Elle te connaît, papa !* Et puis, j'ai 11 ans, ne l'oublie pas.

Le rappel de son âge me ramena brusquement sur Terre : Frida avait grandi plus que je n'en avais conscience.

J'essayai de me calmer et changeai d'attitude, mais la colère montait en moi : une colère tassée dans mon corps depuis longtemps, durcie par l'attente que je m'étais imposée, et qui brusquement se liquéfiait et se répandait dans tous mes membres après ce que Frida venait de m'annoncer.

– On va déjeuner, ma chérie, fis-je pour me donner le temps de réfléchir. Tu vas tout me raconter quand on sera à table. Allez, débarrasse-moi tout ça !

Je lui tournai le dos, conscient que je ne contrôlais plus mes sentiments. Frida se leva, ramassa ses livres et ses cahiers, puis s'approcha de moi et me demanda d'une voix enjouée :

– Qu'est-ce qu'il va me préparer, mon petit papa chéri ?

J'avais honte de sortir du congélateur le carton de paëlla surgelée que j'avais prévu pour le déjeuner, alors je répondis :

– Allez, mettez la table, ma petite dame. Et fermez les yeux : ce repas sera une surprise !

Elle adorait que je l'appelle « ma petite dame » et s'activa immédiatement en jouant la maîtresse de maison ; elle sortit les couverts du tiroir et ouvrit le placard pour choisir les assiettes.

– Il vous faudra renouveler votre vaisselle, Monsieur, dit-elle en attrapant de vieilles assiettes ébréchées, qui avaient tellement servi du temps de mes grands-parents.

J'enfournai rapidement le plat surgelé que j'avais réussi à sortir du congélateur sans qu'elle s'en aperçoive et à disposer adroitement dans un récipient en céramique, en faisant disparaître l'emballage au fond de la poubelle. Pour la première fois peut-être depuis que je m'étais séparé de ma femme, nous mangeâmes dans une atmosphère détendue ; Frida paraissait sereine et goûtait avec appétit mon « riz au poulet, aux moules et au poisson ». Elle semblait avoir complètement oublié la rencontre à laquelle elle venait de faire allusion, je ne cessais d'y penser. Frida, qui depuis des mois boudait tous les repas qu'elle partageait avec moi, trouva « excellent » ce déjeuner qui ne devait rien à mes talents culinaires.

– Maman ne fait pratiquement plus la cuisine, dit-elle, et Liz prépare toujours la même chose. Je voudrais apprendre à cuisiner... Tu m'apprendras, papa ? Comme ça, je pourrai te préparer de bons petits plats !

Frida m'émouvait. Dans des moments comme celui-ci, qui étaient toutefois rares depuis mon départ de la maison, je la sentais si proche qu'il m'était doux d'imaginer qu'un jour, vague et incertain comme l'espoir d'un mourant, je serais un vieil homme vivant aux côtés de ma fille et de la famille qu'elle aurait créée, plus solide que la mienne.

– Liz dit que Gio souffre de ne plus avoir son papa à la maison tous les jours et que moi, je dois le comprendre parce qu'il est petit, continua-t-elle en suivant un ordre très personnel dans la séquence de ce qu'elle avait décidé de me communiquer.

Comme je ne fis pas de commentaires, elle resta silencieuse avant d'ajouter :

– Mais il sera toujours petit, ce petit ?

J'eus envie de la serrer dans mes bras pour la rassurer sur cette responsabilité qui pesait sur elle à propos d'un frère qui resterait à jamais celui qui était venu après. Je ne le fis pas car dans un coin de ma tête je guettais l'occasion pour revenir à ce qu'elle m'avait annoncé avant le déjeuner et qu'elle semblait avoir déjà oublié.

– Il grandira, ma puce. Il grandira comme tout le monde. Mais tu n'as pas à t'en faire pour lui, il a ses parents pour ça. Liz a tort de te tenir ce discours, je le lui dirai...

– Non, papa, ne lui dis rien, s'il te plaît ! Je ne suis pas une cafteuse !

– OK, je ne lui dirai rien, mais tu sais que tu es toujours ma petite princesse adorée.

Elle bondit de sa chaise et vint se blottir contre mon dos en me serrant fort avec ses petits bras.

– Je sais que tu souffres de mon départ de la maison, lui dis-je alors en me retournant et en la prenant sur mes genoux comme quand elle était petite. Je le sais, mais je sais aussi que ta mère et moi nous ne t'abandonnerons jamais. Et maintenant, allez, hop, on débarrasse la table !

Elle s'activa immédiatement, j'ouvris la porte du lave-vaisselle et n'écoutai plus ce qu'elle commença à me raconter sur sa classe, ses copines, et tous ses soucis de petite fille à laquelle il tardait de sortir de l'enfance. À l'idée que Laura avait osé l'aborder, ma colère revint. Car c'était forcément Laura qu'elle avait vue à la sortie de l'école, qui d'autre sinon ?

– Viens, on va s'asseoir dans le salon, dis-je à Frida quand la cuisine fut rangée.

Elle devina quelque chose parce qu'elle répondit :

– Je préfère rester ici, papa, je n'aime pas le salon. Il fait trop noir là-bas…

Il est vrai que le salon, si vivant du temps de mes grands-parents, qui y passaient toutes leurs soirées, était devenu une pièce sinistre. Le mobilier imposant colonisait l'espace, repoussant toute présence humaine. Et puisque je ne m'étais toujours pas décidé à engager une femme de ménage, la poussière s'accumulait, conférant à l'ensemble un air de musée fermé pour cause d'absence de visiteurs. Les tableaux aux murs étaient devenus si fuligineux et sombres que je ne me souciais plus de savoir ce qu'ils représentaient.

Frida alla chercher son cartable, décidée à continuer à faire ses devoirs sur la table de la cuisine. Je me réinstallai sur ma chaise et la regardai disposer autour d'elle ses cahiers, ses stylos et ses livres ; elle savait que je l'observais et en était ravie. Avant qu'elle ne se remette à travailler, je lui dis enfin :

– Et maintenant, parle-moi de cette dame que tu as vue ce matin, à la sortie de l'école.

Elle me fixa comme si elle voulait évaluer le sérieux de mon ton qui ressemblait à un ordre. Puis elle ouvrit sa trousse et en sortit une enveloppe mauve, pliée en quatre ; mon cœur s'emballa. Je tentai de ne pas laisser paraître mes sentiments, mais à la vue de cette enveloppe je chavirai. Frida prit son temps avant d'expliquer :

– C'était une dame, mais elle n'était pas du tout habillée

comme maman… Elle portait un jean et elle avait les cheveux très courts. Blonds.

Un instant, j'eus un doute. Puis je me dis que c'était bien le genre de Laura de se déguiser pour ne pas être reconnue un jour par ma fille.

– Tu vois qui c'est ? me demanda-t-elle.

– Pas vraiment. Je devrais ?

– Bah oui, elle m'a dit qu'elle te connaissait depuis qu'elle avait mon âge.

– Si elle me connaît, pourquoi elle est venue te voir, toi… et pas moi ?

Elle prenait un malin plaisir à maintenir le suspense et ne répondait pas tout de suite. Quoi que je pusse tenter pour dissimuler mon anxiété, je sentais mes muscles se tendre jusqu'à me faire mal.

– Elle m'a dit qu'elle voulait te faire une surprise en te donnant quelque chose que toi seul comprendrais…

– C'est l'enveloppe pliée que tu as dans la main ?

Instinctivement, Frida referma sa main sur l'enveloppe. Je repensai au jeu auquel nous jouions lorsqu'elle était toute petite : je cachais une pièce de monnaie tantôt dans un poing tantôt dans l'autre, ce qui déchaînait chez elle des rires irrépressibles ; puis je lui demandais en lui montrant mes poings fermés : « Elle est où, la pièce ? » Ses yeux brillaient face au mystère.

– Elle m'a fait jurer de te donner l'enveloppe sans le dire à personne.

– Et sans la lire, j'imagine, fis-je vaguement inquiet.

– De toute façon, on n'y comprend rien, répondit Frida.

– Donc tu as ouvert l'enveloppe…

Elle baissa les yeux sans répondre. Bouder quand elle était vexée ou quand elle était prise en faute, c'était sa manière de réagir, qui me touchait car elle était si proche de la mienne et si éloignée de celle de sa mère. Maria Elena aimait s'expliquer, donner et exiger des arguments, entamer des joutes verbales civilisées qui impliquaient toujours la bonne foi des interlocuteurs et aussi un certain amour de la dialectique. Moi, je battais régulièrement en retraite quand je sentais que je ne pouvais pas gagner ; je préférais ruminer en solitaire ma revanche, pour ne pas dire ma vengeance. Je cultivais le ressentiment de manière instinctive, même quand j'étais sincèrement persuadé que je ne faisais que préparer ma défense. Frida avait la même réaction.

– … et tu n'as pas tenu ta promesse.

– Mais si, j'ai tenu ma promesse ! Je n'ai rien dit à personne !

Je croyais qu'elle allait se mettre à pleurer et je regrettais déjà mes reproches, mais il n'en fut rien. Frida était une petite fille fière qui ravalait ses larmes.

– OK, dis-je en me radoucissant. N'empêche que tu as ouvert mon courrier…

– D'abord, ce n'est pas un courrier… et puis, je me fais du souci pour toi ! répliqua-t-elle, rassurée par ma bienveillance. Je ne veux pas me mêler de tes affaires, papa, mais tes affaires sont un peu les miennes aussi…

Ce ton et ce vocabulaire d'adulte m'arrachèrent un sourire.

– Tu n'as pas à t'en faire pour moi, Frida, je sais très bien me débrouiller tout seul. Tu n'as pas à me materner, je suis ton père, ce serait plutôt à moi de…

– Elle ne me plaît pas ! Mais alors pas du tout…

– Qui ça ?

– La dame qui m'a donné l'enveloppe. Elle faisait semblant d'être gentille, mais je voyais bien qu'elle ne voulait pas qu'on la voie avec moi. Elle n'est pas… nette… Quand Liz m'a appelée, je me suis retournée, et là… elle avait disparu.

– Et tu n'as rien dit à Liz ?

– Non ! J'avais promis. J'ai caché l'enveloppe dans mon

cartable et je suis rentrée à la maison sans en parler à personne.

La colère ne me lâchait pas. Comment Laura avait-elle osé approcher ma fille ?

– C'était ta copine quand tu avais mon âge, papa ?

Je pris garde à ce que j'allais répondre car ce que je lui dirais se graverait à jamais dans sa mémoire, même si elle ne le répétait à personne.

– Oui et non. En tout cas, j'ai compris de qui tu parlais. C'est une fille qui me plaisait beaucoup autrefois... Mais c'était il y a très, très longtemps. Et j'avais un peu plus que ton âge, quand même...

Je ne voulais pas lui mentir, mais je ne pouvais lui dire la vérité qu'à ma manière. J'étais convaincu que mes responsabilités de père m'autorisaient de petits mensonges, mais aujourd'hui je ne crois plus à cette explication. Les mensonges couvrent plus souvent notre lâcheté que notre souci de ménager l'autre.

– Tu l'aimais plus que maman ?

– Ça n'a rien à voir, ma chérie. J'étais encore presque un enfant quand je l'ai connue, et elle était presque une enfant elle aussi.

– Oui, mais tu l'aimais plus que tu as aimé maman, après ?

Comment expliquer la passion à une enfant de 11 ans ? Comment ne pas mentir quand votre fille vous demande si vous avez aimé sa mère plus que toute autre femme au monde ?

– Bien sûr que non ! répondis-je. C'est grâce à ta maman que j'ai eu la chance de voir naître ma petite princesse !

– Arrête, s'il te plaît, tu n'es pas sérieux, fit-elle, en maîtrisant maladroitement sa joie de m'entendre parler ainsi.

Toujours ces mots d'adulte qu'elle aimait emprunter dans nos échanges, des expressions de Maria Elena qui me revenaient à travers ma fille, il m'arrivait parfois de réentendre sa voix dans celle de Frida.

– Mais je suis on ne peut plus sérieux, tu es ma petite fille, mon enfant adorée.

– Et pas Gio ?

– Là, c'est toi qui n'es pas sérieuse. Gio aussi, bien sûr, mais toi c'est spécial, tu le sais bien...

Elle semblait parfaitement satisfaite de ma déclaration d'amour. Elle me tendit l'enveloppe dont je m'emparai un peu trop brusquement puis, changeant soudain d'expression, elle me lança :

– Papa, je veux que tu rentres à la maison !

La voix rompue, les yeux troubles, les arguments qui s'effondraient comme un château de cartes dans son cœur malheureux : tout la poussait à crier sa souffrance.

– C'est désormais ici, ma maison, dis-je avec douceur, en faisant disparaître l'enveloppe dans ma poche. Et ce sera aussi la tienne, si tu veux, parce que c'est ici que je vis.

– Ici, ce ne sera jamais ma maison ! J'ai déjà une maison, je n'en veux pas d'autre ! Ici, c'est sombre, c'est vieux, c'est moche, c'est... pourri !

Quand Frida perdait son air de petite fille sage et qu'elle s'abandonnait à sa rage d'enfant qui ne veut plus rien entendre de raisonnable et désire juste régresser vers cet âge où seuls l'instinct et les besoins primaires ont droit de cité, j'étais vaincu.

– Je suis sûr que tu l'aimeras, un jour, cette maison qui ne te plaît pas maintenant, et tu l'aimeras parce que ton papa y vit. Mais tu as raison, ce n'est pas ta maison. La tienne, c'est celle où tu as toujours vécu et où tu vis tous les jours. Pardonne-moi pour ne pas avoir compris ce que tu ressentais.

Je me levai et allai l'embrasser. Elle se réfugia dans mes bras.

– Allez, maintenant, au travail ! dis-je en ébouriffant ses cheveux.

– Et la dame, comment elle s'appelle ?

Je me raidis. Elle ne lâchait pas le morceau.

– Rebecca, répondis-je sans hésiter.

Elle sourit, et moi je pus m'éloigner d'elle et de ma culpabilité pour aller enfin découvrir ce que Laura m'avait réservé. « Je ne lui pardonnerai jamais d'avoir pris ma fille en otage », me dis-je en quittant la cuisine.

Dès que j'eus laissé Frida, occupée à ses devoirs, je me sentis redevenir celui qui avait jeté sa vie aux orties pour l'amour d'une femme. Le calme insufflé par la solitude des derniers mois s'évaporait. La petite enveloppe mauve pliée en quatre me brûlait la cuisse, elle traversait le tissu de mon jean pour irradier dans mon corps comme la main de Laura quand elle me caressait. Mon obsession était là, tout entière, plus forte que jamais. Quand je descendis l'escalier de mon sous-sol, je n'étais plus seul, Laura m'accompagnait et tout était en train de recommencer une fois encore.

J'allai m'asseoir à côté de mon circuit ferroviaire, mais je ne le mis pas en marche. Je n'avais même pas allumé, les soupiraux qui ouvraient sur le jardin ne laissaient passer qu'une clarté diffuse, mais suffisante pour lire le message de Laura. Je fixai la petite figurine jaune que j'avais sortie de la maison et positionnée tout en haut d'une colline, elle avait les cheveux au vent, la taille fine, des talons aiguilles et elle regardait de loin passer le train, quand j'actionnais le circuit. Tout était tranquille autour de moi, mais mon cœur tremblait.

Frida avait essayé de refermer l'enveloppe, mais les plis du papier trahissaient la maladresse de ses petits doigts. Je dépliai la feuille et fus surpris en voyant des lettres tracées d'une main enfantine : ce n'était pas l'écriture de Laura, ou plutôt Laura avait maquillé son écriture. Comme ma fille, je ne compris rien au message :

« Micòl, p. 288, lignes 25 et 26, ne pas la croire. Elle dit vrai p. 289, dernière ligne. »

Je remontai l'escalier en vitesse. Depuis le couloir, j'aperçus la petite tête de ma fille, penchée sur son cahier ; j'entrai dans le salon. J'avais vidé deux rayons de la bibliothèque de mes grands-parents pour y ranger certains de mes livres. Lors de l'un de nos rendez-vous, Laura m'avait offert *Le Jardin des Finzi-Contini*, qu'elle aimait énormément et que je n'avais jamais lu avant qu'elle ne me l'offre. En lisant le roman, le personnage de Micòl m'était apparu à l'opposé de la personnalité de Laura, si charnelle et si peu portée sur les flirts et les amours platoniques. Je ne compris que beaucoup plus tard que Laura ne voulait pas attirer mon attention sur Micòl, mais sur le personnage sans nom du protagoniste, incapable d'agir en amour et de prendre les décisions que lui dictait son cœur, ou son corps, pour Laura c'était la même chose. J'ouvris le livre de Bassani et lus d'abord les lignes 25 et 26 de la page 288 :

« Moi aussi, je suis comme toutes les autres : menteuse, traîtresse, infidèle… »

Puis je lus la dernière ligne de la page 289 :

« Ciao, me sourit-elle. Demain, je te téléphonerai. »

## 22.
## L'OGRE

Le lendemain, John Carewood m'appela sur mon portable pour prendre de mes nouvelles ; il voulait en réalité m'informer de certaines décisions du groupe qui me visaient personnellement. Depuis trop longtemps, je ne montrais plus l'esprit de collaboration requis, ces six derniers mois avaient été une suite d'attitudes faibles et équivoques de ma part, sans compter que je m'étais montré plus qu'hésitant envers le *new deal* américain. Tout cela avait été très mal perçu par la direction américaine et John affirmait avoir fait de son mieux pour sauver ma place. J'appris ainsi par cette voie non encore officielle que Valerio Zampiello venait de passer un accord avec la société Igra, à laquelle il s'apprêtait à vendre ses parts de Criolloro ; il ne lui resterait plus désormais que 4 %, c'était symbolique, il en faisait d'ailleurs donation à ses deux fils, 2 % chacun. Bref, il se retirait de la société. Je fus profondément déçu. J'avais eu des scrupules envers le fondateur de Criolloro, je ne l'avais pas abandonné au moment où il livrait bataille contre la production d'une nouvelle gamme de chocolats moins prestigieuse ; il ne m'en avait pas témoigné la moindre reconnaissance et n'avait même pas pris la peine de m'informer de ses intentions. De son côté, Federico, avec lequel j'avais tenté d'établir des relations froides mais correctes, s'était bien gardé de me parler franchement de ce qui était en train de se tramer. J'allais me faire licencier, John ne me le disait pas de manière explicite, mais tel était le sens de son appel dominical. Finalement, il avait été le seul à se sentir redevable envers moi et à faire preuve d'une certaine forme d'honnêteté, au nom de notre ancienne entente professionnelle.

Pouvais-je mettre sur le compte de mes retrouvailles avec Laura cette débâcle professionnelle qui faisait suite au désastre familial ? Sans aucun doute. Et pourtant, j'avais encore envie de sauver Laura et j'assumais seul la responsabilité des ruines qui s'accumulaient dans ma vie. Même si je lui en voulais d'avoir approché Frida, elle me tenait de nouveau aussi étroitement qu'avant. J'étais médusé, j'allai vers elle aveuglément, sans analyser ma conduite, et je m'accrochai à des perspectives confuses d'un avenir commun, alors que je voyais toujours aussi clairement ses mensonges éhontés. Mais j'allais réentendre sa voix : cette perspective m'enivrait et me faisait mesurer l'ampleur de son absence. Elle m'avait atrocement manqué pendant cette quarantaine qui avait suivi le meurtre, je m'étais abruti en essayant de refouler mes sentiments et de retourner vers un passé lointain où elle n'était encore qu'une chimère, mais j'étais de nouveau dévoré par le besoin de la revoir. J'étais incapable de renoncer à Laura et me sentais pathétique face à ma lâcheté, quand je réfléchissais à tout ce que je m'étais promis de lui reprocher. Pendant les longues explications téléphoniques de John, je ne pensais qu'à elle et me demandais si elle n'allait pas essayer de me joindre au moment où mon téléphone était occupé. J'étais quasiment viré, ce n'était pas encore formellement décidé, mais j'avais compris ce qui m'attendait ; les conséquences de mon licenciement s'annonçaient lourdes, non seulement pour moi-même, mais aussi pour ma famille, et moi, je n'avais que Laura en tête.

John fut ému par mon silence, qu'il interpréta comme le signe d'un accablement tel qu'il me soustrayait toute capacité de réaction. En vérité, je ne savais que dire tant j'étais effrayé par mon indifférence envers mon destin. Finalement, « l'Ami américain » m'apprit que, le cas échéant, je bénéficierais d'une indemnité de départ assez substantielle ; je le remerciai sans cacher mon émotion et me sentis brusquement soulagé. J'avais quelques mois de répit devant moi, une trêve que je n'avais pas osé espérer ; on m'offrait sans le savoir la possibilité de régler mes problèmes personnels avant de commencer une nouvelle vie. Je pensais « problèmes personnels », mais je ne les voyais déjà plus, je me sentais étrangement libre. Liberté soumise à condition, certes, mais liberté quand même. Laura allait m'appeler pour me dire qu'elle m'attendait quelque part, j'avais envie d'elle, tout allait recommencer.

Quand John eut raccroché, je restai assis dans le salon, décidé à ne pas descendre dans mon sous-sol avant l'appel de Laura, car en bas il n'y avait pas de réseau. Je n'étais plus qu'une sensation d'attente, bloqué là, dans le fauteuil, à l'intérieur de la maison de mes grands-parents ; je ne bougeai pas, je n'avais ni faim ni soif et finis par poser mon téléphone sur la table basse, parce qu'il chauffait entre mes mains. Je restais tranquille comme un caillou sans autre destinée que celle de maintenir sa position. Tantôt je suivais les oscillations des frondaisons du magnolia au-delà de la vitre, tantôt je fixais l'écran noir du téléphone.

*Well I'll be damned / Here comes your ghost again… / And you happened to call / And here I sit / Hand on the telephone…* (Bon, je serai damné, ton fantôme est revenu ici… et tu as décidé d'appeler, et je suis assis là, la main sur le téléphone…)

Je dus attendre pendant des heures, car la lumière qui filtrait dans la pièce commençait à faiblir. Finalement, épuisé par mon immobilité inutile, je laissai le téléphone sur la table basse et descendis au sous-sol. J'allumai le circuit électrique, mais au lieu de suivre le train à travers monts et vallées, je fixais la scène de crime que j'avais habilement reconstituée. J'avais ôté la façade de l'immeuble qui était censé évoquer celui de la Via San Crescenziano pour avoir vue sur l'intérieur. La petite figurine masculine, affalée sur le divan, était couverte de sang ; j'avais réussi à représenter l'arme du crime, la pyramide de cristal, avec un minuscule éclat de verre. J'avais également disposé la seconde victime, gisant derrière la porte de service ; le personnage semblait assoupi, comme le dormeur des crèches napolitaines. Je me dis qu'un jour j'emmènerais les enfants à Naples, je remonterais avec eux la Via di San Gregorio Armeno et je leur achèterais tout ce dont ils auraient envie pour décorer la crèche. Je savais déjà que Frida choisirait les anges tandis que Gio s'intéresserait plutôt aux bergers.

Je ne sais plus combien de temps je restai planté là, devant mon circuit, que j'avais arrêté pour analyser de près ma scène de crime. Deux ou trois fois, je me levai pour aller inspecter mes voitures, j'en avais exposé une trentaine sur une étagère. Je me sentais aspiré par une régression qui me réconfortait, démuni que j'étais face aux changements violents qui avaient bouleversé ma vie. Soudain, je crus entendre la sonnerie du téléphone et me précipitai en haut.

L'écran de mon portable était éteint. Je l'allumai : aucun appel, aucun message.

*God give me strenght / When the phone doesn't ring / And I'm lost in imagining / Everything that kind of love is worth…* (Que Dieu me donne la force, quand le téléphone ne sonne pas, et je suis perdu à imaginer tout ce que vaut cet amour-là…)

Je me sentais tellement vaseux que je pris brusquement conscience que je n'avais ni bu ni mangé depuis des heures.

J'allai dans la cuisine et commençai à grignoter en ouvrant le frigo à plusieurs reprises ; je bus aussi deux bières, l'une après l'autre. Je retournai enfin dans le salon, regagnai ma place sur le fauteuil et finis par m'endormir. Quand je me réveillai, il faisait presque nuit mais mon état d'apathie m'empêchait de me lever pour regarder l'heure. L'écran de mon téléphone était toujours noir. Je l'allumai de nouveau : personne ne m'avait appelé ni envoyé de message. Puis, au moment où j'allais me lever, la sonnerie retentit et un numéro inconnu s'afficha.

Sa voix m'embrassa comme si nous venions de nous réveiller ensemble dans la nuit.

– Tu m'as manqué, mon amour.

Ce furent ses premiers mots.

– J'attendais ton appel, répondis-je.

– Je sais. Et j'imagine combien tu as dû te tourmenter…

Je fus incapable de réagir.

– Où es-tu, en ce moment ? me demanda-t-elle.

– Chez moi. Mais ce n'est pas vraiment chez moi, je suis retourné vivre dans la maison de mes grands-parents.

– À Monteverde Vecchio ? Via Poerio… Je me souviens.

– Oui. Et toi, où es-tu ?

Elle ne répondit pas. J'entendais son souffle, qui m'arrivait de loin.

– Tu as été formidable, Renzo. Tu t'es surpassé. Tu m'as bluffée.

– Toi aussi tu m'as bluffé, Laura, et même beaucoup plus que ça : tu m'as tétanisé. Depuis six mois, je ne fais plus qu'attendre. Et en attendant, ma vie s'en est allée.

– Je sais, je sais, pardonne-moi, Renzo. Mais tout ça, c'est du passé. Une autre vie va commencer, la nôtre. Et ce sera la vraie vie.

– J'ai besoin de te voir, Laura.

– Et moi, alors !

– Dis-moi comment. Dis-moi quand. Dis-moi… Je suis entre deux murs, je ne vois plus ce que j'ai quitté, parce que c'est au-delà d'un mur, et je ne vois pas ce qui m'attend, parce que c'est au-delà de l'autre mur. Et tu n'es pas avec moi.

– Je serai bientôt avec toi, Renzo. N'aie pas de doute, pas maintenant… Fais-moi confiance ! Nous avons fait ce qu'il fallait pour que le voyage commence. Quand nous nous reverrons, je t'expliquerai tout : je répondrai à toutes les questions que tu te poses. Je te le jure.

J'aurais dû lui hurler ma colère : colère de ne pas savoir pourquoi j'avais tué Rafael ni comment son mari était mort, colère de ne pas avoir compris son jeu, colère d'avoir attendu, d'avoir sombré dans cette déchéance, colère de ne pas lui reprocher d'avoir approché ma fille. Mais je pus seulement lui demander :

– Quand nous reverrons-nous, Laura ?

– Tu le sauras très vite. Je te dirai le lieu et le jour. Prépare le dessin… As-tu suivi toutes les instructions pour le protéger ?

Puisque je ne lui répondais pas, elle s'inquiéta :

– Qu'est-ce qu'il y a, Renzo ? Tu me caches quelque chose ?

– Je l'ai protégé, ne t'en fais pas pour ça. Le dessin est en lieu sûr. Je te l'apporterai quand nous nous reverrons. Comme convenu.

– L'avenir nous appartient, mon amour, dit-elle, joyeuse.

– Tout est allé trop vite, Laura, mais depuis six mois je suis immobilisé. Je ne sais pas si j'arriverai à vivre normalement après…

– Arrête ! Il n'y a pas d'après ! L'après, c'est nous ! Se revoir, être ensemble, ne plus se quitter : n'est-ce pas ce que nous voulions ? Tu le voulais, moi je le voulais, et je le veux encore.

Il n'y avait plus en moi une once de cette colère que j'avais ressentie quand Frida m'avait tendu l'enveloppe mauve. J'étais rempli de tristesse pour ce qui nous guettait.

– Je le veux aussi, Laura. Oui, je le veux, mais tout a changé. Il me faut des réponses, je dois savoir ce que j'ai fait et pourquoi je l'ai fait.

Il y eut un silence, puis elle répondit :

– Tu sais très bien ce que tu as fait et pourquoi tu l'as fait. Il faut tenir bon, ne lâche pas maintenant, Renzo. Ne me laisse pas penser que je me suis trompée sur toi.

Elle semblait soudain presque irritée.

– J'ai fait tout ce que tu m'as dit de faire, mais ce n'était pas ce que tu m'avais dit que je ferais, insistai-je.

– Je vais raccrocher. Je ne veux pas qu'on parle de ça. Pas au téléphone. Pas maintenant.

– J'ai besoin de savoir !

Elle se radoucit, redevenant la Laura que j'aimais.

– Tu sauras tout, Renzo, je t'expliquerai tout. Je te le promets. Et quand tu sauras, tu comprendras. Tu ne regretteras rien. Tout sera enfin clair, il n'y aura plus de place pour le doute et pour l'hésitation. Je suis celle que tu connais, pas une autre. Celle que tu as aimée à Sestri Levante, à Rotterdam, à Copenhague, à...

– Arrête, Laura ! Dis-moi où et quand nous nous reverrons.

– Je te rappelle. Vite. D'un autre téléphone.

Il y eut un silence. J'étais désespéré, je ne voulais pas que sa voix me quitte.

– Ne m'abandonne pas, Renzo.

– C'est toi qui parles d'abandon ?...

– Oui. J'ai besoin de toi. Je ne veux pas penser que j'ai fait une erreur en mettant ma vie entre tes mains. Je ne le supporterais pas. C'est notre « *more than life* », tu l'as oublié ? C'est ça qui est en jeu, tu le sais, n'est-ce pas ? Nous allons vivre notre vie, Renzo. Tiens bon et sois prêt !

– J'ai tout perdu pour cette vie que tu m'as promise, m'entendis-je lui dire d'un ton geignard qui me dégoûta.

– Tu as peur pour tes enfants ? Mais personne ne pourra jamais te les enlever…

– Justement, ne t'approche plus de Frida !

C'était sorti de moi comme le démon de la bouche de l'ensorcelée. J'étais écartelé, deux forces se disputaient ma personne : j'allais être déchiré, et c'était maintenant l'autre moi-même, celui qui détestait Laura, qui prenait le dessus. Celui qui se méfiait d'elle car elle n'avait pas changé : elle était la même Laura qui m'avait détruit, trente ans plus tôt.

– Pourquoi tu me parles comme ça ? Qu'est-ce qui te gêne, Renzo ? Tu me disais toi-même que j'apprécierais ta fille… Tu m'as mille fois raconté ce qu'elle disait, ce qu'elle aimait, ce qu'elle craignait. Tu m'as montré des photos… J'avais l'impression de la connaître comme ma propre fille. Frida est entrée dans ma vie bien avant que je ne lui adresse la parole et que je ne lui confie cette enveloppe. Ce sont tes enfants, je les aime parce que tu les aimes, qu'est-ce que j'ai fait de mal ?

Elle avait raison de me poser la question.

– Qu'est-ce qu'il t'arrive, Renzo ?

Il m'arrivait que je me méfiais d'elle parce qu'elle m'avait menti, parce que au fond de moi je savais qu'elle n'avait jamais cessé d'appartenir à Rafael. Comment pouvait-elle garder cet aplomb en sachant ce qui s'était passé Via San Crescenziano ? Je ne voulais pas qu'elle entre en contact avec mes enfants parce que je ne lui faisais pas confiance. Parce que c'était une femme dangereuse, sans scrupule, naturellement portée à se servir des autres et à ne privilégier que ses propres intérêts. Mais, hélas, je l'avais toujours dans la peau.

– Je t'en prie, Laura, laisse ma famille en dehors de tout ça ! Si tu veux que les choses avancent comme tu l'entends, que je te fasse confiance et que je me contente d'attendre tes explications, laisse mes enfants en dehors de ça. Je veux qu'ils vivent leur vie loin de la mienne. Loin de la nôtre. Si nous avons encore une vie à vivre ensemble.

Elle ne réagit pas, mais elle était là, plus proche par son silence que par tout ce qu'elle venait de dire.

– Je t'apporterai le Léonard où tu voudras, dis-je, conscient que c'était son seul et unique souci. J'attends tes instructions.

– Je me demande si tu m'aimes encore, Renzo, fit-elle d'une voix revenue du plus profond de nos nuits.

Cette voix, je ne pouvais pas la perdre.

– Je t'ai aimée toute ma vie, Laura. Je t'ai aimée en le sachant et je t'ai aimée en l'ignorant. Je suis à toi depuis trente ans. J'ai tout brûlé d'un seul feu pour être celui que tu voulais que je sois : je n'ai plus de femme, je n'ai plus de travail, je n'ai plus d'ami. Je n'ai plus la vie que je m'étais bâtie sans toi. Mes enfants, c'est tout ce qu'il me reste de mon histoire sans toi. Et je veux qu'ils gardent leur place dans cette histoire-là, où tu n'existes pas. Tu m'auras tout entier jusqu'à la fin de mes jours. Mais tu n'auras pas mes enfants. C'est ma volonté. La seule qui ne se pliera pas à toi. Je ne te demande que ça, Laura. Le reste, tu en disposes déjà.

– Tu me parles comme si j'étais un monstre avide d'avaler tes enfants. C'est ridicule.

– Promets-moi que tu accepteras la seule condition que je t'aie jamais posée. Promets-le-moi. Ça ne t'enlève rien, tu le sais bien.

– Et quand nous vivrons ensemble, tu voudras voir tes enfants sans moi ?

– Oui.

– Pourquoi, Renzo ?

Je ne pouvais pas lui répondre et je redoutais de me répondre à moi-même.

– C'est comme ça. À prendre ou à laisser.

– Si c'est ce que tu veux… Tu me vexes, mais je veux croire que tu as besoin de temps, que plus tard les choses s'arrangeront d'elles-mêmes, que tu as dû faire face à des bouleversements trop violents pour rester lucide.

– Je ne veux pas que mes enfants entrent dans ma vie avec toi. Je préfère m'éloigner d'eux plutôt que…

– Plutôt que de risquer qu'ils soient à mes côtés de temps en temps ? Que crains-tu, Renzo ? Que je les dévore ? Qui suis-je pour toi ? Un ogre ?

Elle rit, redevenant ainsi la jeune femme joyeuse que j'aimais. C'était pourtant exactement ce que je craignais d'elle : qu'elle ne les dévore comme elle m'avait dévoré, moi.

## 23.
## MA DESTINATION INCONNUE

J'étais sur place depuis des heures quand je me décidai enfin à grimper sur la butte pour rejoindre la terrasse de l'hôtel, ouverte sans clôture sur l'alpage, avec une vue dégagée sur le Matterhorn. J'avais changé de train à Milan et j'étais arrivé à Brig la veille au soir, après avoir traversé le tunnel du Simplon. J'étais descendu dans un petit hôtel face à la gare, je n'avais pas suivi les instructions de Laura, qui m'avait recommandé de voyager de nuit sans faire étape pour dormir. J'avais dû montrer ma carte d'identité à l'hôtel, je ne me souciais plus désormais de brouiller les pistes; nous étions une réalité en dehors du réel, je me conduisais comme si j'évoluais dans un autre monde. Le double meurtre de la Via San Crescenziano était, lui, en revanche, bien réel, quoique l'enquête de la police n'eût pas beaucoup avancé, du moins à ma connaissance. Elle s'était enlisée dans une hypothèse complexe, qui présentait au demeurant des risques pour moi, car elle faisait état de la présence d'une troisième personne sur la scène de crime: l'assassin de Rafael Terragni. La toute première hypothèse, celle qui attribuait le meurtre de Rafael à Dario Rosati, avait été rapidement écartée, puisque sur le cadavre du galeriste n'avaient été trouvés ni traces de sang ni aucun autre indice pouvant l'appuyer. Cette hypothèse envisageait en effet que le mari de Laura, réveillé en pleine nuit par des bruits inhabituels, avait surpris chez lui un homme, qu'il avait immédiatement reconnu comme étant son banquier. Une violente altercation s'en était suivie, au cours de laquelle Dario Rosati avait tué Rafael Terragni avec le premier objet qui lui était tombé sous la main, un presse-papiers de cristal en forme de pyramide, avant de succomber lui-même à un infarctus. Le second scénario qui s'était imposé aux enquêteurs, après les analyses de la police scientifique, voyait le banquier s'introduire dans l'appartement de son client en compagnie d'un inconnu qui fut nommé, par défaut, « le troisième homme ». Les deux cambrioleurs avaient l'intention de s'emparer de certaines montres précieuses, ainsi que put le révéler plus tard la veuve, en revenant sur ses toutes premières déclarations. Avec l'aide de son employée de maison, madame Rosati avait en effet comparé tous les objets de valeur présents chez elle avec l'inventaire que son défunt mari conservait dans le coffre, dans lequel figurait aussi la liste de sa collection de montres. Comme elle ne séjournait que très rarement dans la capitale, la veuve n'était pas familière de l'appartement romain, si bien que ses premières déclarations ne parurent pas suspectes. Quant à la collection de montres, elle n'en avait appris l'existence que par la liste dressée par son mari. Ce fut d'ailleurs à cette occasion qu'elle découvrit que Rafael Terragni recevait constamment des instructions de la part du galeriste pour vendre des titres en bourse; c'était un collectionneur compulsif qui dilapidait peu à peu sa fortune.

Dans le second scénario de la police judiciaire, Dario Rosati s'était réveillé pendant que les deux intrus étaient en train de faire main basse sur les montres de sa collection. Il les avait immédiatement reconnus tous les deux, et c'est probablement pour cette raison que « le troisième homme » avait décidé de le tuer. Rafael Terragni s'était probablement interposé pour défendre son client, alors « le troisième homme » s'en était pris à lui, en le frappant mortellement avec la pyramide de cristal. Dario Rosati avait tenté de s'échapper par la porte de service, « le troisième homme » avait voulu le rattraper (certaines traces de chaussures repérées dans l'appartement n'appartenaient à aucune des deux victimes), mais le galeriste lui avait simplifié la tâche en succombant à une crise cardiaque sur le palier de service. L'assassin avait ainsi pu filer en emportant les six montres les plus précieuses. Personne ne put témoigner de bruits ou d'autres mouvements suspects car l'appartement d'en dessous était vide, le propriétaire, un écrivain américain, n'y séjournant qu'une fois par an.

Je ne pus m'empêcher de considérer à quel point dans toute chose, y compris dans les investigations policières, le vrai et le faux se trouvent toujours étroitement imbriqués. Ainsi, dans la reconstruction de la scène de crime par les enquêteurs, il était absolument exact qu'une troisième personne se trouvait impliquée dans le meurtre, sauf que le mobile n'était pas celui qu'on croyait. Sans compter que, en quittant le lieu du crime, le vrai meurtrier ignorait complètement qu'une seconde victime se trouvait là-bas, derrière la porte de service. Et surtout, le vrai meurtrier que j'étais ignorait ce qui s'était passé *avant* son arrivée. La seule personne au monde qui connaissait l'exact déroulement des faits, c'était la veuve, et moi j'attendais toujours qu'elle me l'explique.

Curieusement, après l'égarement, les affres et le délire dont j'avais été la proie après le meurtre, depuis que j'avais pu entendre de nouveau la voix de Laura au téléphone, je n'étais plus aussi pressé qu'avant d'apprendre la vérité. Mon angoisse avait chuté, comme si le temps n'était plus mon affaire.

Je tournais le dos au Matterhorn, que je ne pouvais pas appeler « Cervin » dans cette vallée alémanique. Il n'avait rien de familier pour moi, au contraire. Sa pointe à l'extrémité cassée dominait de toute son insolence les vallées et les autres sommets ; j'y voyais une sorte de totem menaçant ma vie, venue s'échouer ici, dans ce village mythique de Zermatt, surveillé par cette pyramide qui n'était jusque-là pour moi que la figure du Toblerone. Mais mon seul et unique mythe, c'était Laura. Toujours égale à elle-même, elle m'avait donné rendez-vous dans le lieu qu'elle avait choisi elle, et elle seule. Pendant six mois, à partir de la veille du meurtre qui était devenu pour moi aussi irréel que si on me l'avait raconté, nous n'avions eu aucun contact. Jusqu'à cette enveloppe mauve qu'elle avait confiée à ma fille, et jusqu'à cet appel téléphonique que j'avais attendu au-delà de tout ce qu'on peut attendre. Trois semaines plus tard, j'avais trouvé dans ma boîte à lettres une seconde enveloppe contenant une feuille imprimée avec toutes les instructions, le lieu, la date et l'heure du rendez-vous. L'enveloppe non timbrée avait été déposée dans ma boîte : par Laura elle-même ?

Le double meurtre de la Via San Crescenziano ne faisait plus la une des médias, d'autres faits divers et crimes de sang l'avaient remplacé. N'ayant plus aucun moyen d'obtenir des informations sur l'affaire dont j'étais le protagoniste à l'insu de tout le monde, l'horreur de ce que j'avais fait s'estompait dans ma conscience. Une mélancolie tenace était venue s'installer à sa place, elle me rappelait ce que j'avais perdu pour suivre une ombre. Laura n'avait jamais été suspectée pour le double crime commis dans son appartement romain, ou plutôt, si je devais m'en tenir aux dernières informations récoltées dans la presse, pour le meurtre de Rafael Terragni et pour l'accident cardiaque auquel son mari avait succombé. On cherchait toujours « le troisième homme », le complice de Rafael Terragni, mais aucun nom n'était jamais apparu nulle part. L'enquête avait néanmoins dévoilé que le banquier assassiné était un ancien camarade de classe de la veuve Rosati et que les deux amis de jeunesse s'étaient revus par hasard, dix ans plus tôt, quand le galeriste milanais avait voulu ouvrir un compte dans l'agence romaine dont Rafael était le directeur. La police avait établi que les liens entre Rafael et Laura ne s'étaient pas resserrés pour autant, qu'ils ne s'étaient rencontrés que très rarement, toujours en la présence de Dario Rosati et pour des raisons strictement professionnelles. En revanche, le mari de Laura et l'ancien camarade de lycée de celle-ci avaient noué au fil du temps des relations complexes mais assez intimes, puisque la plus grande partie de la fortune du galeriste était actuellement gérée par la banque dont Rafael était l'employé, bien qu'il eût changé d'agence à plusieurs reprises.

J'attendais donc de Laura les explications qu'elle m'avait promises. Lors de son dernier appel téléphonique, elle avait deviné le bouleversement qui s'était produit en moi, mais elle n'en avait pas mesuré l'ampleur. Elle m'avait laissé encore trois semaines sans nouvelles, pendant lesquelles j'avais complètement perdu pied. Comme si cela ne suffisait pas, les choses s'étaient aussi précipitées du côté professionnel. En effet, lorsque je voulus essayer de réparer les erreurs commises en demandant à John Carewood de me garder à mon poste, en alléguant que j'avais enfin compris la justesse de la nouvelle stratégie de l'entreprise, « l'Ami américain » me fit savoir qu'il était trop tard. Il était à Rome pour présider une réunion à laquelle je n'avais pas été convié, il ne prit pas de gants cette fois pour m'annoncer qu'il attendait ma lettre de démission si je voulais bénéficier des « dispositions avantageuses » dont il m'avait fait part lors de notre précédente conversation téléphonique. Le poste de directeur général des trois usines italiennes serait désormais confié à Federico. Il est toujours difficile de changer de regard envers ceux qui nous sont proches, et moi, je n'avais jamais eu assez de considération pour Federico pour le voir comme un rival. Il s'était bien gardé de m'alerter sur ce qui était en train de se passer dans la boîte, et ma femme avait cru bon de garder le secret elle aussi. Il m'apparut ainsi clairement, et j'en fus peiné, que ni l'un ni l'autre ne ressentaient envers moi un quelconque devoir de loyauté ni n'éprouvaient le moindre reste d'affection après toutes les années que nous avions partagées.

Comme un client sorti se dégourdir les jambes, je m'approchai nonchalamment de la terrasse de l'hôtel Focus, une performance architecturale, avec son audacieuse structure en bois, ses baies vitrées démesurément ouvertes sur le massif montagneux et tout son extravagant mobilier dessiné par l'architecte lui-même. C'était l'heure où la plupart des clients se trouvaient dans la salle du petit déjeuner, située au niveau de la réception ; ils n'étaient pas nombreux en cette période, coincée entre les vacances estivales et le début de la saison de ski. La chambre de Laura donnait sur le Matterhorn, elle se trouvait un peu à l'écart avec un accès indépendant depuis la terrasse ; j'étais content de ne pas avoir, pour une fois, à remonter un long couloir d'hôtel avec le cœur impossible à maîtriser.

Il y avait une sorte de perfection esthétique dans le choix du lieu, car l'hôtel Focus rappelait celui de Sestri Levante, avec le même accès par un tunnel creusé dans la roche, conduisant à un ascenseur qui montait jusqu'au lobby. C'était le même dispositif qu'au Vis à Vis, sauf pour les lumières du tunnel, bleu électrique à Sestri Levante, rouges à Zermatt. Je le savais par le dépliant que j'avais consulté, car pour éviter les regards j'avais rejoint l'hôtel en passant par la terrasse, ouverte sur la prairie. L'arc temporel qui reliait ces deux hôtels, si semblables et si différents, l'un à la mer et l'autre à la montagne, semblait sceller mon destin : l'un incarnait le début et l'autre la fin de l'histoire. Six mois d'échanges virtuels compulsifs, puis un an de rencontres clandestines, ensuite presque sept mois d'absence absolue. À chaque pas qui me rapprochait de la chambre où Laura m'attendait, je mesurais le vide qui s'était ouvert en moi. Je m'évertuais à ne rien ressentir, j'étais passé maître dans l'art de regarder ma vie comme si un autre la vivait à ma place. Trop de choses m'avaient été enlevées, je n'éprouvais de vrais sentiments qu'en la présence de mes enfants ; parfois, cela me bouleversait tellement que je tentai de refouler aussi cet amour-là. La semaine qui précéda mon départ, je préférai ne pas les revoir avant de quitter Rome pour m'éviter le déchirement des adieux. Frida m'appela pour me demander si elle pouvait venir dormir chez moi, à mon retour ; elle avait toujours refusé de passer la nuit dans cette maison qui lui faisait peur, sa proposition me toucha, c'était sa manière à elle de me signifier que je lui manquerais. Après qu'elle eut raccroché, le téléphone sonna de nouveau : c'était Gio qui lui aussi voulait venir dormir chez moi avec sa sœur, à mon retour de voyage. Je me figurais déjà le dépit de Frida. Je répondis à Gio qu'il pourrait venir dormir lui aussi, bien sûr, mais seul, une semaine après sa sœur. Il se fâcha et voulut me donner ses raisons ; j'entendis Liz lui demander de raccrocher, puis elle prit le téléphone et m'expliqua :

– Il veut toujours tout faire comme sa sœur. Mais vous le connaissez, Monsieur… En tout cas, ne vous en faites pas, partez tranquille, je vais le raisonner. Bon voyage, Monsieur.

Je compris que Maria Elena n'était pas encore rentrée. Le fait de ne pas vivre avec Federico lui compliquait la vie, d'autant plus qu'elle travaillait tard le soir, c'est Frida qui me tenait informé. En vérité, je ne savais plus grand-chose d'elle, ni de Federico d'ailleurs. J'avais remis ma démission et accepté la généreuse indemnité offerte par John Carewood.

Je l'avais remercié par mail : j'étais sincèrement désolé que les choses aient tourné entre nous de cette manière, mais j'en prenais l'entière responsabilité. Il essaya de m'appeler, je ne répondis pas. J'avais fait le vide autour de moi, bien que le vrai vide fût à l'intérieur de moi-même. En approchant de la chambre de Laura, ce matin-là, je savais qu'une seule personne au monde avait le pouvoir de combler ce vide, et elle m'attendait.

## 24.
## COMME DANS UN AQUARIUM

J'étais immobile dans le lit, je voyais le Matterhorn me regarder, mais je ne le craignais plus. J'étais retourné à mon point de départ. Le cercle se refermait. « Je suis rentré à la maison », me disais-je, retrouvant dans des flashes de sensations confuses comme un écho des années de l'enfance et du déchirement des départs toujours violents, mes parents préférant ne pas m'y préparer à l'avance puisque je piquais des crises de nerfs et ne voulais pas quitter la maison.

Nous avions fait l'amour jusqu'à l'épuisement, Laura dormait à mes côtés, je lui avais chanté à l'oreille notre chanson de trente ans plus tôt :

*Love is an angel disguised as lust / Here in our bed until the morning comes / Come on now try and understand / The way I feel under your command...* (L'amour est un ange déguisé en désir, ici dans notre lit jusqu'à ce que le matin arrive, viens maintenant, essaie de comprendre la manière dont je me sens sous ton commandement...)

Elle s'était abandonnée à moi plus encore que par le passé, nous avions été aussi unis qu'il est possible de l'être. Je ne me sentais plus distinct d'elle, je revivais avec elle les pulsations connues ; ce que j'éprouvais, ce que je pensais, mon histoire, toute mon histoire, même celle où elle n'était pas encore présente, mon enfance, les presque deux décennies vécues avant de la rencontrer, étaient désormais aussi son histoire à elle. Nous étions indissolublement liés. J'étais venu au monde pour la rejoindre, c'était ma mission sur Terre. Tout ce qui avait été important pour moi pendant les trente années de notre séparation, ma femme et mes enfants eux-mêmes, me reconduisait jusqu'à elle. Contrairement à ce que je lui avais dit, elle était déjà présente dans ma vie avant elle, et aussi dans ma vie sans elle, puisque j'étais elle et qu'elle était moi.

Dès qu'elle m'avait ouvert la porte de la chambre, comme toutes les portes de toutes les chambres d'hôtel qu'elle m'avait déjà ouvertes, j'avais retrouvé ce pourquoi j'étais venu au monde.

Je me tournai vers elle, parfaitement immobile sur le dos, et tirai le drap blanc jusqu'à son cou ; elle avait toujours froid aux épaules quand elle se réveillait. Quand elle dormait, les traits détendus, sans maquillage et sans souci de séduction, elle paraissait beaucoup plus jeune. Je revis alors la jeune femme qui m'avait emporté dès le premier regard, et je revis aussi le jeune homme que j'étais. Puis, brusquement, je vis l'ombre qui n'avait jamais cessé de planer entre nous. Qu'en était-il aujourd'hui de cette présence qui revenait se poser inlassablement à côté de moi, à côté d'elle, maintenant que Rafael était mort ? Pour la première fois depuis cette nuit romaine où j'avais taché mes mains du sang de mon ami, j'éprouvai un sentiment de complète libération. C'était lui ma cible et non le mari de Laura. C'était lui mon problème, mon obstacle, mon frère ennemi. Laura le savait, elle l'avait toujours su.

Elle avait parlé, après l'amour :

– Je me suis mise à nu avec toi comme je ne l'ai jamais fait avec aucun autre homme.

J'étais comme un bouchon sur la vague, toute résistance m'avait abandonné, je ne demandais qu'à danser au gré du vent.

– Je t'ai menti, oui, je l'admets. Mais c'était pour servir une vérité beaucoup plus profonde. Je voulais retrouver notre amour perdu, celui de nos 18 ans. Et je l'ai retrouvé tout entier, démultiplié par le temps et par l'absence. Et toi aussi, tu l'as retrouvé, j'en ai eu la preuve chaque fois que tu as posé tes mains sur moi. Tout ce que je t'ai raconté sur mon mari, c'était vrai, Renzo… sauf que je ne parlais pas de Dario, mais de Rafael. C'était lui mon maître, mon tyran, mon geôlier. J'ai compris trop tard à quel point il m'avait pervertie. Il a été mon amant jusqu'à mon mariage ; après, il est devenu mon complice. Ensemble, peu à peu, nous avons spolié Dario, un homme doux, gentil, un peu enfantin, qui jouait avec ses collections comme un gamin jamais rassasié : tableaux, dessins, montres… Mais il m'aimait. Il a toujours été très généreux avec moi, il ne s'est jamais douté de ce que je conspirais dans son dos. J'ai sauvé sa galerie en détournant de l'argent à son insu ; il était riche, bien plus qu'il ne le savait. Rafael m'a aidé dans la spoliation, mais il en a aussi largement profité. Avec le temps, il est devenu avide. Il exigeait toujours plus, c'était intenable. C'était sa manière à lui de se venger. Il m'en voulait profondément, parce que j'avais décidé de ne plus coucher avec lui. Il ne s'y est jamais résigné. Il a d'abord vécu ma décision comme un caprice, puis comme une humiliation. C'était quelqu'un qui n'acceptait pas de perdre. Je suis sûre qu'il n'avait plus envie de moi, mais il me voulait quand même parce qu'il estimait que je lui appartenais. Les femmes ne lui manquaient pas, elles ne lui ont jamais manqué, mais moi, j'étais sa proie depuis trop longtemps pour qu'il puisse y renoncer. Il a accepté mon mariage parce que nous l'avions arrangé ensemble : nous visions l'argent des Rosati, ou plus exactement, c'est lui qui visait l'argent, moi je n'étais intéressée que par la galerie. Rafael a toujours contrôlé ma vie, même de loin, mais j'ai enfin réussi à lui échapper. En partie, du moins.

– Et quand nous nous sommes rencontrés au Vis à Vis, qu'est-ce que ça a changé dans tout ça ? lui demandai-je en sortant de ma torpeur.

Elle ne répondit pas tout de suite. Je me retournai de son côté et la regardai droit dans les yeux ; nous étions à cet instant si proches que je détestai aussitôt la question que je venais de lui poser.

– Notre rencontre n'était pas un hasard, me dit-elle en se blottissant contre moi.

Elle marqua alors une courte pause, comme pour me laisser le temps de réaliser l'importance de l'aveu qu'elle me faisait, puis elle poursuivit :

– Avant que nous ne nous rencontrions à Sestri Levante, je m'intéressais déjà à toi depuis des mois. Tu étais le seul au monde capable de m'aider à me libérer de Rafael. Quand j'ai fait en sorte que tu me reconnaisses au bar du Vis à Vis, je savais déjà beaucoup de choses sur toi. Mais j'ignorais le risque que je courais.

– Quel risque ? demandai-je en tâchant de maîtriser le trouble que cette révélation provoquait en moi.

– Je n'avais pas prévu de tomber de nouveau amoureuse de toi.

En m'avouant que le hasard n'était pour rien dans notre rencontre, qui était donc le simple fruit de sa manipulation, Laura ne se rendait-elle pas compte que désormais je ne pourrais plus croire à aucune de ses paroles ? Et pourtant, l'envie de croire en elle me dévorait encore comme une fièvre.

– Je veux tout te dire, Renzo, il n'y aura plus d'ombre entre nous. J'ai besoin de savoir que tu crois en moi, que tu m'aimes en sachant qui je suis vraiment. Je ne veux pas m'épargner. J'ai confiance en ton amour plus qu'en moi-même.

Je me taisais, un pressentiment néfaste serrait mon cœur. Elle était collée à moi, son souffle se mélangeait au mien.

– Au début, je voulais seulement que tu m'aides à me débarrasser de cet homme nuisible qui nous avait fait tellement de mal à tous les deux…

Elle eut une hésitation, puis elle continua :

– Tu te rappelles ta Riley Pathfinder rouge ?

Je ne pouvais pas entendre la suite, j'étais devenu un bloc de glace.

– Rafael s'en était entiché, il la voulait coûte que coûte… Il m'en parlait sans cesse et il me disait que tu ne la lui donnerais jamais parce que c'était un cadeau de ton père.

Elle marqua une nouvelle pause avant de poursuivre :

– Je n'étais pas d'accord, je te jure, mais à l'époque j'étais absolument incapable de m'opposer à Rafael… J'étais déjà sous son emprise… Je faisais tout ce qu'il me disait de faire, il savait me convaincre. Mais quand toi et moi nous avons couché ensemble, les choses ont changé… On croit tout maîtriser, mais la passion nous rattrape. À Ostie comme à Sestri Levante, j'étais celle que tu as aimée et que tu aimes encore, Renzo. Je ne t'ai pas menti.

– Si, tu m'as menti.

– Je t'ai menti uniquement pour que nous puissions nous libérer de Rafael. Je l'ai fait pour nous. Tu n'aurais pas agi comme tu as agi si tu savais que j'étais encore… en relation avec lui.

– Et à quel moment tu as cessé de me mentir, Laura ? La première nuit au Vis à Vis ou la seconde au Nhow ? Ou la troisième ?… Quand nous avons échangé nos premiers messages ou les derniers ?

– Je t'en prie, Renzo, ne doute pas de moi, ne doute pas de nous. Tu sais que je ne te mens pas… pas sur nous.

Tu me connais, je suis là et je veux ce que tu veux: vivre ensemble, revivre ce que nous avons vécu il y a trente ans, mais le vivre cette fois jusqu'au bout. Jusqu'à la fin de nos jours.

– Jusqu'à la fin de nos jours… répétai-je.

Je ne peux nier qu'elle me touchait, elle était si vraie dans mes bras.

– Tu ne me crois pas, fit-elle.

Je décidai de ne pas lui dévoiler les doutes qui me torturaient. Maintenant, je voulais qu'elle continue son récit: vrai ou faux, j'avais besoin de l'entendre.

– Je te crois, dis-je.

Elle gloussa doucement et se blottit encore plus contre moi. Quand je la serrais ainsi sur ma poitrine, il m'était impossible d'accepter qu'elle était vraiment la femme cynique et sans scrupule que trahissaient ses actes.

– Le Léonard nous ouvrira les portes d'un monde nouveau, s'enflamma-t-elle. Nous pourrons décider d'aller vivre où nous voulons, nous choisirons le pays, la ville, le lieu, et nous y serons heureux.

– Et ta galerie milanaise ?

– Les galeries d'art sont là où se trouvent les artistes. Nous en ouvrirons une autre, nous aurons assez d'argent pour ça et pour le reste. Nous pouvons aller vivre à New York, si nous le voulons… Que penses-tu de New York, Renzo ? C'est la ville idéale pour se cacher du reste du monde.

Elle ne se rendait même pas compte que notre projet de vie était le sien, en admettant qu'elle fût de bonne foi. Il fallait que je la rassure, si je voulais entendre son récit jusqu'au bout.

– J'adore New York, tu le sais bien, lui dis-je en l'embrassant.

– Tant mieux, parce que c'est là que j'ai envie d'aller vivre avec toi. Quand nous aurons vendu le Léonard… Mais revenons maintenant à la nuit de la Via San Crescenziano… Je ne veux rien te cacher de cette nuit-là, je veux que tu saches tout, il ne doit plus y avoir le moindre malentendu entre nous. Notre vie nouvelle doit reposer sur une confiance totale et réciproque.

J'avais envie de rire, mais mon cœur saignait.

– Rafael était supposé retirer le dessin du coffre après avoir tué mon mari, continua-t-elle sur un ton parfaitement détaché. C'était relativement simple : personne au monde ne connaissait l'existence de cette cinquième tête de Léda, j'avais le code du coffre et j'avais les clés de la maison. Depuis son infarctus, Dario était obligé de suivre un traitement sévère, il prenait beaucoup de médicaments. Mon mari a toujours été insomniaque, l'infarctus n'a pas arrangé les choses. Il a continué à faire usage de somnifères, sous contrôle médical, il savait que les benzodiazépines l'exposaient au risque d'une récidive. Rafael a eu l'idée de provoquer un choc qui lui serait fatal en pénétrant brusquement dans sa chambre, au moment où il serait déjà couché. Et s'il ne le trouvait pas couché ou si le choc ne déclenchait pas l'effet escompté, il l'obligerait à avaler une dose mortelle de somnifères. Dans tous les cas, il fallait laisser croire à une nouvelle attaque ; c'est pour cette raison que le corps devait être retrouvé sur le palier de l'entrée de service. Comme si Dario s'était précipité dehors pour chercher du secours, puisque la porte de service est proche de la chambre. Il fallait aussi laisser croire que la porte avait claqué derrière lui, qu'il avait oublié ses clés à l'intérieur et qu'il n'avait pu rebrousser chemin pour appeler à l'aide depuis son portable. Rafael devait ensuite rester dans l'appartement toute la nuit, puis le quitter vers les 7 heures du matin pour se retrouver sur le palier, devant la porte principale. À ce moment-là, il devait sonner comme s'il était venu pour le rendez-vous que mon mari lui avait fixé. Ils se voyaient toujours tôt le matin, nous voulions exploiter cette habitude. Puisque personne ne serait venu lui ouvrir, Rafael aurait alors appelé la femme de ménage en lui expliquant que monsieur Rosati ne répondait pas, qu'il était inquiet et qu'il fallait qu'elle vienne le plus vite possible. Ça, c'était le plan que Rafael croyait exécuter…

– Mais il y avait un plan B…

– *Notre plan*, Renzo. Lequel prévoyait que tu arrives dans l'appartement à l'heure où j'avais convenu avec Rafael qu'il serait en train d'arranger la chambre afin de donner l'impression qu'un homme souffrant s'était levé pour appeler à l'aide. Toi, tu croirais que Rafael était Dario…

– À cause des béquilles…

– À cause des béquilles. Ce n'était pas Dario qui avait eu un accident de ski, mais Rafael… Il utilisait encore ses béquilles, même s'il n'en avait plus vraiment besoin. Je lui avais recommandé de les garder car ce handicap servait nos plans, un homme entravé dans sa mobilité éveille moins de soupçons…

Laura se tut. Elle attendait probablement que je lui pose des questions, il y avait tellement de détails qui n'étaient pas clairs dans son récit, et je ne pensais pas au déroulement des faits, mais à ses intentions cachées. Je préférai me taire. Je n'avais pas envie d'en savoir plus, je voulais rester au plus près d'elle sans que ses mots m'en éloignent.

– Tu me crois, Renzo ? me demanda-t-elle, inquiète de mon silence. Si tu savais comme c'est important pour moi que tu me croies… Il en va de ma vie.

– Je te crois, Laura, répondis-je en entendant de nouveau notre chanson :

*Take me now, baby, here as I am / Pull me close, try and understand / Desire is hunger is the fire I breathe / Love is a banquet on which we feed…* (Prends-moi maintenant, baby, ici telle que je suis, serre-moi fort, essaie de comprendre, le désir est la faim, c'est le feu que je respire, l'amour est un banquet auquel nous mangeons...)

Le Matterhorn se détachait dans l'encadrement des grandes baies vitrées. La lumière montait en puissance et elle assaillait la chambre, le silence était absolu. Laura s'était rendormie. Les paupières closes, la bouchée fermée, les joues plus blanches que la neige, les cheveux joliment ramassés sur l'oreiller, elle me faisait penser à Ilaria del Carretto, à sa beauté de pierre triste. Elle était morte si jeune, son époux inconsolable lui avait offert une éternité de statue. J'aurais voulu moi aussi offrir à Laura ce que je ne pouvais pas lui donner ; une vie au-delà de la vie, au-delà de la sienne, au-delà de la nôtre. Mais je n'étais rien, ni le sculpteur, ni le seigneur de Lucques ni le poète pour écrire :

*Comme dans un aquarium, sont de*
*Marbre*
*Résigné les paupières*[1].

Je n'avais que moi-même à lui offrir : ma vie que j'étais désormais prêt à lui donner. Puisque c'était ce qu'elle voulait...

Je repensai à l'instant où Laura m'avait ouvert la porte de sa chambre et me repassai le film de nos corps retrouvés. Elle souriait sans bouger, c'était comme si nous nous étions quittés la veille. Elle était habillée, j'aimais lui ôter ses vêtements l'un après l'autre, cela faisait partie du rituel. Pendant toute la durée de notre relation clandestine, chaque fois que je la revoyais, après les trois ou quatre semaines qui s'écoulaient entre un rendez-vous et l'autre, la proximité ininterrompue de nos échanges virtuels et l'éloignement

1. « *Come dentro un acquario, son di / marmo / rassegnato le palpebre* » (Pasolini, *Appennino*).

physique provoquaient chez moi une paralysie heureuse qui marquait le moment ultime de l'attente. Je fixais Laura sur le pas de la porte pour prolonger le moment où je venais à sa rencontre bien que je l'eusse retrouvée. Je crois qu'elle comprenait d'instinct mes besoins : elle ne se précipitait pas, elle accueillait le rythme de mon désir et en faisait sa musique. Elle me laissait toujours l'initiative du premier geste. J'étais en toute chose son esclave, sauf pour le sexe, où c'est moi qui étais aux commandes. Elle attendait devant moi sans me toucher, une minute de recueillement avant de plonger ensemble. Ce qu'elle fit aussi ce matin-là, à Zermatt, même si nous ne nous étions pas revus depuis des mois.

Dans son dernier message, elle ne m'avait pas rappelé de lui apporter le Léonard, elle était sûre que je le ferais. Elle m'avait donné ses instructions avant le meurtre : « Tu me remettras le Léonard quand nous pourrons nous revoir sans risque. Il nous faudra prévoir cinq mois de séparation, peut-être plus, ça dépendra de la suite des événements. Puis nous continuerons de nous rencontrer en secret, comme avant, pendant un an. On devra m'oublier. Mais je ne resterai pas sans rien faire, avait-elle conclu, je vendrai discrètement le dessin. Puis je ferai verser l'argent sur plusieurs comptes dans différents pays. Je sais comment m'y prendre, je gère la galerie depuis quinze ans. Cet argent sera à nous. Nous n'aurons plus jamais de souci à nous faire, nous pourrons vivre notre part de vie, la meilleure, en pleine lumière. Nous nous rencontrerons par hasard dans un hôtel, un jour, nous serons de vieux camarades de lycée qui renouent après trente ans. Nous mettrons en scène nos retrouvailles pour en faire le début d'une histoire que nous nous sommes déjà racontée. Fais-moi confiance, Renzo. »

« Fais-moi confiance, Renzo », c'était son refrain.

Je ne lui faisais pas confiance, je ne l'ai compris qu'après le meurtre, je ne lui faisais pas confiance et pourtant j'étais aveuglément à ses ordres. La confiance était impossible avec Laura. Notre lien n'était nullement fondé sur la confiance, mais sur les mêmes lois physiques qui poussent une étoile morte à filer sur sa trajectoire vers une destination inconnue. Laura était ma destination inconnue.

Ce matin-là, à Zermatt, elle m'ouvrit la porte de sa chambre et me fixa en silence. Puis elle recula et je refermai la porte derrière moi. Il n'était pas encore tout à fait 9 heures, la lumière se déversait par couches fines sur les draps immaculés, une journée ensoleillée s'annonçait. À la poignée de la porte, elle avait accroché le petit carton : « *Bitte, nicht stören. Please, don't disturb.* » Elle portait la chemise blanche transparente que je connaissais, j'en avais compté les petits boutons perle la première fois que je l'avais déshabillée, en les sortant l'un après l'autre de leur boutonnière. Je m'approchai, reconnaissant sous la soie son soutien-gorge de dentelle. Laura cultivait le goût de la mise en scène. J'étais comme celui qui fixe l'eau profonde du haut du tremplin d'où il lui faudra plonger. Le magnifique tremplin du Kursaal me revint alors en mémoire, avec son « K » rouge qui se dressait dans le ciel, une croix étrange où je me voyais crucifié chaque fois que Laura s'éloignait avec Rafael et que je restais seul à les attendre. Aujourd'hui, l'histoire avait changé de héros, c'était moi maintenant qui m'éloignais du monde avec Laura, tandis que Rafael n'était plus que poussière. Le dernier bouton libéré, je n'eus plus la patience d'effeuiller ses vêtements l'un après l'autre, elle m'avait trop manqué. Je lui arrachai son beau soutien-gorge. Elle poussa un petit cri de surprise, d'excitation et de crainte mêlées. Je n'attendis pas de faire glisser sa jupe sur ses hanches, je la jetai sur les draps, un sein dans ma bouche. Une violence nouvelle me gagnait, qui ne surgissait pas tout entière de mon désir, mais avait quelque chose de mauvais. Pour l'instant, je la maîtrisais et Laura s'y abandonnait sans peur, y plongeait, s'y immergeait. Je me calmai un peu, ma violence s'adoucit quand les bras grands ouverts de Laura se resserrèrent sur moi, quand ses cuisses m'enserrèrent, m'empêchant de tout emporter en une seule vague. J'embrassais sa peau, je ne me lassais pas de la regarder, cela dura longtemps. Je voulais qu'elle m'appartienne, son visage traversé par le plaisir, un plaisir que j'explorais comme s'il allait me livrer le secret de ce que nous étions, elle et moi ensemble. Je m'abreuvais de sa transformation sous mon regard. Laura s'épuisait sous mes mains, me livrant le trésor que j'avais poursuivi ma vie durant. Elle était à moi, personne ne pourrait jamais me l'enlever.

Les heures tombaient sur nous très doucement. Laura s'était plusieurs fois réveillée, puis rendormie, puis réveillée encore. J'avais le sentiment que, après sa confession, pendant toute la durée de notre longue course-poursuite du bonheur, qui se laissait attraper, puis s'échappait encore, nous n'avions pas prononcé un seul mot, seulement des soupirs, des gémissements, des halètements. Je m'endormis moi aussi, mais je me réveillai le premier et la regardai dormir. Laura, inerte et apaisée, si vulnérable dans son inconscience, si inoffensive quand elle oubliait d'être Laura. Je me collai contre son dos, et lui caressai le ventre, le pubis, l'entrecuisse, l'explorant de mes doigts comme si je ne l'avais pas déjà fait des milliers de fois et plus encore. Cette répétition me fascinait.

– Je suis morte, dit-elle en se réveillant, de cette voix qui était toujours plus rauque après l'amour.

Alors, j'eus brusquement envie de quelque chose d'extraordinaire, quelque chose qui surplombât les heures où j'étais guidé par le but obsessionnel de me rapprocher d'elle toujours plus, jusqu'à ne plus distinguer son corps du mien, sa peau de la mienne. J'avais enfreint des lois sacrées. J'avais violé et j'avais tué pour elle, j'étais un autre. Je voulais maintenant ce qui ne serait qu'à nous.

Je pris Laura dans mes bras et la soulevai du lit, elle se réveilla complètement. Après un premier geste de résistance, elle se laissa porter jusqu'à la salle de bains. Je voulais revivre ce que j'avais autrefois vécu, ce qui s'était imprimé en moi si fortement que je voulais que cela revienne. Je crois que Laura comprit.

C'était l'âge de l'exploration anxieuse, chaque découverte nous donnait des ailes pour monter un peu plus haut. Laura était déjà mon guide, cela n'a jamais changé, je l'ai assez répété. À Ostie, après l'amour, maladroit et innocent, mais victorieux aussi, elle m'avait entraîné dans la salle de bains de notre hôtel sinistre. Il y avait une lumière d'outre-tombe, je m'en souviens encore, elle s'était assise sur le bidet et tournait le dos au robinet. Puis, elle avait soulevé ses jambes très haut, comme une gymnaste qui ferait ses exercices.

– Penche-toi, Renzo. Regarde !

J'étais nu, je m'étais senti encore plus nu. À l'époque, je me préoccupais beaucoup trop de mon corps, j'étais un garçon inaccompli et je ne possédais rien de l'assurance physique de Laura. C'était du moins ainsi que je nous percevais alors : elle, glorieuse dans sa beauté en fleur, moi timide, retranché dans ma peur de ne pas être à la hauteur. Inapte à l'amour. Inapte à la vie. Et pourtant, l'injonction de Laura : « Penche-toi, Renzo. Regarde ! » me parut tellement naturelle. C'était l'effet de la proximité physique, je l'ai constaté plusieurs fois par la suite, même avec des inconnues : il m'arrivait parfois, après l'amour, de dire et de faire ce que dans une situation normale, je n'aurais jamais osé ni exprimer ni accomplir. Avec Laura, cet effet était démultiplié, c'est peut-être ce qui a fait de moi un assassin.

Je m'étais penché donc, nullement gêné : c'était elle, ses jambes, ses pieds, son sexe. C'était ce dedans de Laura que je connaissais par toutes les sensations qui m'avaient aspiré, secoué, noyé. Je n'avais pas peur. Je m'étais penché et j'avais vu son sexe, tout simplement. Jusqu'à ce jour-là, je n'avais jamais vu et encore moins regardé un sexe de femme, et il m'apparut si inoffensif et sans défense que j'en fus ému. Je compris alors, à ce moment-là précis, qu'au-delà de toutes les complications de notre relation, nous étions parvenus ensemble à cette vérité simple et claire : nous étions faits l'un pour l'autre, notre destin était de nous unir. Le mythe du double revenait en force : c'était elle qui me manquait, Laura, mon amour. Sans elle, je ne serais jamais tout entier. Je l'avais regardée et m'étais demandé ce qu'elle pouvait cacher d'aussi puissant dans sa douce chair nue, tendre et flexible, qui frémissait sous mes yeux, sous mes doigts, sous ma langue. La réponse m'était parvenue comme une source vive : Laura avait resserré ses jambes autour de mon cou et moi je m'étais senti en elle, comme elle. Cette scène qui m'appartenait depuis trente ans, je l'avais pourtant presque effacée de ma mémoire, parce que son souvenir pointait parfois comme quelque chose de pénible, de mauvais goût même, ce qu'elle n'avait jamais été dans la réalité. Elle s'était d'ailleurs terminée de manière cocasse. Nous avions baisé comme des forcenés dans cette posture inconfortable, et à force de nous agiter dans tous les sens sur ce vieux bidet rose, celui-ci avait craqué, il s'était détaché du mur et nous nous étions retrouvés tous les deux par terre, sur le carrelage froid, secoués par les rires.

Pour la première fois, trente ans plus tard, je pouvais enfin revivre cette scène dans son intégralité et dans sa vérité, et en la revivant je souriais... Laura m'accompagna dans ce sourire et je vis alors dans son visage que nous nous étions pleinement retrouvés.

## 25.
## QUELQUES HEURES PRODIGIEUSES DANS DES CHAMBRES D'HÔTEL

Je jetai un œil sur la terrasse, vide à cette heure de l'après-midi, et me faufilai hors de la chambre pour disparaître rapidement entre les chalets. Je ne croisai personne et descendis tranquillement par un chemin solitaire ; du haut des télécabines, quelque touriste remarqua peut-être un homme à capuche qui s'éloignait de l'hôtel haut perché. En vérité, même si globalement je continuais de suivre toutes les précautions de sécurité prescrites par Laura, je ne me souciais pas de les respecter à la lettre. Nous avions rendez-vous trois heures plus tard à la station du Gornergrat, nous prendrions le train à crémaillère chacun de notre côté, j'avais calculé que je pourrais même m'arrêter sur le replat de Riffelberg, réputé pour offrir la plus belle vue sur le Matterhorn. C'est Laura qui avait programmé la balade, elle m'en avait vanté la beauté ainsi que l'excitation de se retrouver seuls là-haut, en un point précis qu'elle m'avait indiqué sur une carte de randonnée. Depuis quinze ans, elle accompagnait à Zermatt son mari, passionné de montagne, et qui ne pouvait vivre sans approcher le Matterhorn au moins une fois par an, hiver ou été. Elle en subissait le charme elle aussi et, me disait-elle, voulait impérativement partager cette merveille avec moi pour détacher la montagne mythique du souvenir de son mariage.

Je descendis la Bahnhofstrasse pour rejoindre la gare de départ du Gornergrat Bahn ; je fis une halte au bureau de poste pour envoyer le paquet que je gardais dans mon sac à dos, des feuilles de papier sur lesquelles j'avais consigné ma vie dans un long récit, le passé et le futur s'étaient rejoints par ma volonté de trouver le fil qui donnerait forme à mon destin. Il ne me restait plus que le présent : allait-il servir mon histoire ou allait-il m'échapper en m'imposant une fin que je n'avais pas prévue ?

Le billet du train à crémaillère me coûta presque aussi cher que le trajet depuis Milan. Mais pour un passionné de trains électriques comme moi, monter dans le petit train rouge et blanc qui gravissait la montagne en serpentant à travers les mélèzes, en traversant des tunnels jusqu'à atteindre l'altitude des neiges éternelles, c'était une expérience qui n'avait pas de prix. Les dépliants sur les chemins de fer suisses que j'avais consultés lors de mon étape à Brig m'avaient fait considérer la Confédération entière comme un immense réseau de train électrique. Avec ses sommets enneigés et ses vallées verdoyantes, ses ponts et ses tunnels, ses gares et ses dépôts, le modélisme ferroviaire avait-il imité la Suisse ou n'était-ce pas plutôt la Suisse qui avait été pensée comme un réseau à l'échelle 1/1 ? Dans le train, je gardai mes lunettes et la capuche de mon anorak, comme si Laura était là pour me surveiller. J'avais encore sur moi, invisible gardien, son corps et son odeur, je m'engourdis dans une somnolence apaisée. Moi qui ne connaissais rien à la montagne et qui lui étais jusque-là indifférent, j'avoue que la manière dont l'ascension ferrée du Gornergrat dégageait progressivement le Matterhorn du premier plan des arolles et des mélèzes et dévoilait peu à peu sa majesté m'impressionna. De Zermatt, il était certes plus visible que je ne le pensais, mais on n'apercevait que la moitié de la pyramide. En s'élevant en altitude, il apparaissait dans tout son splendide isolement, comme si aucun autre sommet n'osait se poser en rival et, toute sa base étant alors largement dégagée, il paraissait plus haut et plus fier encore. Je fis halte comme prévu sur l'alpage du Riffelberg, d'où le spectacle était proprement exaltant.

Arrivé au terminus du Gornergrat, ébloui par le panorama des sommets, dont, comme l'indiquait la table d'orientation, celui du Mont-Rose, je compris la fascination que pouvait exercer la haute montagne et le sentiment d'élévation que l'on pouvait ressentir à de telles altitudes. N'ayant jusque-là jamais vu de glaciers de ma vie, je fus stupéfait par leur immensité et la perfection de leur sinuosité, et je fus ému à la pensée que leurs crevasses recélaient peut-être des corps qu'ils rendraient un jour. Je devais retrouver Laura sur la terrasse panoramique au milieu des touristes. Elle me ferait un signe pour m'inviter à la suivre sur le sentier menant à la pointe du Hohtälli ; je marcherais discrètement derrière elle, me tenant à distance, cerné par les hauts sommets nous écrasant de leur indifférence.

J'ôtai ma capuche, mais gardai mes lunettes. Laura avançait d'un pas décidé, elle connaissait le chemin. Nous n'avions rencontré âme qui vive et montions maintenant dans des espaces au-delà des limites, dont nous avions souvent rêvé. Nous nous en réjouissions en silence, nous avions toujours vécu notre histoire retranchés du monde, nous nous suffisions l'un à l'autre. Cela me paraissait naturel de quitter notre chambre d'hôtel pour arpenter des lieux déserts avec elle. Même dans les restaurants où il y avait un peu de monde, nous étions comme dans une coque qui nous isolait des autres.

– Il faut arriver en haut avant que le soleil ne nous file entre les doigts, dis-je. Sinon, on ne verra plus rien.

Nous marchions maintenant côte à côte ; nos ombres s'allongeaient derrière nous, les montagnes semblaient avoir hâte de s'engouffrer dans l'obscurité, mais leurs cimes pointaient pour recueillir les derniers feux du soleil mourant.

– Tu as regardé le Léonard ? demandai-je à Laura, soudain indifférent au paysage grandiose qui nous environnait.

– Tu m'as dit de ne pas défaire l'emballage, donc non, je n'ai pas regardé le dessin, me répondit-elle. Je l'ai glissé dans ma valise tel que tu me l'as remis. Il est parfaitement protégé, comme je t'avais demandé de le faire. Quant à ton idée de glisser la feuille entre les pages d'une BD, c'est tout simplement du grand art.

Elle éclata de rire.

– Qu'est-ce qui te fait rire ? demandai-je.

– Ta BD justement. Ce que tu m'as montré tout à l'heure… Diabolik… quand il dit : « Si t'avais fait ce que je t'avais dit de faire, rien de tout ça ne serait arrivé ! » Et Eva Kant qui lui répond : « Ah, magnifique ! C'est bien ça, le problème ! Tu ordonnes, et je dois obéir ! »

– Et pourquoi ça te fait rire ?

– Parce que je ne t'ai jamais reproché de m'imposer quoi que ce soit.

– Mais tu n'es pas Eva Kant, mon amour. Tu es Diabolik ! Eva Kant, c'est moi.

Je lui avais remis une enveloppe qui contenait une réédition grand format de *Diabolik* ; je lui avais expliqué que j'y avais caché, soigneusement protégée, la tête de Léda. Le dessin, placé rigoureusement à plat, était recouvert de plusieurs feuilles de papier de soie, sur lesquelles j'avais appliqué une protection supplémentaire grâce à un petit carton rigide, le tout enfermé dans une seconde enveloppe, glissée entre les pages de la BD. L'œuvre ne risquait rien, je l'avais rassurée, j'avais suivi ses instructions à la lettre, elle pouvait être fière de moi. Elle l'était, et après que je lui eus montré le passage de *Diabolik* qu'elle venait de mentionner, elle s'était hâtée de ranger la BD dans l'enveloppe et de glisser celle-ci dans sa valise, qu'elle avait aussitôt refermée avec le code.

La lumière déclinait, le soir nous rattrapait; ce serait le soir le plus long de notre vie. J'étais absolument décidé à retenir Laura dans ce monde glacé, veillé d'un côté par la pointe noire du Matterhorn, de l'autre par le dôme de neige plus aimable du Mont-Rose. Elle avait eu ce qu'elle voulait, elle ne voudrait plus rien d'autre. Ce petit chef-d'œuvre à la sanguine lui ressemblait tellement que son mari avait dû le contempler en pensant à elle, pendant ses soirées romaines solitaires. Comme je le comprenais, aujourd'hui! Mais Laura n'avait pas d'état d'âme, elle vendrait la tête de Léda au meilleur prix, et si pour y parvenir il lui fallait ajouter un troisième mort aux deux qu'elle avait déjà laissés sur son chemin, elle n'hésiterait pas. Car j'avais maintenant l'intime conviction que Laura était résolue à se débarrasser de moi aussi. Toutes les précautions d'anonymat et le jeu de piste qu'elle soignait jusqu'à l'obsession depuis le début de notre liaison ne visaient qu'à couvrir la chute accidentelle dont j'étais censé être la victime depuis l'un de ces sommets ennemis. Aucun lien n'avait été établi entre nos deux noms et notre courte histoire de trente ans auparavant n'était connue de personne, à l'exception de ses trois protagonistes: Rafael, Laura et moi. Je l'ai assez dit, Laura a toujours eu la manie du secret, à 18 ans, nous nous rencontrions déjà comme des amants clandestins, à l'insu de tout le monde. « C'est à cause de Rafael, me disait-elle, ça me gêne qu'il nous sache ensemble. » Et moi, je ne pouvais pas lui dire: « Mais c'est Rafael qui m'a fait cadeau de toi! » Je ne pouvais pas imaginer, à l'époque, qu'ils étaient de mèche, elle et lui.

Laura était tout près de moi, le plus près possible. Nous montions ensemble de plus en plus haut, jusqu'à ce que toute végétation fût bannie, les clochettes bleues des campanules et même les étoiles laineuses des edelweiss, jusqu'à ce qu'il n'y eût plus autour de nous qu'un paysage minéral désolé, sinistre même, à peine adouci par des névés de plus en plus vastes. Je devais regarder où je posais mes pieds, j'avais d'assez bonnes chaussures, mais j'étais moins bien équipé que Laura, moins bien entraîné surtout. Sa démarche était assurée, elle avait parcouru maintes fois ce sentier ; y était-elle venue seulement avec son mari ou avec Rafael aussi ? En vérité, je ne cherchais plus de réponse, je savais que mon destin était bouclé. Ma vie se résumait à quelques heures prodigieuses passées avec elle dans des chambres d'hôtel, pouvait-elle jamais devenir autre chose ? « Pas d'issue pour les amants », me dis-je en serrant la main de Laura, l'histoire s'écrit à partir de son dénouement. Notre dernière liberté serait de choisir notre fin, mais nous savions l'un et l'autre que nous ne choisirions pas la même.

Pourquoi Laura me conduisait-elle à cette heure-ci sur un sommet uniquement accessible par un étroit passage sur une arête, ce qui, je n'osais pas le lui avouer, me donnait le vertige, alors que le panorama était déjà stupéfiant depuis le Gornergrat ? Il n'y avait décidément qu'une seule réponse possible à cette question. Elle s'arrêta soudain, me serra très fort la main, se retourna et m'embrassa sur la bouche. J'eus l'impression qu'en m'embrassant elle me poussait en arrière, vers le vide. Je lui résistai, lui attrapai l'autre main, serrai à mon tour les deux très fortement. Étions-nous déjà au bord du précipice ? Ses mains cherchaient doucement à se dégager des miennes, nous nous embrassions passionnément mais je prévoyais la lutte qui allait bientôt s'engager. Alors je libérai brusquement ses mains et l'étreignis convulsivement sur mon cœur.

– Renzo !?...

Sa voix frémissait, je sentais sa peur, je la partageais. Je lui caressai les joues et les yeux que déjà je ne voyais plus, elle fit de même avec moi.

– Laura, mon amour...

Nos bouches se retrouvèrent, familières et inconnues, comme après un danger esquivé. Nous nous embrassâmes longuement, ce baiser sans fin nous liait définitivement. Il était si doux que nous ne pouvions l'interrompre, nul autre ne pourrait jamais l'égaler. Tout à coup, je rouvris les yeux et la dernière chose que je vis fut le Mont-Rose, dont je me souvins qu'il était l'un des sommets marquant la frontière avec l'Italie. Ce fut alors, à cette pensée, que je pivotai vers l'arrière et qu'elle s'accrocha à moi jusqu'à me faire mal, quand je nous lançai tous les deux dans le vide.

## 26.
## L'ART PEUT PLUS QUE LA VIE

*Trois mois et demi plus tard.*
Maria Elena s'engouffra dans la seule place libre qu'elle avait réussi à repérer ; c'était un peu loin, mais elle ne voulait pas faire trois fois le tour du quartier pour garer sa voiture. À cette heure du soir, la plupart des gens étaient déjà rentrés chez eux et les places devenaient rares dans ce quartier résidentiel. Il faisait encore jour, mais à peine, dans quelques minutes on n'y verrait plus rien. Elle remonta l'allée, nombre de fenêtres étaient déjà éclairées, elle crut entendre des voix d'enfants. C'était un coin de ville privilégié, avec de vieilles villas, des jardins plantés depuis plusieurs décennies, un petit paradis. Elle avait voulu y venir seule, Federico avait insisté pour l'accompagner, mais elle devait régler ça en solo. Elle n'avait jamais revu son mari depuis cette matinée affreuse où il s'en était pris à elle d'une colère incompréhensible, sourde et noire. Avait-elle eu raison, par la suite, de refuser toute explication de sa part, de repousser l'homme qui avait partagé les plus belles années de sa vie, le père de ses enfants ? Elle en avait été absolument sûre pendant tout le temps de leur séparation : il ne pouvait en aucun cas se racheter, c'était impossible, il n'y avait pas de pardon pour ce qu'il avait fait, il existe des fautes irréparables. C'était

ce qu'elle pensait, alors. Elle ne le pensait plus après avoir lu le paquet de feuilles que lui avait remis le notaire. Le colis avait été envoyé de Zermatt, où avaient été retrouvés les corps des deux amants. Maître Rinaldi avait reçu des instructions détaillées de la part de Lorenzo, qui l'avait rencontré un peu avant de partir pour la Suisse : le notaire allait recevoir un paquet cacheté qu'il devrait remettre à madame Fontana trois mois après l'avoir reçu.

Tout s'était passé exactement comme Lorenzo l'avait imaginé, il savait qu'il allait mourir et il avait mis sa mort en scène en la racontant dans la confession destinée à sa femme.

La lettre qui accompagnait le colis et qui lui était personnellement adressée était datée du jour de la mort de Lorenzo ; elle l'avait lue et relue jusqu'à la connaître par cœur. Son mari lui revenait ainsi, dans un dernier, extrême et tardif geste d'amour : sa confession. Lorenzo avait été un mystère pour elle, était-il possible qu'elle se soit sentie et qu'elle se sente encore aussi proche d'un inconnu ? Car l'homme qui lui avait laissé ces pages, destinées à éclairer une vie vécue sous l'emprise de la passion, n'était pas le même que celui qui l'avait séduite lors de ce dîner où ils avaient été présentés l'un à l'autre par une amie commune. Elle l'avait aimé tout de suite et durant toute leur histoire, elle n'avait jamais cessé de l'aimer, mais elle n'avait pas su qui il était vraiment. Et maintenant qu'il était mort, il lui laissait en héritage un terrible dilemme. Devait-elle tout rapporter à la police ou garder jusqu'à la tombe, et même au-delà, le secret de cette confession qui n'était destinée qu'à elle ? Devait-elle rendre publics le meurtre et le viol ? Ou devait-elle protéger la mémoire de son mari, et ainsi se protéger elle, et surtout l'avenir de ses enfants ? Dès qu'ils avaient entrepris de bâtir leur vie ensemble, même avant la naissance des enfants, Lorenzo s'en était remis à elle pour toutes les décisions importantes. Et il le faisait encore, même après sa mort.

Après une chute de près de sept cents mètres depuis le Hohtälli, les corps des deux touristes italiens avaient été retrouvés à peine quelques jours plus tard sur une moraine du glacier du Gorner, à peu de distance du sentier conduisant au refuge du Mont-Rose, par des alpinistes qui en revenaient. La police suisse avait alerté les autorités italiennes, le nom de Laura Rosati avait été rapidement rapproché de celui de son époux et du sombre fait divers qui l'avait rendu célèbre, le « double meurtre de la Via San Crescenziano ». L'identification de Lorenzo Fontana n'avait apporté en revanche aucun éclairage sur la raison de sa présence à Zermatt et sur la randonnée vers le Hohtälli en compagnie de la galeriste milanaise. La Squadra Mobile de Rome s'était alors intéressée à lui et elle avait découvert que lui aussi était un ancien camarade de classe de Laura Rosati, comme Rafael Terragni, le banquier retrouvé assassiné dans l'appartement de la Via San Crescenziano. Mais puisque les deux victimes du Gornergrat ne s'étaient jamais revues depuis le lycée, la police italienne avait conclu que leur rencontre en Suisse était probablement fortuite, car la veille de sa mort Lorenzo Fontana avait passé la nuit seul, dans un petit hôtel de Brig, avant de monter à Zermatt.

Avaient-ils prémédité de mourir ensemble ? se demandait Maria Elena. D'après le récit de Lorenzo, lui seul était responsable de la chute, Laura ne semblait nullement décidée à le suivre dans le précipice où elle avait l'intention de le pousser. Mais le menteur invétéré que Lorenzo s'était révélé être pendant les deux dernières années de sa vie n'avait-il pu mentir jusque dans sa confession finale ? Ce texte qu'il lui demandait de brûler ou de remettre à la police, lui laissant le poids d'un choix terrible, était-il indemne du mensonge qui avait nourri son auteur sa vie durant ?

Maria Elena se sentit suffoquer. Elle vit les amants enlacés s'envoler dans le ciel glacé : pourquoi éprouvait-elle cette folle jalousie *post mortem* ? Comment pouvait-elle ressentir de la haine envers une morte dont elle avait totalement ignoré l'existence sur Terre ? Lorenzo avait sacrifié sa famille à cette femme, comment dire un jour la vérité à Frida et à Gio ? Elle mentirait, c'était le seul choix qu'elle pouvait faire, dans l'intérêt des enfants.

Elle tourna à gauche pour emprunter la Via Poerio et commença à regarder les numéros à la lueur des réverbères pour repérer l'immeuble des grands-parents de Lorenzo, où elle était venue une seule fois, après la naissance de Frida, quand elle avait essayé de persuader son mari de vendre l'appartement dont il avait hérité. Elle avait échoué, Lorenzo était maladivement attaché à la maison de son enfance, où il était retourné vivre après leur séparation. Devant la grille du jardin qui permettait d'accéder à l'appartement sans passer par l'entrée de l'immeuble, Maria Elena chercha fébrilement les clés dans son sac et ne les trouvant pas, elle sentit les larmes lui monter aux yeux. La lumière du jour avait fui pendant qu'elle descendait l'allée bordée de robiniers. Ses doigts reconnurent enfin le trousseau, elle le sortit du sac et ouvrit la grille en pestant contre les herbes hautes qui lui frôlaient les jambes ; ici, c'était la jungle et ses talons hauts ne lui facilitaient pas la tâche. Elle fila son bas, mais continua d'avancer sans s'en préoccuper, poussée par une colère qui lui faisait ravaler ses larmes.

Cet appartement était sinistre, Frida avait raison, elle avait hâte de le mettre en vente. Elle alluma dans le salon aux tentures marron, surmonta son dégoût pour le mobilier et prit place dans un fauteuil aussi large qu'un petit canapé. Elle resta là sans bouger quelques instants pour se calmer puis entreprit de relire encore la lettre de Lorenzo.

« Mon amour (laisse-moi t'appeler ainsi une ultime fois, ne rejette pas mon cœur), j'ai traversé le désert, et le désert s'est ouvert sur l'enfer. Je n'ai pas voulu t'y amener, ni toi ni les enfants. Vous êtes un tout pour moi, le monde que j'aurais dû garder à l'abri de cet autre en moi qui ne voulait que ma destruction. Je te demande pardon pour ce matin où j'ai oublié d'être un homme, quand je me suis conduit avec toi comme la bête sauvage qui me dévorait de l'intérieur. J'ai honte de ce que j'ai fait, je n'ai jamais cessé d'avoir honte. Mais je t'en prie, ne laisse pas cet acte abominable inverser l'histoire. Ne me juge pas sur la base de ce seul épisode, aussi impardonnable et cruel soit-il, garde vivant dans ton cœur l'amour que je t'ai porté et que je te porte encore, car cet amour restera avec toi, il ne disparaîtra pas avec moi.

Je te laisse le poids d'un choix que je ne peux assumer, tu le comprendras après avoir lu ma confession : ces pages, je le jure sur la tête de mes enfants, sont toute la vérité. Je te les confie parce que tes mains sont pures, tes mains que j'embrasse une dernière fois, tes mains qui m'ont sorti de la vague meurtrière. Mais elles ne pouvaient pas tout, il aurait fallu que je nage vers la surface dans des eaux qui m'aspiraient vers le bas. Je n'ai pas su le faire, je me suis laissé engloutir par le courant puissant qui m'entraînait jusqu'à m'empêcher de désirer autre chose que ces profondeurs. J'étais attiré par leur lumière noire. Peu à peu, j'ai cru que ce monde était devenu le mien, que j'y étais destiné. Jusqu'au jour où j'ai compris que ce n'était pas fatal, que j'avais simplement échoué, mais qu'il aurait pu en être autrement. Et je l'ai compris grâce à toi, car tu m'as laissé être le père de nos enfants nonobstant ce que je t'avais fait. Tu as pensé à eux d'abord, avant de penser à toi. C'est grâce à leur présence que j'ai pu m'accrocher à la seule corde qui me reliait encore au monde réel.

J'assume mon destin, ne me plains pas. N'aie pas de regret non plus, tu es la seule femme que j'ai aimée d'un amour sain, aussi puissant que la vie puisqu'il a donné naissance à nos enfants et que je peux maintenant m'en aller en me disant que je ne disparaîtrai pas complètement de cette Terre. Quand tu auras lu ma longue confession, ce récit que je te laisse en héritage, ne décide rien tout de suite. Prends le temps de la réflexion, il le faut. Et surtout, prends le temps, un soir, je te conseille le soir, c'est le moment que je préfère, de remonter jusqu'à l'appartement de mes grands-parents ; c'est là que j'ai été heureux, enfant, et c'est là que tout a commencé et, dans un sens, que tout s'est terminé. Regarde les lieux avec mes yeux, tu m'y retrouveras. Ensuite, après avoir fait le tour de la maison, descends au sous-sol : il me ressemble. J'y ai longtemps vécu ma vie solitaire avec le petit monde que je m'y étais inventé : un simulacre du vrai, assez réduit pour qu'un enfant puisse l'appréhender, mais immense par les rêves que ce même enfant en a ensuite gardé pendant toute sa vie. Approche de ma vieille chaîne hi-fi, qui a été ma compagne et mon ultime espoir pendant les heures les plus sombres de mon existence ; mets le disque des Pink Floyd que j'ai laissé sur la platine et écoute la chanson que j'aimais tant quand j'étais l'adolescent effrayé que tu n'as pas connu. Elle est pour toi, cette chanson, je l'ai mille fois chantée dans mon cœur en pensant à nous deux :

*How I wish, how I wish you were here / We're just two lost souls / Swimming in a fish bowl, year after year / Running over the same old ground / What have we found? / The same old fears / Wish you were here…* (Comme je voudrais, comme je voudrais que tu sois là. Nous ne sommes que deux âmes perdues, nageant dans un bocal, année après année, courant sur la même terre usée. Qu'avons-nous trouvé ? Les mêmes vieilles peurs. Je voudrais que tu sois là.)

Puis, passe en revue mes voitures miniatures, je ne t'ai jamais dit combien elles avaient peuplé mes plus belles années, nous n'avons pas beaucoup parlé de notre enfance toi et moi. Nous aurions dû, mon amour, l'enfance nous tient jusqu'au bout, nous aurions peut-être rendu notre lien plus solide si nous l'avions fait. Si tu peux passer les doigts sur chacun de mes trente modèles préférés, ceux que j'ai alignés sur l'étagère, je suis sûr que j'en ressentirai le contact même dans le nulle part où je serai. Mais ne touche pas à la Riley Pathfinder bleue, qui porte le secret de celle qui aurait dû être à sa place, et que j'ai un jour troquée contre une tragique illusion. Tu comprendras tout cela quand tu auras lu ma confession. Approche ensuite de mon vieux circuit de train électrique, il marche encore à merveille; j'y ai apporté dernièrement quelques changements, tu les reconnaîtras. Assieds-toi sur cette chaise sur laquelle j'ai passé tant d'heures qui n'ont pas toutes été noires; il me plaît d'imaginer ton poids sur l'assise, c'est comme si tu me revenais et que je te faisais l'amour. Mets enfin le circuit en marche, je t'ai laissé les instructions sous la table, dans le carton des catalogues Märklin, que j'ai gardés toute la vie en mémoire. Regarde passer le train aussi longtemps que tu pourras, moi, je ne m'en lassais pas. Suis des yeux le wagon plat couvert à quatre essieux, avec sa bâche en tissu blanc posée sur la structure métallique, marquée Märklin sur les côtés. Arrête le circuit, décroche le wagon, enlève la bâche, c'est facile. Dedans, tu trouveras un petit rouleau de carton; déroule-le délicatement puis fais de même avec le papier de soie, et tu sauras enfin pourquoi je t'ai guidée jusqu'ici. Alors, et seulement alors, tu prendras la décision qu'il te faudra prendre. Mais si tu veux connaître l'ultime souhait du condamné à mort que je suis, je voudrais que ce que tu trouveras t'appartienne, et que par toi, grâce à toi, il appartienne à nos enfants. C'est mon héritage. Cela me console de savoir qu'il sera à vous, les flammes dans lesquelles je ne finirai pas de brûler en seront adoucies. Je t'aime. J'aime Frida. J'aime Gio. Je vous aime tous les trois. Lorenzo. »

Maria Elena resta longtemps assise, immobile, comme en prière. Elle se répétait certains éléments de sa lecture, c'était le dernier adieu de l'homme qu'elle avait aimé. Alors elle se sentit apaisée et put sécher ses larmes, car elle sut enfin qu'elle pourrait lui pardonner. La cicatrice de ce matin-là resterait, bien sûr, mais elle ne serait plus en péril, parce que celui qui l'avait blessée n'avait eu de cesse de réparer sa faute. Le repentir existait, et sa valeur était grande. La culpabilité aussi avait sa valeur, elle n'était pas qu'un obstacle dans la vie car elle prenait en compte l'autre que l'on avait fait souffrir. « Dans une certaine mesure, néanmoins », se dit-elle, car elle ne pouvait d'emblée accepter ce qu'elle avait longtemps refusé. Elle s'était tellement de fois sentie coupable qu'elle avait fini par tuer en elle ce sentiment qui l'avait tant entravée et qui l'horrifiait. Quand sa mère était morte, elle s'était sentie coupable d'être restée en vie. Quand son père adoré avait amené sa maîtresse à la maison, elle s'était sentie coupable d'avoir toujours su et d'avoir fait semblant de ne pas savoir. Quand elle avait refusé à son père de voir ses petits-enfants, elle s'était sentie coupable de la punition qu'elle lui infligeait et coupable aussi de priver Frida et Gio de leur grand-père. Coupable, coupable, coupable. Elle avait eu la force de s'arracher à la traîtrise de ce sentiment qui finit par prendre la victime en otage, mais elle n'avait pas su l'accepter pour ce qu'il était : une réaction empreinte d'humanité qui pose l'interrogation de ce que nous sommes face à l'autre, et non nécessairement la preuve de notre faute. Car se sentir coupable n'est pas être coupable, mais juste une invitation à nous regarder dans l'autre. Le paradoxe étant qu'elle venait de comprendre cela grâce à Lorenzo, qui avait désespérément tenté de corriger ses déviations en revenant dans la maison de son enfance. C'était exactement ce qu'il avait voulu faire, oui, elle le comprenait enfin : il lui avait laissé la meilleure part de lui-même, cet amour qui était bel et bien réel puisqu'elle le sentait encore dans son cœur même après sa mort, et leurs deux enfants, qui continueraient d'aimer le père qu'il n'avait jamais cessé d'être pour eux. Elle y veillerait, elle nourrirait leur amour de souvenirs et d'histoires avant que le courant ne l'emporte elle aussi. Et elle brûlerait ces pages, comme Lorenzo le souhaitait, car le condamné avait purgé sa peine. Cette vérité qu'il lui avait confiée après la mort n'était destinée qu'à elle seule, personne d'autre n'avait besoin de la connaître.

Elle descendit au sous-sol, s'installa sur la chaise, mit le circuit en marche et sourit en imaginant son mari assis à cette même place, rêveur et emporté par sa vie inventée comme l'enfant qui était encore en lui. La locomotive défila sous ses yeux, sûre de son voyage, obéissant à la loi qui la faisait éternellement avancer pour passer et repasser encore une fois sur le même chemin sans cesse parcouru. Répétition hypnotique des voies et regard chaque fois différent, la musique de l'existence. Plongée dans ses pensées, Maria Elena sentait une paix profonde descendre sur elle. Puis, brusquement, son regard s'arrêta sur le wagon plat couvert à quatre essieux avec sa bâche en tissu blanc, marquée Märklin sur les côtés. Alors elle arrêta le train avant que le wagon ne disparaisse de nouveau dans le long tunnel pour n'en ressortir que plus loin derrière les montagnes.

Lorenzo lui demandait de ne prendre sa décision qu'après avoir découvert le contenu du wagon bâché. Que pouvait-il bien cacher ? Une lettre pour les enfants ? se demanda-t-elle, saisie par une inquiétude soudaine.

Le wagon s'arrêta pile devant elle. Elle pensa aux processions dans certains villages du sud de l'Italie où la statue du saint s'immobilise et se penche sous les fenêtres du boss local en signe de respect. Rien ne pouvait s'opposer à cet hommage ; la tradition, les habitudes et la peur étaient toujours les plus fortes. Elle décrocha le wagon, ôta la bâche, puis s'employa à en extraire le contenu. Il y avait une première feuille de bristol, qu'elle déroula sans difficulté, puis une feuille de soie rouge, qu'elle enleva.

Sur une deuxième feuille de soie plus claire, il y avait un bout de papier couvert de l'écriture fine de Lorenzo, en toutes petites lettres :

« C'est un dessin de Léonard de Vinci, ceux qui en connaissaient l'existence sont tous morts aujourd'hui. Il s'agit de la tête de Léda, l'un des dessins préparatoires pour le tableau perdu de *Léda et le cygne*. Il n'y en a que quatre au monde, celui-ci est le cinquième. Regarde-le, il est envoûtant, je n'ai pu m'en séparer qu'en pensant que c'est toi, ma femme, qui en héritera. Regarde ce visage empreint de mélancolie, les paupières baissées et les serpentins des cheveux ; j'y vois la beauté qui mesure le poids du temps, j'y lis la vie en sursis. Il vaut au moins 10 millions d'euros, mais aux enchères il pourrait atteindre le double. Garde-le, c'est notre trésor inconnu. Il se trouvait dans le coffre du mari de Laura. Comme son père et son grand-père avant lui, Dario Rosati n'a jamais pensé à le vendre. Laura le voulait pour elle, et elle le voulait à tout prix. J'ai payé ce prix en tuant un homme. Je voudrais que ce dessin appartienne désormais à ma famille, à toi et à nos enfants. Mais c'est à toi d'en décider. J'aime l'imaginer chez nous, sa beauté rachètera le sang que j'ai versé, l'art est plus fort que le crime. Fais-lui une place sur l'un des murs de notre maison, ne le vends pas. Ce sera ma présence à vos côtés. Il passera de génération en génération, il traversera le temps et témoignera silencieusement de ma tragique histoire. Garde-le, mon amour, je l'ai payé de ma vie. »

# ÉPILOGUE

*Le reste de sa vie était la vie après cette mort.*

A. S. Byatt, *Still Life*, 1985

## 27.
## UN SIMPLE, UN STUPIDE ACCIDENT

Dès que la police suisse lui avait remis les effets de Laura Rosati, notamment sa valise verrouillée, déposée à l'accueil de l'hôtel Focus de Zermatt, Bruno Morante, inspecteur principal de la Squadra Mobile de Rome, s'était replongé dans le dossier de la Via San Crescenziano. Rien ne semblait relier d'aucune manière à cette affaire Lorenzo Fontana, l'homme retrouvé mort au Gornergrat aux côtés de la galeriste milanaise. Et pourtant le sentiment lui était resté que l'essentiel lui échappait encore. Puis il avait vu la photo. Elle était protégée comme un objet précieux, presque cachée, par plusieurs feuilles de papier de soie sous un bristol enfermé dans une enveloppe. Au dos du cliché étaient inscrites une date et une légende : « Elle et lui. Et moi. » Le point, après le « moi », le laissait perplexe ; il se serait plutôt attendu à un point d'interrogation. À qui l'écriture appartenait-elle ? Très probablement au photographe. L'inspecteur Morante avait regardé attentivement chaque détail, la sensation d'un sens caché l'exaspérait sans l'éclairer. La photo représentait Laura Rosati et Rafael Terragni à l'âge de 18 ans, ils avaient le geste et le regard de deux jeunes gens amoureux. Si le « moi » de la légende était celui du photographe, celui-ci devait être un ami très proche. Était-ce Lorenzo Fontana ?

C'était plus que probable, puisque celui-ci avait été au lycée avec Rafael et Laura et que l'examen des empreintes digitales avait révélé que la photo avait été entre ses mains. Le mystère était plutôt l'absence d'empreintes de Laura Rosati : ne l'avait-elle même pas regardée avant de la mettre dans sa valise ? La manière dont la photo était empaquetée l'étonnait aussi, quelle idée de la glisser entre les pages d'un volume de *Diabolik* ! C'était probablement un cadeau de Lorenzo Fontana, qui voulait faire une surprise à son ancienne camarade de lycée et l'avait donc priée de ne pas ouvrir le paquet tout de suite. Mais quand le lui avait-il donné, puisque personne ne les avait vus ensemble avant de les retrouver morts au bord du glacier ? Dans tous les cas, pour l'inspecteur Morante, l'existence de cette photo prouvait qu'ils s'étaient rencontrés à Zermatt avant de se retrouver sur le Gornergrat, même si aucun témoignage n'étayait son hypothèse.

Étaient-ils amants ? Il en était de plus en plus convaincu. Mais comment expliquer leur mort ? Un suicide ? Sans cela, peut-on se tuer ensemble en montagne, si l'on n'est pas encordés ? Mais s'ils avaient prévu de se suicider, comme il le croyait maintenant, pourquoi Laura Rosati avait-elle déposé sa valise à l'accueil en disant qu'elle passerait la reprendre ? Et pourquoi Lorenzo Fontana lui avait-il apporté un cadeau destiné à n'être ouvert que plus tard ? Et surtout, quelle était la motivation de ce double suicide ?

L'enquête avait déjà établi que Rafael Terragni, le banquier assassiné, et la veuve Rosati avaient eu une liaison amoureuse à l'âge de 18 ans, mais il n'y avait aucun élément attestant qu'ils avaient renoué cette relation. Rafael Terragni et le mari de Laura Rosati étaient morts ensemble dans des circonstances qui n'avaient toujours pas été élucidées, mais il lui semblait maintenant évident que si Laura avait un amant, celui-ci était plus probablement Lorenzo Fontana, puisqu'il était mort avec elle dans cette randonnée en Suisse. L'inspecteur Morante était obsédé par l'idée qu'il manquait un élément reliant les trois anciens camarades de lycée, et que cet élément était la clé des deux affaires, celle de la Via San Crescenziano et celle du Gornergrat, Rome et Zermatt, le meurtre et le suicide.

Lorenzo Fontana était-il le « troisième homme » qu'ils recherchaient ? Le meurtrier de Rafael Terragni et, par ricochet, le responsable de l'infarctus de Dario Rosati ? C'était l'hypothèse qui le hantait, mais il ne disposait d'aucune preuve sur laquelle l'appuyer, car Lorenzo Fontana n'avait jamais eu de contact avec la veuve avant qu'on ne la retrouve morte à ses côtés. Rien ne prouvait qu'ils s'étaient revus, après les années de lycée, et à Zermatt, personne ne les avait aperçus ensemble. Laura Rosati avait réservé une nuit à l'hôtel Focus, on l'avait remarquée le lendemain au petit déjeuner, autour de 7 heures, c'était une belle femme, avec beaucoup d'allure. Vers les 4 heures de l'après-midi, elle avait quitté l'hôtel, réglé la note et déposé à l'accueil sa valise, qu'elle n'était pas venue récupérer. Le lendemain, n'ayant pas réussi à la joindre sur son portable, qui s'avérait être hors service, la direction de l'hôtel avait prévenu la police locale. Une rapide enquête avait établi que Laura Rosati avait pris, seule, le train de 16 h 30 pour monter au Gornergrat ; on l'avait vue s'éloigner de la station et se diriger, toujours seule, vers le Hohtälli. À partir de ce moment-là, plus personne ne l'avait vue. Et personne n'avait vu Lorenzo Fontana non plus, avant que les deux corps ne soient découverts sur une moraine, non loin du sentier qui menait à un refuge, par une cordée revenant du Mont-Rose.

Après avoir pris quelques photos du contenu du dossier avec son portable, l'inspecteur Morante le referma et décida de reprendre contact avec la veuve de Lorenzo Fontana, qu'il avait déjà convoquée dans son bureau après la mort de son époux. C'était une femme d'affaires qui gérait une agence de décoration d'intérieur assez connue, des magazines lui avaient même consacré des articles. Maria Elena Fontana était séparée de son mari depuis plusieurs mois quand elle avait appris la nouvelle de sa mort; elle n'était au courant de rien, ni de son voyage en Suisse ni de sa vie privée. Les Fontana étaient en instance de divorce, elle vivait avec ses deux enfants dans l'appartement familial, son mari s'était installé dans celui qu'il avait hérité de ses grands-parents, à Monteverde Vecchio. Elle avait quelqu'un d'autre dans sa vie, un ami de la famille, ancien collègue de son mari, qui s'était lui aussi séparé de sa femme. Rien du côté de Lorenzo ne prouvait en revanche qu'il entretenait une relation amoureuse. C'était pareil pour Laura Rosati, dont la vie de couple ne présentait aucune ombre, ni avant ni après la mort de son mari. C'était une femme dévouée à une seule et unique passion : la galerie d'art de son époux, qu'elle dirigeait depuis le premier jour de son mariage.

L'inspecteur Morante ne cessait de recomposer les pièces de l'affaire, mais il revenait toujours au point de départ. Il avait acquis la certitude que le double suicide de Zermatt était relié au meurtre de la Via San Crescenziano, mais il enrageait parce qu'il ne voyait pas sous quelle forme. La seule connexion entre les deux événements était la photo retrouvée dans la valise de Laura. Les deux jeunes gens qui y étaient représentés étaient morts, l'un assassiné, l'autre suicidée, et celui qui avait pris la photo était mort lui aussi, s'il fallait l'identifier avec Lorenzo Fontana, comme il en avait eu d'emblée l'intuition, sinon la preuve. L'inspecteur comptait maintenant sur son entrevue avec Maria Elena Fontana pour mieux comprendre la personnalité de Lorenzo ; cette femme avait vécu plus de douze ans avec lui, elle avait forcément recueilli les souvenirs de jeunesse de son époux. Mais même s'il arrivait à prouver un jour que Lorenzo Fontana était bel et bien « le troisième homme » qu'ils recherchaient, celui qui avait accompagné et tué Rafael Terragni dans l'appartement romain du galeriste, quel pouvait bien être le mobile du meurtre ? Il ne pouvait évidemment pas s'agir de cette liste de six montres jamais retrouvées, que d'ailleurs la veuve n'avait jamais vues parce qu'elle ne s'intéressait pas à la collection de son mari. Mais les six montres répertoriées comme les plus chères avaient bel et bien disparu. Et si la femme de ménage les avait embarquées en faisant croire à la veuve qu'elles avaient été volées ? Il lui faudrait réentendre aussi madame Ciciriello.

Il fallait néanmoins rester prudent, pensait l'inspecteur, pleinement conscient de son goût excessif pour les détails, qui le poussaient toujours à trouver une logique aux agissements criminels. Il savait avoir trop envie que le « troisième homme » soit identifié comme étant Lorenzo Fontana, parce qu'il trouvait une certaine cohérence dans le fait que la clé de l'affaire de la Via San Crescenziano fût une relation opaque entre trois anciens copains de lycée.

L'inspecteur Morante sonna à la porte de la famille Fontana, au deuxième étage d'un immeuble de brique assez cossu, auquel on accédait par un porche fermé par une curieuse grille, ornée de boucles en fer soudées. Le vaste hall au pavement de marbre et aux murs recouverts de briques dessinant des motifs décoratifs faisait le tour d'un grand jardin intérieur qui aurait été moins rabougri si le gardien avait eu la main plus verte. Celui-ci avait au demeurant fait preuve d'une mollesse toute romaine et l'avait renseigné sur un ton qui lui rappelait certains personnages des films de Verdone.

Maria Elena Fontana vint lui ouvrir vêtue d'un tailleur mauve ajusté à la taille, son air sévère faisait tort à la beauté de son visage. Elle venait probablement de rentrer car elle portait encore ses chaussures à talons et son rouge à lèvres était impeccable; dans le couloir, l'inspecteur remarqua un grand sac de cuir, posé sur un petit fauteuil, et un sac plus petit, abandonné sur un guéridon. Il fut introduit dans une grande pièce et invité à prendre place dans un fauteuil de velours blanc, face à une table basse de verre sur laquelle était posée une monographie sur l'œuvre d'India Mahdavi. Une impression de clarté dominait l'espace, la surface des murs était vide, à l'exception d'un très grand tableau abstrait aux couleurs pâles qui s'intégrait discrètement dans l'ensemble. Au fond de la pièce, assez profonde par rapport à la baie vitrée, une vaste bibliothèque occupait tout un mur; quelques photos de famille élégamment encadrées étaient posées ici et là contre les livres. Tout était blanc ou blanc cassé, jusqu'aux petites tasses de porcelaine fine qui attendaient sur un plateau aussi transparent que le verre de la table sur laquelle il était posé. Dans un recoin, près de la bibliothèque, on avait aménagé un petit espace de travail ou plutôt de recueillement, car il n'y avait pas de bureau mais une simple dormeuse, elle aussi de velours blanc, et un petit meuble bas. Face à la dormeuse, un grand cadre en trompe-l'œil était directement dessiné sur le mur; à l'intérieur, des formes géométriques se déployaient autour d'un dessin ancien, protégé par un verre. C'était un coin sombre dans cette pièce assez lumineuse pour un deuxième étage, puisqu'elle n'avait pas de vis-à-vis et donnait sur un square aux frondaisons hautes qui laissaient passer le jour. Madame Fontana lui demanda s'il voulait un café, puis elle quitta la pièce pour aller le préparer, en s'excusant du fait qu'à cette heure-ci son employée de maison était encore dehors avec les enfants.

L'inspecteur se leva, fit quelques pas et il commença à explorer le grand salon-salle à manger, soigné dans les plus infimes détails. Il n'y avait rien de trop ni d'insignifiant dans cet espace qui semblait être habité par une famille idéale. Il peinait à imaginer des enfants dans ce décor à l'ordre parfait, mais il devait y avoir dans l'appartement des chambres moins maîtrisées. Il se porta jusqu'à la baie vitrée : dans le petit jardin en bas, assises sur un banc, des vieilles dames discutaient paisiblement ; plus loin des enfants jouaient, le cartable posé aux pieds de leurs grands-mères. Il tourna le dos à la baie et alla rejoindre le coin sombre à côté de la bibliothèque. Des spirales comme des vagues montantes étaient dessinées directement sur le mur, à l'intérieur du cadre en trompe-l'œil : c'était une géométrie étrange qui évoquait des serpents ou des méduses dans une palette de couleurs fades dansant modestement autour du dessin ancien, protégé par un verre. Le dessin à l'encre noire représentait une tête de jeune femme aux cheveux magnifiquement tracés autour de l'ovale du visage, les boucles se tressaient en serpentins au niveau des oreilles et elles fuyaient ici et là en donnant à la coiffure un air émouvant de liberté en ce contexte figé. Le regard baissé lui semblait familier, il le faisait penser à un tableau de Léonard de Vinci qu'il avait vu au Louvre, lors d'un voyage avec sa femme.

– C'est une copie d'un dessin de Léonard, fit Maria Elena Fontana, surgissant derrière lui. Je l'ai trouvée en bas de chez moi, au marché aux puces, le papier est assez ancien, ça m'a tentée. J'en ai fait une espèce d'installation, je m'amuse de temps en temps à réaliser des tableaux à partir de copies d'œuvres connues. D'habitude, je garde ça dans des cartons, à l'agence ; parfois je les utilise dans mes chantiers. Celui-ci est assez réussi, alors je l'ai exposé chez moi.

– Très réussi, dit l'inspecteur, et le dessin sous verre est très beau.

– Il représente Léda. C'est justement pour évoquer le cou du cygne que j'ai tracé toutes ces spirales autour du dessin.

« C'est donc ça », pensa l'inspecteur Morante en regardant ce qu'il avait pris pour des serpents.

– Buvons le café tant qu'il est chaud, dit Maria Elena Fontana. Ça me fait plaisir d'avoir un complice pour boire un café à cette heure-ci; si vous saviez combien de personnes en craignent l'effet après 5 heures du soir...

– Le café et moi, c'est une vieille histoire, répondit l'inspecteur. J'essaie quand même d'en réduire la quantité, j'ai du mal à finir mes nuits. Et vous, vous dormez bien, Madame ?

– Assez bien, merci.

Elle avait un sourire qu'on sentait contrôlé. Cette femme n'étalait pas ses luttes intérieures.

– Je dors, et c'est déjà un miracle, continua-t-elle. La mort de mon mari a été l'événement le plus douloureux de toute mon existence. Avec celle de ma mère.

– Vous étiez séparés...

– Oui, mais ça ne change rien. L'amour ne finit pas parce qu'on se sépare, il y a des liens qui se cassent sans cesser d'exister. J'aimais mon mari même si je ne pouvais plus vivre avec lui. C'est comme ça.

– Vous ne vivez pas non plus avec un autre. Même si vous avez un autre homme dans votre vie, n'est-ce pas ? Était-ce la raison de votre séparation ?

Maria Elena Fontana fixa l'homme qui venait fouiller dans sa vie privée; elle ne lui en voulait pas, c'était son métier. Il fallait simplement le persuader qu'il n'y avait pas de secret dans la vie de Lorenzo.

– Oui et non, répondit-elle tranquillement. Oui, parce que mon mari a été profondément blessé quand il a découvert que je le trompais avec son meilleur ami. Federico n'était pas seulement un collègue de travail pour Lorenzo, c'était un ami de la famille, nos couples se fréquentaient. Nous avons causé beaucoup de dégâts, on ne mesure pas toujours les conséquences de ses sentiments. En même temps, il n'y a pas de fatalité si les choses évoluent dans un sens plutôt que dans un autre, et si nous sommes tombés amoureux, c'est bien parce que nos couples étaient minés de l'intérieur.

– Avez-vous repensé à notre dernière conversation, Madame Fontana ? Croyez-vous que la mort de votre mari puisse être un suicide ? demanda soudain l'inspecteur Morante, en s'en voulant pour la brutalité de ses mots.

Maria Elena Fontana n'en sembla pas affectée, cette femme savait encaisser les coups.

– Vous n'en démordez pas, hein ? fit-elle.

Puis elle resta un instant silencieuse, avant de continuer :

– Depuis que vous m'avez suggéré cette hypothèse, j'avoue que cette pensée me hante : qu'il n'ait plus eu envie de vivre… malgré l'amour qu'il portait à ses enfants. Parce qu'il aimait ses enfants plus que tout, je peux vous l'assurer. Mais, si vous avez raison, ça ne l'a pas arrêté. À croire que l'amour ne suffit pas à la vie.

– Je suis malheureusement convaincu que votre mari s'est suicidé, insista l'inspecteur. Et de plus en compagnie d'une femme. Vous la connaissiez ?

– Non. Après notre séparation, Lorenzo et moi ne nous sommes pas revus. Ça ne faisait même pas sept mois, et pourtant… Il n'avait aucune relation particulière, à ma connaissance, il était retourné vivre dans l'appartement de ses grands-parents, il y menait une vie solitaire, il ne voyait que ses enfants le week-end. Il était malade…

– Malade ?

– Dépressif, je veux dire.

– Vous saviez que cette femme, Laura Rosati, était une ancienne camarade de lycée de votre mari ?

– Je l'ai appris juste avant notre séparation, c'est Lorenzo lui-même qui m'en a parlé. Un soir, il m'a raconté que des gens qu'il avait autrefois connus étaient impliqués dans un fait divers qui venait de se produire à Rome ; je n'étais pas au courant… Un directeur de banque avait été assassiné dans l'appartement romain d'un galeriste milanais, qui était mort lui aussi d'un infarctus au même moment. Le nom du banquier était celui d'un ancien camarade de classe et la veuve était la petite amie de celui-ci au temps du lycée. Lorenzo n'avait jamais revu ni l'un ni l'autre depuis trente ans, mais il les avait autrefois assez bien connus, ils étaient amis tous les trois et s'étaient fréquentés jusqu'en première année à l'université. Je me rappelle lui avoir demandé s'il se sentait concerné par cette affaire, il m'avait répondu, agacé : « Évidemment que je me sens concerné, qu'est-ce que tu crois ?! Ce sont des gens qui ont fait partie de ma vie ! » Je pense qu'il était déjà plongé dans ses idées noires, mais je ne l'avais pas compris. À ce moment-là, j'étais trop absorbée par mon travail, ma boîte commençait enfin à décoller... Ce fait divers n'a fait qu'enfoncer Lorenzo dans sa dépression, après... rien n'allait plus entre nous.

L'inspecteur Morante sortit son portable, il chercha la photo retrouvée dans la valise de Laura Rosati et la montra à la femme de Lorenzo Fontana.

– Est-ce que cette photo vous dit quelque chose, Madame ?

Maria Elena Fontana prit le portable et fixa l'écran. L'inspecteur se dit qu'elle avait l'habitude d'analyser les images, sa manière d'observer avait quelque chose de professionnel.

– Regardez aussi l'image suivante, il s'agit de la légende au dos de la photo.

Maria Elena s'exécuta, elle lut la date et les mots : « Elle et lui. Et moi. »

– Il me semble que c'est l'écriture de Lorenzo, dit-elle après un silence. Elle n'est pas tout à fait la même, elle a dû évoluer avec le temps, mais j'ai l'impression de la reconnaître. C'est lui qui a pris la photo ?

– Nous l'avons retrouvée dans les affaires de Laura Rosati. Elle était emballée comme un cadeau. Nous pensons que votre mari la lui a apportée à Zermatt. Elle représente Rafael Terragni et Laura Rosati à l'âge de 18 ans.

– Je l'avais compris, merci.

Elle regarda la photo encore un moment, puis ajouta :

– J'imagine que Lorenzo gardait cette photo chez ses grands-parents, parce que je ne l'ai jamais vue chez nous. Et il ne m'en a jamais parlé. Il a dû la retrouver pendant tous ces mois de solitude, les derniers de sa vie… Il devait se sentir affreusement seul là-bas, malgré ses enfants qu'il voyait, l'un ou l'autre, une fois par semaine. C'était un père remarquable, c'est vraiment très dur pour les enfants, vous savez, surtout pour ma fille…

– Vous pensez que c'est le fait d'avoir retrouvé cette photo qui l'a conduit à reprendre contact avec son ex-camarade de classe ?

– Je suppose, oui. Depuis quelque temps, Lorenzo se replongeait continuellement dans son passé. Après sa mort, je suis retournée dans l'appartement de Monteverde Vecchio, j'avais l'intention de le mettre en vente ; mon mari avait toujours refusé de s'en séparer, il y avait passé les meilleurs moments de son enfance. J'ai été surprise de voir qu'il avait ressorti ses jouets d'enfant, que ses grands-parents avaient soigneusement conservés, sa collection de voitures miniatures, son train électrique qu'il avait complètement reconstruit… Pour toutes ces raisons, d'ailleurs, j'ai finalement décidé de ne pas vendre l'appartement ; mes enfants partagent mon choix, mon fils adore déjà le train électrique, il va bientôt s'y mettre…

Elle réfléchit un instant, puis elle ajouta :

– Je pense qu'il s'est passé quelque chose dans la tête de Lorenzo, quelque chose qui lui a fait refuser le présent. Il s'est éloigné de la réalité, il a quitté sa maison, il a délaissé son travail, il a perdu son poste. C'est dans ce contexte de dépression qu'il a dû reprendre contact avec cette personne.

Il souhaitait peut-être lui remettre cette photo qui lui rappelait sa jeunesse. Et à elle aussi, probablement.

– Vous me décrivez un homme qui n'avait plus de goût à la vie, qui s'était réfugié dans son passé, qui ne supportait pas la réalité de son présent, jusqu'à vouloir mettre fin à son existence. Mais comment expliquez-vous qu'il soit mort en compagnie d'une femme qu'il n'avait pas revue depuis trente ans ? Est-ce qu'il n'y aurait pas une explication plus triviale, à savoir qu'ils étaient amants et que, pour des raisons que nous ignorons encore, ils ont décidé d'en finir ensemble ?

– C'est votre hypothèse depuis le début, je sais, dit-elle en rendant le portable à l'inspecteur. Mais non, ils n'étaient pas amants, sinon vous le sauriez déjà, leur relation aurait laissé des traces. D'autant qu'ils n'auraient eu aucune raison de se cacher puisqu'elle était veuve et que nous étions séparés. Mon mari était un homme fidèle, inspecteur. C'est moi qui l'ai trompé, et je l'ai trompé avec son meilleur ami.

– Quelle est alors votre explication pour cette double mort, si vous en avez une ?

– Je n'avais pas vraiment de réponse avant que vous ne me montriez cette photo d'il y a trente ans, répondit-elle. Maintenant, tout devient clair pour moi, et l'explication me paraît toute simple : ce n'est pas un suicide, inspecteur. Et de ne plus avoir de doute à ce sujet me soulage énormément, parce que ça confirme ce que je ressentais déjà au fond de moi : Lorenzo n'aurait jamais abandonné ses enfants. Il les aimait trop pour mettre fin à ses jours, il ne leur aurait jamais laissé penser que leur existence n'était pas assez importante pour le retenir au bord du précipice.

Son ton avait changé, la passion se laissait enfin entendre chez cette femme.

– Mais ça n'explique pas pourquoi ils sont morts ensemble… insista l'inspecteur.

– Parfois les explications les plus banales sont les meilleures. Tel que je connaissais mon mari, et tel qu'il était devenu pendant cette année terrible où la dépression lui a dicté sa conduite, je pense qu'il a voulu retrouver en lui le jeune homme qu'il avait été et il a suivi les traces de son passé. La mort de Rafael Terragni a été probablement l'élément déclencheur, celui qui lui a donné envie de revoir cette Laura Rosati pour renouer avec sa jeunesse perdue. Et lorsqu'il s'est retrouvé seul, après notre séparation, il a dû la recontacter et ils se sont finalement donné rendez-vous à Zermatt. C'est plutôt elle qui a dû le lui proposer, d'ailleurs, parce que mon mari n'était pas un passionné de montagne. Il lui a apporté la photo en cadeau, ils ont décidé de faire une randonnée ensemble, ils sont peut-être restés là-haut plus longtemps que prévu, ils se sont égarés, la nuit est tombée, et puis c'est arrivé… L'accident. Ils n'y voyaient plus rien, ils ont glissé dans le vide. C'est aussi simple et stupide que ça, inspecteur. Un simple, un stupide accident.

L'inspecteur Morante se leva, madame Fontana se leva elle aussi pour le raccompagner. Il allait prendre congé, lorsqu'il s'arrêta et posa une dernière question :

– Où était votre mari, la nuit où Rafael Terragni a été tué dans l'appartement de la Via San Crescenziano, Madame ? Vous pourriez peut-être me répondre en consultant votre agenda de l'année dernière…

– Je n'ai pas besoin de consulter mon agenda, inspecteur. Mis à part lorsqu'il partait en voyage d'affaires, et ce n'était pas le cas ce soir-là, mon mari n'a jamais découché une seule fois pendant tout le temps que nous avons vécu ensemble.

## 28.
## BURNING

Les enfants couchés, Liz était venue lui souhaiter bonne nuit. Sa fidèle Liz. Elle lui avait décoché un regard préoccupé, elle n'aimait pas la voir allongée sur la dormeuse à cette heure-là, les yeux tournés vers le dessin qu'elle jugeait inquiétant à cause de cette coiffure en forme de méduse. Maria Elena sourit en pensant à son employée de maison, elle avait de la chance de l'avoir à ses côtés. La dévotion absolue qu'elle éprouvait envers Lorenzo s'était reportée sur elle, depuis qu'elle avait été témoin de sa douleur sincère pour la perte de son mari. S'allonger sur la dormeuse quand la maison plongeait dans le silence de la nuit, c'était devenu un rituel. Elle connaissait le visage de Léda dans les moindres détails, cette image était devenue un totem qui la ramenait incessamment vers Lorenzo. Elle l'aimait comme s'il était vivant, plus encore peut-être que quand il était vivant. Était-ce un sentiment morbide, cette proximité qu'elle ressentait envers un mort ? Elle ne le croyait pas puisqu'elle y puisait une force vitale qui l'aidait chaque jour à être meilleure qu'elle ne l'avait jamais été : à la maison comme au travail, comme mère et comme femme d'affaires (l'expression la fit sourire). Elle savait qu'un jour elle serait meilleure aussi en tant que femme, elle pourrait alors aimer de nouveau un homme.

Elle avait confiance. Elle avait l'intention de dire la vérité à Federico, que ce n'était pas l'amour qui l'avait rapprochée de lui, mais un besoin complexe de s'éloigner de Lorenzo sans trop s'en éloigner, puisque Federico était son meilleur ami. Après la mort de Lorenzo, il lui avait dit à quel point il désirait partager sa vie. Elle avait eu le tort de ne pas lui expliquer tout de suite qu'elle ne pouvait plus désormais envisager de vivre avec lui. Elle n'était plus la femme infidèle en instance de divorce, elle était devenue la veuve. Ce statut lui convenait parfaitement, elle avait envie de s'y identifier totalement. Elle avait perdu l'amour de sa vie, le moment était venu de mettre de l'ordre dans ses sentiments.

Elle fixa les paupières baissées de Léda, elle était émue par le recueillement de ce regard à peine voilé, sous la tempête sublime des cheveux qui fuyaient la perfection de l'ovale grâce à leur mouvement déréglé. Elle se plut à imaginer que la force et la beauté de ce visage étaient les qualités que Lorenzo prêtait à sa femme. La passion noire pour la fille de sa jeunesse ne lui avait apporté que malheur et destruction, mais avant de mourir il avait pensé à sa famille, à cet amour lumineux qui lui survivrait, et il avait voulu léguer à sa femme et à ses enfants une œuvre d'art mythique. Elle ne vendrait jamais ce dessin, jusqu'à sa mort elle le garderait ici, dans ce lieu où Lorenzo avait fondé son foyer. Elle en révélerait cependant l'authenticité et la valeur à ses enfants dans une lettre qu'elle déposerait chez le notaire; ils ne la liraient qu'après sa mort. Elle ne leur raconterait pas toute l'histoire, elle se garderait bien de commettre l'erreur de relier le Léonard à la famille Rosati, qui avait d'ailleurs elle-même gardé le secret pendant des générations pour ne pas être tentée de se séparer de cette œuvre majeure. Laura Rosati avait voulu s'approprier le Léonard par appât du gain. Elle n'avait pas hésité à se servir de l'amour de Lorenzo pour le manipuler dans ce but.

Elle n'avait cependant réussi qu'à détruire des vies, y compris la sienne ; le Léonard lui avait échappé. Frida et Gio décideraient peut-être un jour de le vendre, mais ce serait après la mort de leur mère. Ou peut-être respecteraient-ils son vœu de le conserver, qui était aussi celui de leur père.

Elle se leva pour regarder le visage de près, comme elle l'avait déjà fait de très nombreuses fois, et se sentit brusquement heureuse. Puis elle ouvrit le tiroir du petit meuble bas à ses côtés et en sortit le paquet de feuilles manuscrites que Lorenzo avait envoyé de Zermatt. La visite de l'inspecteur Morante l'avait décidée, le moment était venu d'accomplir la volonté de Lorenzo.

Elle attrapa le CD qu'elle avait acheté le lendemain de sa visite dans l'appartement de Monteverde Vecchio et le glissa dans le lecteur. Les fameux premiers accords à la guitare et les premières paroles lui serrèrent la gorge :

*So, so you think you can tell / Heaven from Hell / Blue skies from pain / Can you tell a green field / From a cold steel rail? / A smile from a veil?* (Alors, tu crois que tu peux distinguer le paradis de l'enfer, le ciel bleu de la douleur, que tu peux distinguer un champ vert d'un froid rail d'acier ? Un sourire d'un voile ?)

Elle rapprocha de la cheminée le fauteuil qui était placé devant, s'assit, puis jeta la première feuille dans l'âtre.

*And did they get you to trade / Your heroes for ghosts? / Hot ashes for trees?* (Et ont-ils réussi à te faire échanger tes héros contre des fantômes ? Des cendres chaudes contre des arbres ?)

Elle craqua une allumette et la jeta sur la feuille qui flamba. Elle attrapa une deuxième feuille et la jeta sur la première qui n'avait pas fini de brûler, puis elle continua ainsi, lentement, feuille après feuille. La nuit était longue et elle n'avait pas sommeil.

*How I wish, how I wish you were here.* (Comme je voudrais, comme je voudrais que tu sois là.)

Achevé d'imprimer sur les presses de CPI en janvier 2019

Dépôt légal : mars 2019 · ISBN 978-2-84742-409-6 · Imprimé en France

N° d'édition : 01
N° d'impression : 2042059